茅盾文学奖
获奖作家短经典

Short Classic

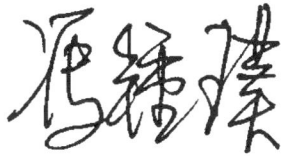

萤 火

宗璞——著

人民文学出版社

## 图书在版编目(CIP)数据

萤火 / 宗璞著.—北京：人民文学出版社，2020
（茅盾文学奖获奖作家短经典）
ISBN 978-7-02-013006-1

Ⅰ.①萤… Ⅱ.①宗… Ⅲ.①中篇小说—小说集—中国—当代②短篇小说—小说集—中国—当代③散文集—中国—当代 Ⅳ.①I217.2

中国版本图书馆CIP数据核字(2019)第132110号

| | |
|---|---|
| 选题策划 | 付如初 |
| 责任编辑 | 付如初 |
| 装帧设计 | 刘　远 |
| 责任印制 | 任　祎 |

出版发行　人民文学出版社
社　　址　北京市朝内大街166号
邮政编码　100705
网　　址　http://www.rw-cn.com

印　　刷　三河市宏盛印务有限公司
经　　销　全国新华书店等

字　　数　186千字
开　　本　787毫米×1092毫米　1/32
印　　张　9.625　插页3
版　　次　2013年1月北京第1版
印　　次　2020年3月第1次印刷

书　　号　978-7-02-013006-1
定　　价　38.00元

如有印装质量问题，请与本社图书销售中心调换。电话：010-65233595

# 出版说明

茅盾文学奖自1981年设立迄今,已近四十年。这一中国当代文学的最高奖项一直备受关注,获奖作品所涉作家近五十位,影响甚巨。其中获奖作品人民文学出版社所占的比例接近百分之四十,几乎所有的获奖作家都与人民文学出版社有过合作。这些作家大多在文坛耕耘多年,除了长篇小说之外,在中篇小说、短篇小说和散文等"短"体裁领域的创作也是成就斐然。

2013年,我们以全面反映茅盾文学奖获奖作家的综合创作实力为宗旨,以艺术的眼光,遴选部分获奖作家的中篇小说、短篇小说和散文的经典作品,编成集子,荟萃成了"茅盾文学奖获奖作家短经典"丛书,得到了专家和读者的一致好评。

此次再版,我们在原丛书的基础上,增添了第九届和第十届茅盾文学奖获奖作家的"短经典",一些作家的作品篇目也有所增删,旨在不断丰富丛书内容,让读者更加全面细致地了解这些作家的创作。相信该系列图书能够与我社的

"茅盾文学奖获奖作品全集"系列一起,为您完整呈现一代又一代茅盾文学奖获奖作家的创作实绩、艺术品位和思想内涵。

人民文学出版社编辑部<br>2020年1月

# 目 录

001　红豆
036　后门
050　我是谁？
059　鲁鲁
075　蜗居
086　泥沼中的头颅
095　勿念我
110　甲鱼的正剧
118　她是谁？
124　惚恍小说（四则）
140　琥珀手串

147　萤火
152　一九六六年夏秋之交的某一天
159　三千里地九霄云
164　烟斗上小人儿的话
167　从近视眼到远视眼
171　告别阅读
176　扔掉名字

- 179 耳读《苏东坡传》
- 184 爬山
- 190 彩虹曲社
- 193 酒和方便面
- 197 风庐茶事
- 200 星期三的晚餐
- 205 风庐乐忆
- 208 药杯里的莫扎特
- 211 变迁
- 215 铁箫声幽
- 222 心的嘱托
- 226 三松堂断忆
- 233 花朝节的纪念
- 241 哭小弟
- 248 怎得长相依聚
- 254 霞落燕园
- 261 冬至
- 263 秋韵
- 266 送春
- 269 西湖漫笔
- 273 墨城红月
- 277 紫藤萝瀑布
- 279 三峡散记

- 285 恨书

*288* 卖书
*291* 书当快意
*294* 乐书

*298* 在复旦大学宗璞长篇小说研讨会上的发言

# 红 豆

天气阴沉沉的,雪花成团地飞舞着。本来是荒凉的冬天的世界,铺满了洁白柔软的雪,仿佛显得丰富了,温暖了。江玫手里提着一只小箱子,在X大学的校园中一条弯曲的小道上走着。路旁的假山,还在老地方。紫藤萝架也还是若隐若现地躲在假山背后。还有那被同学戏称为阿木林的枫树林子,这时每株树上都积满了白雪,真是"忽如一夜春风来,千树万树梨花开"了。雪花迎面扑来,江玫觉得又清爽又轻快。她想起六年以前,自己走着这条路,离开学校,走上革命的工作岗位时的情景,她那薄薄的嘴唇边,浮出一个微笑。脚下不觉愈走愈快,那以前住过四年的西楼,也愈走愈近了。

江玫走进了西楼的大门,放下了手中的箱子,把头上紫红色的围巾解下来,抖着上面的雪花。楼里一点声音也没有,静悄悄的。江玫知道这楼已作了单身女教职员宿舍,比从前是学生宿舍时,自然不同。只见那间门房,从前是工友老赵住的地方,门前挂着一个牌子,写着"传达室"三个字。

"有人吗?"江玫环顾着这熟悉的建筑,还是那宽大的楼梯,还是那阴暗的甬道,吊着一盏大灯。只是墙边布告牌上贴着"今晚团员大会"的布告,还有工会基层选举的通知,用红纸写着,显得喜气洋洋的。

"谁呀?"一个苍老的声音从传达室里发出来。传达室门开了,一个穿着干部服的整洁的老头儿,站在门口。

"老赵!"江玫叫了一声,又高兴又惊奇,跑过去一把抱住了他,"你还在这儿!"

"是江玫?"老赵几乎不相信自己昏花的老眼,揉了揉眼睛,仔细看着江玫,"是江玫!打前几天总务处就通知我,说党委会新来了个干部,叫给预备一间房,还说这干部还是咱们学校的学生呢,我可再也没想到是你!你离开学校六年啦,可一点没变样,真怪,现时的年轻人,怎么再也长不老哇!走,领你上你屋里去!可真凑巧,那就是你当学生时住的那间房!"

老赵絮絮叨叨领着江玫上楼。江玫抚着楼梯栏杆,好像又接触到了六年以前的大学生生活。

这间房间还是老样子,只是少了一张床,多了些别的家具。窗外可以看到阿木林,还有阿木林后面的小湖,在那里,夏天时,是要长满荷花的。江玫四面看着,眼光落到墙上嵌着的一个耶稣受难像上。那十字架的颜色,显然深了许多。

好像是有一个看不见的拳头,重重地打了江玫一下。江玫觉得一阵头昏,问老赵:"这个东西怎么还在这儿?"

"本来说要取下来,破除迷信,好些房间都取下来了。后来又说是艺术品,让留着,有几间屋子就留下了。"

"为什么要留下?为什么要留下这一间的?"江玫怔怔地看着那十字架,一歪身坐在还没有铺好的床上。

"那也是凑巧呗!"老赵把桌上的一块破抹布捡在手里,"这屋子我都给收拾好啦,你归置归置,休息休息。我给你张罗点开水去。"

老赵走了。江玫站起身来,伸手想去摸那十字架,却又像怕触到使人疼痛的伤口似的,伸出手又缩回手,怔了一会儿,后来才用力一揿耶稣的右手,那十字架好像一扇门一样打开了。墙上露出一个小洞。江玫踮着脚尖往里看,原来被冷风吹得绯红的脸色唰的一下变得惨白。她低声自语:"还在!"遂用两个手指,拈出了一个小小的有象牙托子的黑丝绒盒子。

江玫坐在床边,用发颤的手揭开了盒盖。盒中露出来血点儿似的两粒红豆,镶在一个银丝编成的指环上,没有耀眼的光芒,但是色泽十分匀净而且鲜亮。时间没有给它们留下一点痕迹。

江玫知道这里面有多少欢乐和悲哀。她拿起这两粒红豆,往事像一层烟雾从心上升了起来——

那已经是八年以前的事了。那时江玫刚二十岁,上大学二年级。那正是一九四八年,那动荡的翻天覆地的一年,那激动、兴奋,流了不少眼泪、决定了人生道路的一年。

在这一年以前,江玫的生活像是山岩间平静的小溪流,一年到头潺潺地流着,很少波浪。她生长于小康之家,父亲做过大学教授,后来做了几年官。在江玫五岁时,有一天,他到办公室去,就再没有回来过。江玫只记得自己被送到舅母家去住了一个月,回家时,看见母亲如画的脸庞消瘦了,眼睛显得惊人的大,看去至少老了十年。据说父亲是患了急性肠炎去世了。以后,江玫上了小学上中学,上了中学上大学。日寇入侵的那段水深火热的日子,江玫也在母亲的尽力遮蔽下较平静地度过。在中学时,她和一些密友常常整夜叽叽喳喳地谈着知心话。上大学后,因为大家都是上课来,下课走,不参加什么活动的人简直连同班同学也不认识,只认识自己的同屋。江玫白天上课弹琴,晚上坐图书馆看参考书,礼拜六就回家。母亲从摆着夹竹桃的台阶上走下来迎接她,生活就像那粉红色的夹竹桃一样与世隔绝。

一九四八年春天,新年刚过去,新的学期开始了。那也是这样一个下雪天,浓密的雪花安安静静地下着。江玫从练琴室里走出来,哼着刚弹过的调子。那雪花使她感到非常新鲜,她那年轻的心充满了欢乐。她走在两排粉妆玉琢的短松墙之间,简直想去弹动那雪白的树枝,让整个世界都跳起舞来。她伸出了右手,自己马上觉得不好意思,连忙缩了回来,捋了捋鬓发,按了按母亲从箱子底下找出来的一个旧式发夹。发夹是黑白两色发亮的小珠穿成的,还托着两粒红豆,她的新同屋肖素说好看,硬给她戴在头上的。

在这寂静的道路上,一个青年人正急速地向练琴室走来。他身材修长,穿着灰绸长袍,罩着蓝布长衫,半低着头,眼睛看着自己前面三尺的地方,世界对于他,仿佛并不存在。也许是江玫身上活泼的气氛,脸上鲜亮的颜色搅乱了他,他抬起头来看了她一眼。江玫看见他有着一张清秀的象牙色的脸,轮廓分明,长长的眼睛,有一种迷惘的做梦的神气。江玫想,这人虽然抬起头来,但是一定没有看见我。不知为什么,这个念头,使她觉得很遗憾。

晚上,江玫躺在床上,久久不能入睡。许多片段在她脑中闪过。她想着母亲,那和她相依为命的老母亲,这一生欢乐是多么少。好像有什么隐秘的悲哀在过早地染白她那一头丰盛的头发。她非常嫌恶那些做官的和有钱的人,江玫也从她那里承袭了一种清高的气息。那与世隔绝的清高,江玫想想,忽然好笑了起来。

江玫自己知道,觉得那种清高好笑是因为想到肖素的缘故。肖素是江玫这一学期的新同屋。同屋不久,可是两人已经成为很要好的朋友。肖素说江玫像是从另一个世界来的,清高这个词儿也是肖素说的,她还说:"当然,这也有好处也有不好处。"这些,江玫并不完全了解。只不知为什么,乱七八糟的一些片段都在脑海中浮现出来。

这屋子多么空!肖素还不回来。江玫很想看见她那白中透红的胖胖的面孔,她总是给人安慰、知识和力量。学物理的人总是聪明的,而且她已经四年级了,江玫想。但是在肖素身上,好像还不只是学物理和上到大学四年级,她还有着更丰富的东西,江玫还想不出是什么。

正乱想着,肖素推门进来了。

"哦,小鸟儿!还没有睡!"小鸟儿是肖素给江玫起的绰号。

"睡不着。真希望你快点回来。"

"为什么睡不着?"肖素带回来一个大萝卜,切了一片给江玫。

"等着吃萝卜,还等着你给讲点什么。"江玫望着肖素坦白率真的脸,又想起了母亲。上礼拜她带肖素回家去,母亲很喜欢肖素,要江玫多听肖姐姐的话。

"我会讲什么?你是幼儿园?要听故事?喏,给你本小书看看。"江玫接过那本小书,书面上写着《方生未死之间》。

两人静静地读起书来了。这本书很快就把江玫带进了一个新的天地。它描写了中国人民受的苦难,在血和泪中,大家在为一种新的生活——真正的丰衣足食,真正的自由——奋斗,这种生活,是大家所需要的。

"大家?"江玫把书抱在胸前,沉思起来。江玫的二十年的日子,可以说全是在那粉红色的夹竹桃后面度过的。但她和母亲一样,憎恶权势,憎恶金钱。母亲有时会流着泪说:"大家都该过好日子,谁也不该屈死。"母亲的"大家"在这本小书里具体化了。是的,要为了大家。

"肖素,"江玫靠在枕上说,"我这简单的人,有时也曾想过人活着是为了什么,但想不通。你和你的书使我明白了一些道理。"

"你还会明白得更多。"肖素热切地望着她,"你真善良——你让我忘记刚才的一场气了,刚刚我为我们班上的齐虹真发火了——"

"齐虹?他是谁?"

"就是那个常去弹琴,老像在做梦似的那个齐虹,真是自私自利的人,什么都不能让他关心。"

肖素又拿起书来看了。

江玫也拿起书来,但她觉得那清秀的象牙色的脸,不时在她眼前晃动。

雪不再下了。坚硬的冰已经逐渐变软。江玫身上的黑皮大衣换成了灰呢子的,配上她习惯用的紫红色围巾,洋溢着春天的气息。她跟着肖素,生活渐渐忙起来。她参加了"大家唱"歌咏团和"新诗社"。她多么喜欢那"你来我来他来她来我们大家一起来唱歌"的热情的声音,她因为《黄河大合唱》刚开始时万马奔腾的鼓声兴奋得透不过气来。她读着艾青、田间的诗,自己也悄悄写着"飞翔,飞翔,飞向自由的地方"的句子。"小鸟"成了大家对她的爱称。她和肖素也更接近,每天早上一醒来,先要叫一声"素姐"。

她还是天天去弹琴,天天碰见齐虹,可是从没有说过话。本来总在那短松夹道的路上碰见他。后来常在楼梯上碰见他,江玫弹完了琴出来时,总看见他站在楼梯栏杆旁,仿佛站了很久了似的,脸上的神气总是那样漠然。

有一天天气暖洋洋的,微风吹来,丝毫不觉得冷,确实是春天来了。江玫在练琴室里练习贝多芬的《月光曲》,总弹也弹不会,老要出错,心里烦躁起来,没到时间就不弹了。她走出琴室,一眼就看见齐虹站在那里。他的神色非常柔和,劈头就问:

"怎么不弹了?"

"弹不会。"江玫多少带了几分诧异。

"你大概太注意手指的动作了。不要多想它,只记着调子,自然会弹出来。"

他在钢琴旁边坐下了,冰冷的琴键在他的弹奏下发出了那样柔软热情的声音。换了别的人,脸上一定会带上一种迷醉的表情,可是齐虹神采飞扬,目光清澈,仿佛现实这时才在他眼前打开似的。

"他是怎么样的人?"江玫问着自己,"学物理,弹一手好钢琴,那神色多么奇怪。"

齐虹停住了,站起来,看着倚在琴边的江玫,微微一笑:"你没有听?"

"不,我听了。"江玫分辩道,"我在想——"想什么,她自己也不知道。

"我送你回去,好吗?"

"你不练琴?"

"不想练。你看天气多么好!"

就这样,他们开始了第一次的散步。就这样,他们散步,散步,看到迎春花染黄了柔软的嫩枝,看到亭亭的荷叶铺满了池塘。他们曾迷失在荷花清远的微香里,也曾迷失在桂花浓酽的甜香里,然后又是雪花飞舞的冬天。哦,那雪花,那阴暗的下雪天!

齐虹送她回去,一路上谈着音乐,齐虹说:"我真喜欢贝多芬,他真伟大,丰富,又那样朴实。每一个音符上都充满了诗意。"

江玫懂得他的"诗意"含有一种广义的意思。她的眼睛很快地表露了她这种懂得。

齐虹接着说:"你也是喜欢贝多芬的,不是吗?据说肖邦最不喜欢贝多芬,简直不能容忍他的音乐。"

"可我也喜欢肖邦。"江玫说。

"我也喜欢。那甜蜜的忧愁——人和人之间有很多相同的也有很多不同的东西——"那漠然的表情又来到他的脸上,"物理和音乐能把我带到一个真正的世界去,科学的、美的世界,不像咱们活着的这个世界,这样空虚,这样紊乱,这样丑恶!"

他送她到西楼,冷淡地点了点头就离开了,根本没有问她的姓名。江玫又一次感到有些遗憾。

晚上,江玫从图书馆里出来,在月光中走回宿舍。身后有一个声音轻轻唤她:"江玫!"

"哦,是齐虹。"她回头看见那修长的身影。

"你怎么知道我的名字?"齐虹问。月光照出他脸上热切的神气。

"你怎么知道我的名字?"江玫反问。她觉得自己好像认识齐虹很久了,齐虹的问题可以不必回答。

"我生来就知道。"齐虹轻轻地说。

两人都不再说话。月光把他们的影子投在地上。

以后,江玫出来时,只要是一个人,就总会听到温柔的一声"江玫"。他们愈来愈熟。不知从什么时候起,从图书馆到西楼的路就无限度地延长了。走啊,走啊,总是走不到宿舍。江玫并不追究路为什么这样长,她甚至希望路更长一些,好让她和齐虹无止境地谈着贝多芬和肖邦,谈着苏东坡和李商隐,谈着济慈和勃朗宁。他们都很喜欢苏东坡的那首《江城子》:"十年生死两茫茫,不思量,自难忘,千里孤坟,无处话凄凉。"他们幻想着十年的时间会在他们身上留下怎样的痕迹。他们谈时间,空间,也谈论人生的道理——

齐虹说:"人活着就是为了自由。自由,这两个字实在好极了。自,就是自己,自由,就是什么都由自己,自己爱做什么就做什么。这解释好吗?"

他的语气有些像开玩笑,其实他是认真的。

"可是我在书里看见,认识必然才是自由。"江玫那几天正在看《大众哲学》,"人也不能只为自己,一个人怎么活?"

"呀!"齐虹笑道,"我倒忘了,你的同屋就是肖素。"

"我们非常要好。"

因为看到路旁的榆叶梅,齐虹说用"热闹"两字形容这种花最好。江玫很赞赏这两个字,就把自由问题搁下了。

江玫隐约觉得,在某些方面,她和齐虹的看法永远也不会一致。可是她并没有去多想这个,她只喜欢和他在一起,遏制不住地愿意和他在一起。

一个礼拜天,江玫第一次没有回家。她和齐虹商量好去颐和园。春天的颐和园真是花团锦簇,充满了生命的气息。来往的人都脱去了臃肿的冬装,显得那样轻盈可爱。江玫和齐虹沿着昆明湖畔向南走去,那边简直没有什么人,只有和暖的春风和他们做伴。绿得发亮的垂柳直向他们摆手。他们一路赞叹着春天,赞叹着生命,走到玉带桥旁边。

"这水多么清澈,多么丰满啊。"江玫满心欢喜地向桥洞下面跑去。她笑着想要摸一摸那湖水。齐虹几步就追上了她,正好在最低的一层石阶上把她抱住。

"你呀!你再走一步就掉到水里去了!"齐虹捋着她额前的短发,"我救了你的命,知道吗? 小姑娘,你是我的。"

"我是你的。"江玫觉得世界上什么都不存在了。她靠在齐虹胸前,觉得这样撼人的幸福渗透了他们。在她灵魂深处汹涌起伏着潮水似的柔情,把她和齐虹一起融化。

齐虹抬起了她的脸:"你哭了?"

"是的。我不知为什么,为什么这样激动——"

齐虹也激动地望着她,在清澈的丰满的春天的水面上,映出了一双倒影。

齐虹喃喃地说:"我第一次看见你,就是那个下雪天,你记得吗? 我看见了你,当时就下了决心,一定要永远和你在一起,就像你头上的那两粒红豆,永远在一起,就像你那长长的双眉和你那双会笑的眼睛,永远在一起。"

"我还以为你没有看见我——"

"谁能不看见你! 你像太阳一样发着光,谁能不看见你!"齐虹的语气是这样热烈,他的脸上真的散发出温暖的光辉。

他们循着没有人迹的长堤走去,因为没有别人而感到自由和高兴。江玫抬起她那双会笑的眼睛,悄声说:"齐虹,咱们最好去住在一个没有人的岛上,四面是茫茫的大海,只有你是唯一的人——"

齐虹快乐地喊了一声,用手围住她的腰:"那我真愿意! 我恨人类! 只除了你!"

对于江玫来说,正是由于深切的爱,才想到这样的念头,她不懂齐虹为什么要联想到恨,未免有些诧异地望着他。她在齐虹光亮的眼睛里感到了热情,但在热情后面却有一些冰冷的东西,使她发抖。

齐虹注意到她的神色,改了话题:

"冷吗? 我的小姑娘?"

"我只是奇怪,你怎么能恨——"

"你甜蜜的爱,就是珍宝,我不屑把处境和帝王对调。"齐虹顺口念着莎士比亚的两句诗,他确是真心的。可是江玫听来,觉得他对那两句诗的情感,更多于对她自己。她并没有多计较,只说是真有些冷,柔顺地在他手臂中,靠得更紧一些。

江玫的温柔的衰弱的母亲不大喜欢齐虹。江玫问她:"他怎么不好?他哪里不好?"母亲忧愁地微笑着,说他是聪明极了,也称得起漂亮,但作为一个人,他似乎少些什么,究竟少些什么,母亲也说不出。在江玫充满爱情的心灵里,本来有着一个奇怪的空隙,这是任何在恋爱中的女孩子所不会感到的。而在江玫,这空隙是那样尖锐,那样明显,使她在夜里痛苦得不能入睡。她想马上看见他,听他不断地诉说他的爱情。但那空隙,是无论怎样的诉说也填不满的罢。母亲的话更增加了江玫心上的阴影。更何况还有肖素。

红五月里,真是热闹非凡。每天晚上都有晚会。五月五日,是诗歌朗诵会。最后一个朗诵节目是艾青的《火把》。江玫担任其中的唐尼。她本来是再也不肯去朗诵诗的,她正好是属于一听朗诵诗就浑身起鸡皮疙瘩的那种人。肖素只问了她两句话:"喜欢这首诗不?""喜欢。""愿意多有一些人知道它不?""愿意。""那好了,你去念罢。"江玫拂不过她,最后还是站到台上来了。她听到自己清越的声音飘在黑压压的人群上,又落在他们心里。她觉得自己就是举着火把游行的唐尼,感觉到一种完全新的东西、陌生的东西。而肖素正像是指导着唐尼的李茵。她愈念愈激动,脸上泛着红晕。她觉得自己在和上千的人共同呼吸,自己的情感和上千的人一同起落。"黑夜从这里逃遁了,哭泣在遥远的荒原。"那雄壮的齐诵好像是一种无穷的力量,推着她,使她想要奔跑,奔跑——

回到房间里,她对肖素说:"我今天忽然懂得了大伙儿在一起的意思,那就是大家有一样的认识,一样的希望,爱同样的东西,也恨同样的东西。"

肖素直看着她,问道:"你和齐虹有一样的认识,一样的希望吗?"

江玫很怪肖素这时提到齐虹,打断了她那些体会,她那双会笑的眼睛严肃起来:"我真不知道怎样告诉你,我和齐虹,照我看,有很多地方,是永远也不会一致的。"

肖素也严肃地说:"本来是不会一致。小鸟儿,你是一个好女孩子,虽然天地窄小,却纯洁善良。齐虹憎恨人,他认为无论什么人彼此都是互相利用。他有的是疯狂的占有的爱,事实上他爱的还是自己。我和他已经同学四年——"

"你怎么能这样说他!我爱他!我告诉你我爱他!"江玫早忘了她和齐虹之间的分歧,觉得有一团火在胸中烧,她斩钉截铁地说,砰的一声关上房门,到走廊里去了。

"回来!回来。"第一声是严厉的,第二声是温柔的。肖素打开房门,看见她站在走廊里,眼睛像星星般亮。"你这礼拜天回家吗?有点事要你做。"

江玫是从不拒绝肖素的任何要求的。她隐约觉得肖素正在为一个伟大的事业做着工作,肖素的生活是和千百万人联系在一起的,非常炽热,似乎连石头也能温暖。她望着肖素,慢慢走了回来。

"什么事？交给我办好了。"

"你不回家吗？"

"原来想回去看看。听说面粉已经涨到三百万元一袋了。前几天大公报登了几首小诗，有一点稿费，想去送给母亲。"江玫一下子觉得疲倦得要命，坐在椅子上。

肖素本来想说"不食人间烟火的江玫也知道关心物价了"，又一想，就没有说。只说：

"这里有几篇壁报稿子，礼拜一要出，你来把它们修改一遍，文字上弄通顺些，抄写清楚。我明天进城，可以把钱送给伯母。"她把稿子递给江玫，关心地看着她，说，"过两天，咱们还要好好谈一谈。"

礼拜天，江玫吃过早饭就坐在桌旁看那些稿子。为什么这些短短的文字并不怎么通顺的文章这样有说服力？要民主反饥饿，像钟声一样在江玫耳边敲着。参加新诗朗诵会的兴奋心情又升起来了。《火把》中的唐尼的形象仿佛正站在窗帘上。

有人敲门。

"江玫！"是齐虹的声音。

江玫转过头去，正是齐虹站在门口，一脸温柔的笑意，在看着江玫。

"哦，你来了！"

"昨天晚上到你家里去了，伯母说你没有回来。我连家也没有回，就回学校来了。"他走上来握住江玫的手。

一提起齐虹的家，江玫眼前就浮现出富丽堂皇的大厅，老银行家在数着银圆，叮叮当当响，这和江玫手上的那些文章很不调和。甚至齐虹,这温文尔雅的齐虹,也和它们很不调和,但江玫看见他,还是很高兴的。

"在干什么?要出壁报吗?听说你还朗诵诗?你怎么也参加民主运动了?我的女诗人!"

江玫不太喜欢他那说话的语气,颔首要他坐下。

"我是来找你出去玩的。你看天气多么好!转眼就是夏天了,我来接你到'绝域'去做春季大扫除。"

"绝域"是他们两个都喜欢的一个童话"潘彼得"中的神仙领域。他们的爱情就建筑在这些并不存在的童话、终究要萎谢的花朵、要散的云、会缺的月上面。

"今天不行呀,齐虹。"江玫抱歉地说。她抽回了自己的手,理了理放在桌上的稿子,"肖素要我——"

"肖素!又是肖素!你怎么这么听她的话!"齐虹不耐烦地说。

"她的话对吗!"

"可是你知道我多么想和你在一起,去听那新生的小蝉的叫唤,去看那新长出来的小小的荷叶——我想要怎样,就要做到!"齐虹脸上温柔的笑意不见了,好像江玫是他的一本书,或者一件仪器。

江玫惊诧地望着他。

"也许,你还会去参加游行罢!你真傻透了!就知道一个肖素!"愤怒的阴云使他的脸变得很凶恶,但他马上又换上一副温和的腔调,"跟我去罢,我的小姑娘。"

江玫咬着自己的嘴唇,几乎咬出血来。

门外有人叫:"小鸟儿!江玫!快来看看这幅漫画,合适不合适。"

江玫想要出去。齐虹却站在桌前不放她走。江玫绕到桌子这边,齐虹也绕了过来,照旧拦住她。江玫又急又气,怎么推他也推不动,不一会儿,江玫的头发散乱,那红豆发夹落在地上,马上就被齐虹那穿着两色镶皮鞋的脚踩碎了,满地散着黑白两色的小珠。江玫觉得自己整个的灵魂正像那个发夹一样给压碎了。她再没有一点力气,屈辱地伏在桌子上哭起来。

齐虹需要的正是这样的哭泣。他捡起那两粒红豆,极其体贴地抚着她的肩:"原谅我!原谅我!我太任性,只是说不出地要和你在一起,我需要你——"

"别哭了,别哭了,我的小姑娘。"齐虹真的着急起来,"我再也不惹你生气了,再也不——再也不——"

江玫觉得这一切真没意思。她很快就抬起头来,擦干了眼泪。她看出来壁报是编不成了,但她也下定决心不跟他出去。只呆呆地坐着,望着窗外。

"好了,好了,不要生气。我来做个盒子把这两粒红豆装起来罢。做个纪念,以后绝不会再惹你。咱们该把这两粒红豆藏在哪儿?"

以后,这两粒红豆就被装在一个精致的盒子里面,放在耶稣像后面的小洞里了。那小洞是齐虹偶然发现的。江玫睡在床上看见耶稣的像,总觉得他太累,因为他负荷着那么多人世间的痛苦。

这一次争吵以后,齐虹和江玫并不是再也不争吵,而是把争吵和哭泣变成了他们爱情中的一部分。他们每次见面总有一阵风波,有时大有时小,但如果有一天不见面,不看到听到对方的音容笑貌,在他们却又是受不了的事。他们的爱情正像鸦片烟一样,使人不幸,而又断绝不了。江玫一天天地消瘦了,苍白了,母亲望着她忍不住哭。齐虹脸上那种漠不关心的神气消失了,换上的是提心吊胆的急躁和忧愁。因为他对人生不信任,他对爱情也不信任,他监视着爱情,监视着幸福,监视着江玫——

就在这个时候,江玫也一天天明白了许多事。她知道少数人剥削多数人的制度该被打倒。她那善良的少女的心,希望大家都过好的生活。而且物价的飞涨正影响着江玫那平静温暖的小天地。母亲存着一些积蓄的那家银行忽然关了门,江玫和母亲一下子变成舅舅的负担了,江玫是决不愿意成为别人的负担的,她渴望着新的生活,新的社会秩序。共产党在她心里,已经成为一盏导向幸福自由的灯,灯光虽还模糊,但毕竟是看得见的了。

也就在这时候,江玫的母亲原有的贫血症愈来愈严重,医生说必须加紧治疗,每天注射肝精针,再拖下去的话,后果不堪设想。但是这一笔医药费用筹办起来谈何容易!舅舅已经是自顾不暇了,难道还去麻烦他?本来和齐虹提一提也可以,但是江玫决不愿求他。江玫只自己发愁,夜里睡不着觉。

肖素很快就看出来江玫有心事。一盘问,江玫就一五一十告诉了她。

"那可不能拖下去。"肖素立刻说,她那白白的脸上的神色总是那样果断,"我输血给她!小鸟儿,你看,我这样胖!"

她含笑弯起了手臂。

江玫感动地抱住了她:"不行,肖素。你和我的血型一样,和母亲不一样,不能输血。"

"那怎么办?我们总得想办法去筹一笔款子。"

第三天晚上,肖素兴高采烈地冲进房间。一进来就喊:"江玫!快看!"江玫吃惊地看她,她大笑着,扬起了一叠钞票。

"素!哪里来的?你怎么这样有本事?"江玫也笑了,笑得那样放心。这种笑,是齐虹极想要听而听不到的。

"你别管,明天快拿去给伯母治病吧。"肖素眨眨眼睛,故作神秘地说。

"非要知道不可!不然我不安心!"

"别说了,我要睡觉了。"肖素笑过了,一下子显得很是疲倦。她脱去了朴素的蓝外套,只穿着短袖竹布旗袍,坐在床边上。

江玫上下打量她,忽然看见她的臂弯里贴着一块橡皮膏。江玫过去拉起她的手,看看橡皮膏,又看看她的脸。

"有什么好打量的?"肖素微笑着抽回了手,盖上了被。

"你——抽了血?"

肖素满不在乎地说:"我卖了血。不止我一个人,还有几个伙伴。"

人常常会在一刹那间,也许只是因为一个眼神一个手势,伤透了心,破坏了友谊。人也常常会在一刹那间,也许就因为手臂上的一点针孔,建立了死生不渝的感情。江玫这时什么话也说不出来,她一下子跪在床边,用两只手遮住了脸。

礼拜六,江玫一定要肖素自己送钱去给母亲。肖素答应了和江玫一道回家,江玫也答应了肖素不告诉母亲钱的来源。两人欢欢喜喜回家去了。到了家,江玫才发现母亲已经病倒在床,这几天饭都是舅母那边送过来的。她站在衰老病弱的母亲床边,一阵心酸,眼泪夺眶而出。肖素也拿出了手绢,但她不只是看见这一位母亲躺在床上,她还看见千百万个母亲形销骨立心神破碎地被压倒在地下。

这一晚,两人自己做了面条,端在母亲床边一同吃了。母亲因为高兴,精神也好了起来。她吃过了面,笑着问:"我真是病得老了,今天你舅母来,问我有火没有,我听成有狗没有。直告诉她从前咱们养了一只狗,名叫斐斐——"肖素和江玫听了笑得不得了。江玫正笑着,想起了齐虹。她想:这种生活和感情是齐虹永远不会懂的。她也没有一点告诉给他的欲望。

六月,反对美国扶植日本的运动达到了高潮。江玫比以前更关心当前的政治局势。她感到美国正在筹谋着什么坏主意。很明显,扶植压迫中国人民八年之久的日本,在每一个中国人心上都会引起抑制不住的愤怒。

有一天,肖素和江玫坐在窗前,读着当时美驻华大使司徒雷登在报上发表的声明,一面读一面生气。声明中说:"如使日人成为饥饿不安之人民,则日人亦将续为和平之威胁,此种情形适为共产主义所需。如吾人诚意为一般之利益计,必须消灭鼓励共产主义之因素。"这很可以看清楚美国的目的究竟何在了。

读完报纸,江玫愤愤地说:"要不要共产主义,是我们自己的事!"

肖素微笑道:"你知道共产主义是什么?"

江玫坦率地说:"我不知道。不过我想那种生活总不会比现在坏。那时的人,都像你一样——"

肖素又笑道:"现在哪里不够好?你吃着大米饭,穿着花布旗袍,还坏吗?"

江玫轻倚着肖素,一面想一面说:"这个人吃人的社会,不只在物质上,也在精神上。"她出了一会儿神,又说,"肖素,要知道,我是多么寂寞啊。"

肖素抚着她的肩,说:"人生的道路,本来不是平坦的。要和坏人斗争,也要和自己斗争——"以后江玫在最困难的时候,总会想起这几句话。

六月九日,北京学生举行反美扶日大游行,江玫也参加了。

那天早上,窗外还黑得像老鸦的翅膀,江玫就起来收拾医药包,她是救护队的。她看看肖素空了一夜的床,又看看救护包上的红十字,心想肖素这一夜不知忙得怎样了,也许今天就会用这包里的绷带纱布来救护她罢。不知为什么,江玫特别为肖素和几个社团里的同学担心,江玫摸摸碘酒和红药水的药瓶,心中又兴奋,又不安。

"小鸟儿快走呀!"同学在门外叫起来了。

她们跑到操场上,夏天的太阳刚在东柳村那边村庄的屋顶上射出一片红光。肖素正在人丛里,她分明是一夜没有睡,胖胖的面庞有些苍白,但精神还是那样好。她看见江玫和同学们跑来,脸上闪过一个嘉许的微笑。

"江玫!"

"肖素!"江玫悄悄地塞给她一个大苹果,那是齐虹昨天送来的。对于齐虹不断向西楼运来的各式各样的礼物,江玫只偶尔接受一点水果和糖食。

长长的队伍出发了,举着各种标语,沉默地走在郊外的大道上,愈走天愈亮,愈走路愈分明。一个男同学问江玫:"药包重吗?我代你拿。"江玫微笑,说:"一个兵士的枪,能让人家代他背着吗?"那男同学也微笑,看着她穿着白衬衫蓝长裤红背心的雄赳赳的样子,问:"你永远都要做一个兵?"江玫严肃地睁大眼睛,略微一想,她回答:

"是的,永远。"

队伍七点钟就到了西直门,可是城门关了,进不去。人群中有人喊着:"不开城门,决不回校!"有的喊着:"大家冲啊!冲进去!"一时群情激昂,人声嘈杂,那些标语牌子忽高忽低地起伏着。肖素在队伍里跑来跑去叫着:"别嚷!别乱!已经去交涉了。"江玫忽然很希望自己是一个手执拂尘的仙女,用拂尘一指,城门马上便开——自己这样想想,又觉得好笑,还是等肖素他们交涉,肖素比仙女有用得多。

果然到九点钟时,城门开了,队伍涌进城去,正遇到城里几个大学的同学拥在门前迎接他们。"同学们,你好!""兄弟们,你好!"热情的呼声,此起彼落,江玫觉得泪水已冲到了眼睛里,她连忙低下头,看着自己的鞋尖。

游行开始了,大家一步步地走着,一声声地喊着。"反对美国扶植日本!""要自由""要独立!"口号像炸弹一样在空中炸了开来,路旁有些军警脸上带着惊慌的神色,江玫几乎来不及想喊了什么,只觉得每一步路每一声喊都使大家更接近光明。

队伍走过了西四西单天安门,绕南池子到北京大学的民主广场。走过天安门的时候,江玫望着那雄伟的建筑,心里升起一种怜悯而又惭愧的心情。天安门在不肖的子孙手里,蒙受了多少耻辱。江玫觉得那剥落的红墙也在盼望着:新的社会快点来,让中华民族站起来,让天安门也站起来!

在民主广场举行了群众大会,有几个教授讲演。也许是累了,也许是别的原因,江玫觉得思想很不集中,那种兴奋和激动已经过去了。她惦记着那黄昏笼罩了的初夏的校园,惦记着自己住的西楼,说得更确切些,她是惦记着在西楼窗下徘徊的那个年轻人。天知道他会急成什么样子,会发多么大的脾气,会做出怎样的事来!她把肩上挎的药包紧了一紧,感觉到一阵头昏。

肖素走过来,低声问:"你不舒服吗?"

"没有,一点儿都没有!"江玫连忙振起了精神。自己暗暗责骂自己,在这样的场合,偏会想到他!

大队回到学校时,灯光已经缀满校园。江玫回到房间里,两腿再也抬不起来,像是绑上了两块大石头。这时有人敲门,江玫心中一紧,感到一场风暴就要发生了,她靠在床栏杆上,默默地啜着热水。门开了,进来的是老赵。他的眉头皱得打了结,手里拿着一个破碎的糖盒子,往桌上一放说:

"哎哟,江小姐!可真不得了啦!我活了这么大年纪也没见过脾气这么火暴的人!你们这位齐先生别是用公鸡血喂大的吧？他要死了,准得下冰冻地狱把人镇凉了才行,要不然连阎王殿都给烧啦!"

"什么'你们齐先生'？别这么说。他怎么了？你快说呀!"江玫放下了手中的杯子。

"今儿个下午他来找您,我说江小姐游行去了。他一听,就把他带来的这盒糖扔到大门外台阶上了,像是扔球似的!盒子破了,糖都滚了出来,我看这盒糖呀,值一袋面的钱,心里怪舍不得,我说,'齐先生,江小姐不在,你给东西留下得了,干吗发这么大的火呀？'他一听更急了,一张脸煞红煞白,抄起门房的一个茶杯就摔在玻璃窗上,哗啦!你瞧瞧这满地的玻璃碴子!我看他是有点儿疯病!摔完了拔腿就走,还扔在台阶上三百万的票子,那是让我们修玻璃买茶杯？您说是不是？"

"别说了。"江玫无力地挥手。"就补块玻璃买个茶杯罢。"

"这糖,我看怪可惜了儿的,给您捡了来了。"

"你带回家去,那不是我的,我不要。"

这时肖素已经进来了,把这一段话都听了去。她一回来就洗脸洗脚,都收拾好了就伏在桌上写什么。而江玫还靠在床栏杆上,一动也不动。

肖素停下笔来:"你干什么？小鸟儿!你这样会毁了自己的。看出来了没有？齐虹的灵魂深处是自私残暴和野蛮,干吗要折磨自己？结束了吧,你那爱情!真的到我们中间来,我们都欢迎你,爱你——"肖素走过来,用两臂围着江玫的肩。

"可是,齐虹——"江玫没有完全明白肖素在说什么。

"什么齐虹！忘掉他！"肖素几乎是生气地喊了起来，"你是个好孩子，好心肠，又聪明能干，可是这爱情会毒死你！忘掉他！答应我，小鸟儿。"

江玫还从没有想到要忘掉齐虹。他不知怎么就闯入了她的生命，她也永不会知道该如何把他赶出去。她迟钝地说："忘掉他——忘掉他——我死了，自然就会忘掉。"

肖素真生她的气："怎么这样说话！好好儿要说到死！我可想活呢，而且要活得有价值！"她说着，颜色有些凄然。

"怎么了？素姐！"细心而体贴的江玫一眼就看出有什么不平常的事。对肖素的关心一下子把自己的痛苦冲了开去。

肖素望着窗外，想了一会儿，说："危险得很。小鸟儿，我离开你以后，你还是要走我们的路，是不是？千万不要跟着齐虹走，他真会毁了你的。"

"离开我？"江玫一把抱住了肖素。"离开我？为什么？我要跟你在一起！"

"我要毕业了呀，家里要我回湖南去教书。"肖素似真似假地回答。她是湖南人，父亲是个中学教员。

"毕业？"

"是毕业呀。"

可是肖素并没有能毕业，当然也没有回湖南去教书。她去参加毕业考试的最后一项科目，就没有回来。

同学们跑来告诉江玫时，江玫正在为"英国小说选读"这一门课写读书报告，读的书是英国女作家艾米莉·勃朗特的《呼啸山庄》。江玫和齐虹常常谈论这本书。齐虹对这本书有那么多精辟的见解，了解得那样透彻，他真该是最懂得人生、最热爱人生的,但是竟不然——

肖素被捕的消息一下子就把江玫从《呼啸山庄》里拉出来了。江玫跳起来夺门而出,不顾那精心写作的读书报告撒得满地。好些同学跟她一起跑出了西楼,一直跑到学校门口,只看见一条笔直的马路,空荡荡的,望不到头。路边的洋槐发散着淡淡的香气。江玫手扶着一棵洋槐树,连声问:"在哪儿?在哪儿?"一个同学痛心地说:"早装上闷罐子车,这会子到了警察局了。"江玫觉得天旋地转,两腿再没有一点力气,一下子就坐在地上了。大家都拥上来看她,有的同学过来搀扶她。

"你怎么了?"

"打起精神来,江玫!"

大家喊喊喳喳在说着,是谁愤愤的声音特别响:"流血,流泪,逮捕,更教人睁开了眼睛!"

"是呀!"江玫心里说,"逮走一个肖素,会让更多的人都长成肖素。"

江玫弄不清楚人群怎样就散开了,而自己却靠在齐虹的手臂上,缓缓走着。

齐虹对她说:"我们系里那些同学嚷嚷着江玫晕倒了,我就明白是为了那肖素的缘故,连忙赶来。"

"对了,你们不是一起考理论物理吗?听说她是在课堂上被抓走的。"江玫这时多么希望谈谈肖素。

"是在考试时被抓走的。你看,干那些民主活动,有什么好下场!你还要跟着她跑!我劝你多少次——"

"什么?你说什么?"江玫叫了起来,她那会笑的眼睛射出了火光,"你！你真是没有心肝！"她把齐虹扶着她的手臂用力一推,自己向宿舍跑去了。跑得那么快,好像后面有什么妖魔鬼怪在追着她。

她好容易跑到自己房间,一下子扑在床上,半天喘不过气来。这时齐虹的手又轻轻放在她肩上了。齐虹非常吃惊,他不懂江玫为什么会发这么大的脾气,他曲着一膝伏在床前说：

"我又惹了你吗？玫！我不过忌妒着肖素罢了,你太关心她了。你把我放在什么地方？我常常恨她,真的,我觉得就是她在分开咱们俩——"

"不是她分开我们,是我们自己的道路不一样。"江玫抽噎着说。

"什么？为什么不一样？我们有些看法不同,我们常常打架,我的脾气,确实不好。不过,那有什么关系,反正我只知道,没有你就不行。我还没有告诉你,玫,我家里因为近来局势紧张,预备搬到美国去,他们要我也到美国去留学。"

"你！到美国去？"江玫猛然坐了起来。

"是的。还有你,玫。我已经和父亲说到了你,虽然你从来都拒绝到我家里去,他们对你都很熟悉。我常给他们看你的相片。"齐虹得意地拿出他随身携带的小皮夹子,那里面装着江玫的一张照片,是齐虹从她家里偷去的。那是江玫十七岁时照的,一双弯弯的充满了笑意的眼睛,还有那深色的嘴唇微微翘起,像是在和谁赌气。"我对他们说,你是一首最美的诗,一支最美的乐曲——"若是说起赞美江玫的话来,那是谁也比不上齐虹的。

"不要说了。"江玫辛酸地止住了他,"不管是什么,都不能把你留在你的祖国啊。"

"可是你是要和我一块儿去的,玫,你可以接着念大学,我们要永远在一起,没有任何东西能分开我们。"

"不要说了,不要说了。"这是江玫唯一能说的话。

心上的重压逼得江玫走投无路。她真怕看肖素留下的那张空床,那白被单刺得她眼睛发痛。没有到礼拜六,她就回家去了。那晚正停电,母亲坐在摇曳的烛光下面缝着什么,在阴影里,她显得那样苍老而且衰弱。江玫心里一阵发痛,无声地唤着"心爱的母亲,可怜的母亲",眼泪不由自主地流了下来。

"玫儿!"母亲丢了手中的活计。

"妈妈!肖素被捉走了。"

"她被捉走了?"母亲对女儿的好朋友是熟悉的,她也深深爱着那坦率纯朴的姑娘。但她对这个消息竟有些漠然,她好像没有知觉似的沉默着,坐在阴影里。

"肖素被捉走了。"江玫又重复了一遍。她眼前仿佛看见一个殷红的圆圆的面孔。

"早想得到啊。"母亲喃喃地说。

江玫把手中的书包扔到桌上,跑过来抱住母亲的两腿:"您知道?"

"我不知道,但我想得到。"母亲叹了一口气,用她枯瘦的手遮住自己的脸,停了一下,才说,"我一直没有告诉你。我想着,没有父亲的日子,对我的小女儿来说,已经够受的了,怎能再加上别的缘故,让你的日子更沉重——要知道你的父亲,十五年前,也是这样不明不白地就再没有回来。他从来也没有害过什么肠炎胃炎,只是那些人说他思想有毛病。他脾气倔,不会应酬人,还有些别的什么道理,我不懂,说不明白。他反正没有杀人放火,可我们就这样糊里糊涂地再也看不见他了——"母亲说着,失声痛哭起来。

原来父亲并不是死于什么肠炎!无怪母亲常常说不该有一个人屈死。屈死!父亲正是屈死的!江玫几乎要叫出来。她也放声哭了,母亲抚着她的头,眼泪浇湿了她的头发——

从父亲死后,江玫只看见母亲无言流泪,还从没有看见她这样激动过。衰弱的母亲,心底埋藏了多少悲痛和仇恨!江玫觉得母亲的眼泪滴落在她头上,这眼泪使得她平静下来了。是的,难道还该要这屈死人的社会吗?彷徨挣扎的痛苦离开了她,仿佛有一种大力量支持着她走自己选择的路。她把母亲粗糙的手搁在自己被泪水浸湿的脸颊上,低声唤着:"父亲——我的父亲——"

门轻轻开了,烛光把齐虹的修长的影子投在墙上,母亲吃惊地转过头去。江玫知道是齐虹,仍埋着头不作声。齐虹应酬地唤了一声"伯母",便对江玫说:

"你怎么今天回家来了?我到处找你找不着。"

江玫没有理他,抬头告诉母亲:"他要到美国去。"

"是要和江玫一块儿去,伯母。"齐虹抢着加了一句。

"孩子,你会去吗?"母亲用颤抖的手摸着女儿的头。

"您说呢,妈妈?"江玫抱住母亲的双膝,抬起了满是泪痕的脸。

"我放心你。"

"您同意她去了,伯母?"人总是照自己所期待的那样理解别人的话,齐虹惊喜万分地走过来。

"母亲放心我自己做决定,她知道我不会去。"江玫站起来,直望着齐虹那张清秀的象牙色的脸。齐虹浑身上下都滴着水,好像他是游过一条大河来到她家似的。

可是齐虹自己一点不觉得淋湿了,他只看见江玫满脸泪痕,连忙拿出手帕来给她擦,一面说:"咱们别再闹别扭了,玫,老打架,有什么意思?"

"是下雨了吗?"母亲包起她的活计,"你们商量罢,玫儿,记住你的父亲。"

"我不知道下雨了没有。"齐虹心不在焉地回答,他没有看见江玫的母亲已经走出房去,他的眼睛一刻都没有离开江玫。

江玫呆呆地瞪着他,任他拭去了脸上的泪,叹了一口气,说:"看来竟不能不分手了,我们的爱情还没有能让我们舍弃自己的一生。"

"我们一定会过得非常舒适而且快活——为什么提到舍弃?为什么提到分手?"齐虹狂热地吻着他最熟悉的那有着粉红色指甲的小手。

"那你留下来!"江玫还是呆呆地看着他。

"我留下来?我的小姑娘,要我跟着你满街贴标语,到处去游行吗?我们是特殊的人,难道要我丢了我的物理和音乐,我的生活方式,跟着什么群众瞎跑一气,扔开智慧,去找愚蠢？傻心眼儿的小姑娘，你还根本不懂生活，你再长大一点，就不会这样天真了。"

"傻心眼儿？人总还是傻点好！"

"你一定得跟我走！"

"跟你走，什么都扔了。扔开我的祖国，我的道路，扔开我的母亲，还扔开我的父亲！"江玫的声音细若游丝，她自己都听不见自己在说什么。说到"父亲"两字，她的声音猛然大起来，自己也吃了一惊。

"可是你有我，玫！"齐虹用责备的语气说。他看见江玫眼睛里闪耀着一种亮得奇怪的火光，不觉放松了江玫的手。紧接着一阵遏制不住的渴望和激怒，使他抓住了江玫的肩膀。他压低了声音，一字一字地说："我恨不得杀了你，把你装在棺材里带走。"

江玫回答说："我宁愿听说你死了，不愿知道你活得不像个人。"

风呼啸着，雨滴急速地落着。疾风骤雨，一阵比一阵紧，忽然哗啦一声响，是什么东西摔碎了。齐虹把江玫搂在胸前，借着闪电的惨白的光辉，看见窗外阶上的夹竹桃被风刮到了阶下。江玫心里又是一阵疼痛，她觉得自己的爱情，正像那粉碎了的花盆一样，像那被吹落的花朵一样，永远不能再重新完整起来，永远不能再重新开在枝头。

这种爱情，就像碎玻璃一样割着人。齐虹和江玫，虽然都把话说得那样决绝，却还是形影相随。花池畔，树林中，不断地增添着他们新的足迹。他们也还是不断地争吵，流泪。

十月里东北局势紧张，解放军排山倒海地压来，解放了好几个城市。当时蒋介石提出的方针是：维持东北，确保华北，肃清华中。虽然对华北是确保，但华北的"贵人"们还是纷纷南迁。齐虹的家在秋初就全部飞南京转沪赴美了，只有齐虹一个人留在北平。他告诉家里说论文还有点尾巴没写好，拿不到毕业文凭，而实际上，他还在等着江玫回心转意。他根本不相信江玫可能不跟他走。他，齐虹，这样的齐虹，又在发疯地爱着的齐虹！在那执拗的江玫面前，他不止一次想，若真能把她包扎起来带走该有多好！他脸上的神色愈来愈焦愁，紧张，眼神透露着一种凶恶。这些都常在黑夜里震荡着江玫的梦。

江玫的梦现在已不是那种透明的、颜色非常鲜亮的少女的梦了。局势的变化，肖素的被捕，齐虹的爱，以及自己复杂的感情，使她多懂了许多事。在抗议"七五"事件（国民党屠杀东北来的青年学生）的游行里，她已经不再当救护队，而打着"反剿民，要活命，要请愿"的大标语走在队伍的前列了。她领头喊着"为死者申冤，为生者请命"的口号，她奇怪自己的声音竟会这样响。她想到，在死者里面有她的父亲，在生者里面有她的母亲、肖素和她自己。她渴望着把青春贡献给整个人类解放的事业，她渴望着生活来一次翻天覆地的变动。

后来据肖素说（肖素在解放后出狱，在广播电台做播音员，向全世界广播北京的声音），那时的地下组织原打算发展江玫参加地下民主青年联盟的，只是她和齐虹的感情，让人闹不清她究竟爱什么，憎恶什么，就搁下来了。江玫听说这话，只轻轻叹了口气。

一九四八年冬天,北平已经到了解放前夕。城里流传着这样的民谣:"家家挂红灯,迎接毛泽东。"连最沉得住气的反动官员、大亨们也都纷纷逃走了。齐虹家里几乎是一天一封电报催他走,并且代他订了飞机座位。那时江玫的中心工作是和同学们一起讨论怎样应"变",宣传护校。她为即将来到的解放,感到兴奋,好像等待着一件期待已久的亲人的礼物,满怀着感情,幻想解放后的日子。而同时,她和齐虹那注定了无可挽回的分别啃咬着她的心。她觉得自己的心一面在开着花,同时又在萎缩。

一天,齐虹进城去了,直到晚上还没有露面。江玫坐在图书馆里,一页书也没有看,进来一个人她就抬头,可是直到电灯关了,齐虹还是不见。她忽然想,很可能他已经走了。走了,永远再也见不到他了。可是江玫一定还要再看他一眼,最后一眼!"齐虹!齐虹!"江玫几乎要叫出来,叫得全图书馆都听见。她连忙紧咬着嘴唇,快步走出了图书馆。

那是那一年冬天的第一个下雪天。路上的雪还没有上冻,灯光照在雪花上,闪闪刺人的眼。江玫一直向北楼走去,她想看一看那正对着一棵白杨树梢的窗子有没有灯光。那个房间她从没有去过,可是那窗口她却十分熟悉。齐虹常对她讲窗口的白杨树叶的沙沙声怎样伴着他度过多少不眠的夜。透过飞舞着的迷乱的雪花,她一下子就找到那棵白杨树,而那白杨树梢的窗口,漆黑一片,没有灯光。

江玫的心沉了下去。她两腿发软,站在北楼前,一动不动。

也许他从城里回来太累,已经去睡了?也许他还没有回来？江玫快步走进了北楼，走到齐虹的房间，她敲门又推门，门是锁着的。

"难道再也见不着他了？真见不着他了？"江玫走出北楼，心里在大声哭泣。她完全没有看见新诗社的一个同学从她身边走过，也没有听见人家在唤着"小鸟儿"。

好容易走到西楼，江玫真是一点力气都没有了。她想找个地方靠一靠再上楼，一眼看见自己房间里有灯光。那房间，自从肖素被抓去以后，是那样空，那样冷，晚上进去总是黑洞洞的。这时竟点着灯，这灯光温暖了江玫，她三步两步跑上去，在门外就叫着："虹！"

果然是齐虹在房间里等她，满脸的焦急使他看上去苍老了许多。他一看见江玫，连忙迎上来握着她的手，疲倦地也多少有些安心地说："你到底回来了！我以为我再也见不着你了。"

江玫没有回答。她怕自己会把刚才那一番焦急向他倾吐，会让他明白她多离不开他。而他却就要走了，永远地走了。

"明天一早的飞机，今晚就要去机场。"齐虹焦躁地说，"一切都已经定了，怎么样？咱们就得分别吗？"

"分别？永远不能再见你——"江玫看着那耶稣受难的像，她仿佛看见那像后的两粒红豆。

"完全可以不分别，永不分别！玫！只要你说一声同我一道走，我的小姑娘。"

"不行。"

"不行！你就不能为我牺牲一点？你说过只愿意跟我在

一起!"

"你自己呢?"江玫的目光这样说。

"我吗! 我走的路是对的。我绝不能忍受看见我爱的人去过那种什么'人民'的生活! 你该跟着我! 你知道吗,我从来没有这样求过人! 玫! 你听我说!"

"不行。"

"真的不行吗? 你就像看见一个临死的人而不肯去救他一样,可他一死去就再也不会活转来了。再也不会活了! 走开的人永远也不会再回来。你会后悔的,玫! 我的玫!"他用力摇着江玫的肩。

"我不后悔。"

齐虹看着她的眼睛,还是那亮得奇怪的火光。他叹了一口气:"好,那么,送我下楼罢。"

江玫温柔地替他系好围巾,拉好了大衣领子,一言不发,送他下楼。

纷飞的雪花在无边的夜里飘荡,夜,是那样静,那样静。他们一出楼门,马上开过来一辆小汽车。从车里跳出一个魁梧的司机。齐虹对司机摇摇手,把江玫领到路灯下,看着她,摇头,说:"我原来预备抢你走的,你知道吗? 你看,我预备了车,飞机票也买好了。不过,我看得出来,那样做,你会恨我一辈子。你会的,不是吗?"他拿出一张飞机票,也许他还希望江玫会忽然同意跟他走,迟疑了一下,然后把它撕成几片。碎纸片混在飞舞的雪花中,不见了。"再见! 我的玫! 我的女诗人! 我的女革命家!"他最后几句话,语气非常尖刻。江玫看见他的脸因为痛苦而变了形,他的眼睛红肿,嘴唇出血,脸上充满了烦躁和不安。江玫忽然想起第一次看见他时,他脸上那种漠不关心,什么都看不见的神气。

江玫想说点什么,但说不出来,好像有千把刀子插在喉头。她心里想:"我要撑过这一分钟,无论如何要撑过这一分钟。"她觉得齐虹冰凉的嘴唇落在她的额上,然后汽车响了起来。周围只剩了一片白,天旋地转的白,淹没了一切的白——

她最后对齐虹说的一句话就是:"我不后悔。"

江玫果然没有后悔。那时称她革命家是一种讽刺,这时她已经真的成长为一个好的党的工作者了。解放后又渐渐健康起来的母亲骄傲地对人说:"她父亲有这样一个女儿,死得也不算冤了。"

雪还在下着。江玫手里握着的红豆已经被泪水滴湿了。

"江玫!小鸟儿!"老赵在外面喊着,"有多少人来看你啦!史书记,老马,郑先生,王同志,还有小耗子——"

一阵笑语声打断了老赵不伦不类的通报。江玫刚流过泪的眼睛早已又充满了笑意。她把红豆和盒子放在一旁,从床边站了起来。

# 后　门

　　林回翠骑着自行车,到了自己家的大门口。她皱着眉头,先向门前那株圆锥形的松树望了望,又看看半掩着的院门,迟疑了一下,没有下车,一直绕到后院的篱笆墙外,悄悄儿从后门进了家。

　　穿过厨房,就看见弟弟坐在甬道尽头临窗的小桌前画着什么。那儿是弟弟的天下,墙上钉着架子,摆着各种各样飞机的模型。他转头一看,见是姐姐,便跳起来表示欢迎,叫道:"姐姐,你怎么从后门进来了?"

　　林回翠对他摇摇手,小声问:"妈妈在前面屋里吗?"

　　"妈妈还没有回来,今天下午她有会。"弟弟说,一面匆忙地开了抽屉,拿出一个旧信封,往回翠手里塞,"这是给你的,你快看!这几张邮票,是我和同学在集邮公司门前站了好几个钟头换来的,特别好看!"

　　回翠听说妈妈不在,仿佛安心了一点,便走到前面屋里,把书包放好,给自己倒水喝。这间屋是他们一家人会客、吃饭、起居、读书的地方。屋子陈设简单,却很舒适。窗前绿荫遮满,虽是盛夏,一点不感到暑气逼人。

弟弟也跟进来了,催着姐姐:"你快看看,人家给你留着的。小虎向我要了几次,人家都没给他。"小虎是他们同院的孩子。回翠便想,小虎说不定还哭来着,可是她没有问,她抬头看着墙上挂的一张大相片,那是她的去世的父亲,穿着军装,总是微笑着,关切地看着他们。

"你干吗发呆?你要是不要,就还给我!"弟弟见自己热心准备的礼物受到如此冷淡,有点不高兴了。

"就看就看。"回翠喝完了水,坐在桌前,把几张邮票摆出来。她发现信封里还有四块牛奶糖,银色的包纸上印着深红的花纹,好看得很。

回翠笑了,伸手拉了拉弟弟的红领巾,问道:"干吗这么大脾气?我惹了你?"弟弟轻轻拉拉姐姐的长辫子,算是讲和,又拿出一大本邮票簿,两人便伏在桌上看邮票。

这几张匈牙利游泳邮票印得果然十分精美,弟弟得意地讲述得到它们是如何如何不容易。回翠起先也看得入神,听得有味。逐渐地,她又想自己的心事了。在十八岁的年龄,正当要投考大学的时刻,有多少比玩邮票更重要的事需要想啊!何况她正碰到了解决不了的难题。

从四月起,也可以说整个高三下学期,回翠一班就在紧张地准备投考大学。这个考试,在他们的一生中,有着多么重大的意义!是否被录取,可以大体上确定他们以后从事什么职业,也就是说,可以决定他们以后几十年的生活。这一班同学除了几个有特殊原因不预备投考大学的,全都在十分紧张地准备功课。回翠平常在班上,功课是中上等的。她的愿望是做一个有真本事的医生,替病人解除痛苦。有许多人如果能多活几年,可以多做多少事!像妈妈那样,虽然在热情地工作,却常年为疾病缠绕的人,也应该有办法医治。她幻想自己成为医学界的权威,起死回生,救人性命,林回翠这名字就该是一服仙丹。说真的,哪个年轻人没有过这些十分美而又重要的梦。要想使梦想离自己更近一点,现在最重要的事就是考上大学。这是回翠和她的同班同学赵得志一起分析出来的。

要是研究赵得志的家谱,可以发现他和林回翠有一点曲里拐弯的亲戚关系。赵得志因此常以兄长的态度对待回翠,高中同学三年,他处处照顾她。他虽然功课不怎么好,却有一定的活动组织能力,溜冰打球,都是好手。回翠不知不觉在许多事上都受到他的影响,她却总觉得是自己在影响赵得志,而且常常有意识地帮他改掉缺点,比如做工作华而不实,念书不肯刻苦,还有爱贪点小便宜什么的。

是礼拜三,下午自习以后,回翠在校园里背俄文生词,赵得志气喘吁吁地跑来,老远地便叫她:"林回翠,你在这儿哪!"

"真爱大惊小怪!"回翠心里暗想。

"告诉你一个消息!"赵得志急匆匆地把书包往地下一搁,"咱们学校有一批保送军医的,当然还要经过考试,可是考和不考差不多。"

"那要平均八十五分以上,我差着两分呢。"这事已经宣布过了,回翠很奇怪他又提起这事。

"呀,别打岔!"得志说,"可是可以走后门。钱伟芬你知道,原来也没有她,她妈妈托人去说——她爸爸地位高,认得人多你知道,说是一定会准的。军医说妥,再参加大学招考,不是有两个机会了吗?考试的时候,心里也踏实点。"

走后门,这实在是一种很形象的说法。回翠不觉往校园的后门看了一眼,看看和正门有什么不一样。

"你是烈士子女,你爸爸功劳更大。又不费什么力气,只要你妈妈去说一说。"得志热心地说。

这就是回翠现在的难题。据说军医的学习条件极好,比得上第一流的医学院。回翠就算顺利通过入学考试,也不一定考上第一流的,何况也很有可能考不上。而说一说就可以上军医,这真是现成的机会。女军医,就也算是人民解放军了吧?穿上军装多神气!然而需要去说一说,就是走后门。走后门,妈妈肯吗?

回翠知道自己妈妈和小钱的妈妈一点不一样,小钱的妈妈什么都听她的,弄得她以为自己的每一个念头都是对的,任性得出奇。回翠的妈妈倒也不是不听回翠的,有时候也听,不过要看事情的具体内容,反正是不一样得厉害。回翠想来想去,要和妈妈谈谈,为了自己的志愿,能不能这样做一次,只做一次。

礼拜六,回翠心里打着鼓回家了。现在和弟弟看邮票,心里还在琢磨着。不一会儿,弟弟就发现她心不在焉了。"得!别看了。"弟弟呼噜呼噜把邮票收了起来,把送姐姐的塞给她,这是因为大丈夫说话算话的缘故,要依这时弟弟的心情,早就不给她了。

门呀的一声,是妈妈回来了,姐弟两人连忙迎上去。接过妈妈的手提袋和草篮。妈妈拉过弟弟替他整理着衣襟,一面问女儿:"你骑车回来,也该洗个脸。你们书温得怎样?紧张吧?"

回翠看见妈妈,说不出的高兴,倒把要向妈妈谈的问题全忘了。一面回答着话,一面把草篮中的青菜拣出来。"嘿!鲫鱼!"她高兴地叫了起来。果然,有几尾鲫鱼在篮底,还正喘着气呢。

"给你做萝卜片鲫鱼汤。"妈妈笑着说,"慰劳慰劳我的女儿。"

"慰劳姐姐!慰劳姐姐!"弟弟早又忘了他在生气,高兴地叫着。

"还慰劳我的小儿子。"妈妈爱抚地看着弟弟,"慰劳你的飞机模型在房顶上一蹲就是一天。"

弟弟抱着妈妈的手臂,笑得像什么似的。

母子三人热热闹闹吃过了饭,在前面屋里坐了下来。他们每礼拜六都是这样,快快活活在一起度过一个安静的夜晚。

这时回翠又想到了"后门"的问题,她几次想说,但都说不出口,真奇怪,怎么这样难呢?妈妈也看出她欲言又止的神气,不由得仔细打量女儿。见她上身穿着那件浅黄地印黑绿两色小花的衬衫,下面穿着蓝布裤子,两条长辫子快拖到了膝盖,脸上闪耀着活泼的神采,还透着稚气的庄重。十八岁的年龄,是不吝惜散布青春和希望的。妈妈觉得,每礼拜都发现女儿长大了很多。在长大的过程中,一定是有许多话要和妈妈谈吧。

这天晚上回翠没有谈,她想来想去,决定到明天再说,这样一决定,又觉得安心了。三人谈着各自的工作和学习的情形,谈着《红岩》,谈着等回翠考完试,要和一些朋友到香山去玩儿。快活的夜晚是过得快的,明天也来得一点不迟延。

次日清晨,弟弟就到少年航空俱乐部去了,妈妈在房里看什么材料,回翠提着喷壶,在院中浇灌着花草,那都是妈妈喜欢的。像铺地锦这种小花,只要一着土就死不了,妈妈常常夸它。正浇着,听见院门外有人叫着"林回翠,林回翠",紧接着进来了两个人。前面是赵得志,还是背着他的大书包,后面是钱伟芬,穿着玫瑰红的小方格子连衣裙,脚背上不见鞋带的凉鞋,那是她妈妈托人在上海买的,看去倒是挺精神。

赵得志说,钱伟芬的事已经说成了。钱伟芬十分高兴,先大声说:"哟,这花儿多好看!给我这朵吧,林回翠!"不等回答,伸手就摘了一朵红花。一面问林回翠跟妈妈提了没有,回翠说还没有,他们两人觉得很奇怪。三个人进到屋里,见过林妈妈,说了一些温习功课的情形。妈妈隐约听见了一些他们在院中的对话,心里想,回翠近来和这两个孩子倒接近,不知有什么计划,便用询问的眼光望着女儿。

女儿鼓起勇气,把钱伟芬的事说了。钱伟芬和赵得志都说,回翠也可以这样办。得志还说:"表姑,我是资产阶级出身,条件不行,像您家里这样,林回翠的前途好安排多了。"因为那点曲里拐弯的关系,赵得志总是开口闭口叫着"表姑"。

妈妈皱着眉头,注意地看着女儿。她知道女儿想当医生,要上大学,却不知道女儿为了自己在生活途中顺利走下去,竟有这样的打算。停了一会儿,她才问道:"回翠,这么说,你是想走后门吗?"

妈妈也用"后门"这词儿。回翠脸红了,嗫嚅道:"钱伟芬也这么做的……"

妈妈看了一眼钱伟芬,心里很不舒服,真有些同志是这样为儿女奔走吗?这女孩子,还没有开始生活的道路,就已经知道挑轻便道儿走了。她又看着局促不安的回翠,便接着回翠的话说道:"钱伟芬这么做了,林回翠这么做了,只要有个有点功绩的爸爸,就要求照顾,那学校光照顾还照顾不过来呢,还怎么培养人才?"妈妈声音变低了,有点沉重。"咱们经过多少斗争,牺牲了多少好同志,才走到今天这一步,有功绩的人太多了。"

赵得志说:"表姑,一般的人当然也说不上这个,还是得有名有姓的才行。譬如——林伯伯,"他想了一会儿,想出这个称呼,"林伯伯在抗日战争解放战争中都立过功……"他没有继续说下去,他看见"表姑"神色不对,那么锐利地看着他,像是要看透什么阴谋似的。

妈妈见赵得志不讲了,便移过眼光看墙上爸爸的照片。爸爸还是那样微笑着。在爸爸照片旁边还有一张两人的照片,这是一对男女青年,男的双眉很黑,脸上有种机智精灵的神气,女的穿着碎花袄,秀气,朴实。妈妈忽然指着相片问:"这是林伯伯的警卫员和他的爱人,他们都在抗美援朝的战争里牺牲了,他们没名没姓,他们的子女,该怎么办呢?"

赵得志心想:"哎呀,这位老太太,把全不相干的事都扯上来,你就管林回翠得了,管那些干吗呀?"

钱伟芬把头习惯地向后一甩,有几分得意地说:"一般的人要进去确实难,可是咱们不一样,林伯母。我妈妈说,我能上了那学校,可省她不少心。"

林回翠怯怯地看着妈妈说:"我是想学好本事……"

妈妈心里很不舒服,她定了定神,严厉地打断了回翠,说:"不要跟我说这个,我知道你要学好本事。学好本事还是要为人民服务,对吗?因为这光明磊落的目的,就可以先偷乖取巧,是不是?我倒要问问,难道你爸爸流的血,是给你用来要求照顾的吗?他们牺牲性命开辟的道路,是让你们走着这条路去钻后门的吗?他们流血牺牲,从不想到自己,你倒好……"她有些激动,脸也发白了。这时电话铃响起来,学院党委有事情找她,她拿着电话筒,停了一会儿,说:"我就到办公室来。"用手拢了拢有些花白的鬓发,一面对女儿说,"你们再想想。"走到门前,又回头看怔在那里的三个人,却没有言语,仍自转身走了。

钱伟芬把一双小巧的脚在地板上点了两下,说:"我们好心好意,为了你才跑你家来,倒挨一顿训。"

赵得志说:"你再好好求求老太太吧,她老人家说得当然也有理,可是你知道,问题是怎么能上得了大学。"

林回翠不言语。

赵得志又说:"可你妈妈也奇怪,干吗拉扯那么多人?什么警卫员也得管!"

回翠一下子红了脸,几乎是叫了起来:"你说得多轻巧,什么警卫员!他们不一样是为咱们牺牲了?我们有什么特殊?他们两个,"她指着那照片,"他们还是弟弟的父亲母亲!"

弟弟忽然推门进来了,他还不到一岁时,父母亲便都在朝鲜牺牲了。是妈妈把他抚养大的,而且妈妈也常告诉他自己的爸爸妈妈的事。他的性情比较刚强,胸中有一番道理,做什么事都很有主意。这时只见他竖着一双黑眉,直奔了回翠去,伸手便去掏她的口袋。"还我还我!邮票!"他声色俱厉地说。

回翠知道,这时她在弟弟心目中,是不配要这些邮票了。她觉得对不起弟弟,眼泪在眼里直转,她赶快把邮票找出来还给了弟弟,没有说一句话。

赵得志见林回翠也神色不对起来,不好再说什么。钱伟芬这时低着头,她也想什么呢。过了一会儿,便和赵得志两人走了。

到下午,妈妈也没有回来。她常常是这样,在党委办公室里忙呀忙的。在家里也是一样,找她谈问题、商量大事小事公事私事的人络绎不绝。回翠班上还有事,不能等她,给她留了个条子,写着:"妈妈,我是要好好想想,这礼拜中间我找时间回来和您谈谈。回翠。"回翠本来写的"向您做自我检讨",后来又改成了"谈谈"。

回翠到了学校,很快就发现了一个异常现象。大家都不理钱伟芬,吃饭时谁也不看她一眼,似乎根本没有这个人,好像有谁下了命令似的,可是回翠知道不会有人下这种命令。上晚自习时,和钱伟芬同座的小耗子挪到最后一个空位子去坐了,他的脸色很严肃。这种态度,群众的态度,实在是很大的压力,半天的工夫,钱伟芬看去显得憔悴多了。她只管低着头,谁也不理。回翠想叫她都没有机会开口。

回翠想,一定是大家知道了小钱走后门的事,大家还不知道她林回翠也想这么办来着。大家自然而然的憎恶,小耗子的脸色和小钱的神情,都使得回翠更觉得妈妈是对的了。"你爸爸他们牺牲性命开辟的道路,是让你们走着去钻后门的吗?"是呀,应该走着这条路去建设社会主义,为大家谋求幸福,而要凭了爸爸的牺牲去托人情,讲特殊,真是侮辱爸爸的牺牲,那是什么女儿啊!回翠生下来以后,一直跟着妈妈在后方。爸爸一直在前方打仗,只在小翠翠三岁时,爸爸受了伤,才在家住过一阵。那一阵时光多高兴啊!爸爸会把翠翠举得高高的,然后假装一松手让她掉下来,又赶紧托住。翠翠乐得两只小手乱扑打,那时她就会说:"长大要建设共产——"爸爸伤好了又回到前线,不久,就在前线医院里去世了。回翠记得,妈妈带着她,坐着牛车,在满是尘土的崎岖的道路上,没明没夜地赶,可是赶到医院,医院的人和爸爸的战友们却领她们到了坟地,爸爸就躺在那底下吗?妈妈紧紧抱着她,望着天边,对她说:"翠翠,爸爸走的路,是要领着大家在地上建设天堂的。"而她,却在走着这路,为自己钻后门!

回翠在被窝内哭了。她其实也该受到小钱那样的待遇呀。她因性情比较内向,不大喜欢谈自己,有事总是想了又想,才向妈妈说说。这时她却觉得该和团支书谈谈,把自己的这些想法告诉他。

第二天,还是没有一个人理小钱。回翠觉得,不理她也不能帮助她,就和她说了两句话。小耗子直瞪她,倒没有说什么。连赵得志也不理小钱。回翠知道,在小钱这事上,赵得志一定起了鼓励的作用,可是现在倒像是他多正确似的!到了晚上,回翠找到时间,把心里所想的,一五一十都告诉了团支书丁春。

丁春说,这几天他也看出她有心事,但他知道到该谈的时候,她是会谈的。好在问题已经解决了,这是一次很好的教育,他也觉得大家对钱伟芬的态度,似乎是不大对,可是大家都这么憎恶这种行为,该怎么办呢?团支书也没拿准主意。

两人谈了许久,回翠觉得心里逐渐稳定下来,想这几天要安心好好念念书,补补因为那几天心神不定荒废的光阴。她还是想和钱伟芬谈,至于赵得志,她决定再不理他了,他是那种摸不清看不透的人。丁春说,等考完试,他去找赵得志去。

然而星期二这天,钱伟芬没有来,她妈妈给她请假,说她在家里温书了。据班里保送军医的两个同学说,他们这礼拜就考试,都十分紧张。回翠也不再想这事,只管安心读书。她想看见妈妈,打过几次电话,妈妈都不在家。没想到星期三这天下午,弟弟来了。

回翠正在教室里和一个同学念生物,小耗子刺溜蹿进门来说:"林回翠,你弟弟来啦!"林回翠让他吓了一跳,连忙跑出去迎接弟弟。弟弟见了她,有点忸怩,眼睛瞧着大树。"妈妈叫我看你来了。"

"你自己不愿意来吗?"

"自己也愿意来。"弟弟说着,笑了,伸手又往回翠口袋里塞了一个信封。

回翠打开一看,还是那几张邮票,还有两块水果糖。"又给我啦?"

"你还走后门不走?"弟弟一本正经地问。

"呀,你该先问清这个,再给我邮票。"

"不,妈妈说了,不能这样。应该帮助,不能打击。"

回翠让弟弟的正经神气逗笑了,笑得那样畅快开心,就像一切十八岁的女孩子那样,全世界在她面前都是好笑的。

弟弟说:"那天你们几个人和妈妈说话,我都听见了。我想,这姐姐,哪像共青团员呀!可是妈妈说,'就是党员,有时也要和自己做斗争的,问题就是有没有勇气和自己做斗争。所以说要思想锻炼呢!姐姐她,比较软弱,弟弟你呢,就太刚强了。'"

回翠不笑了,虽然弟弟那正经的大人神气还是有几分可笑。她思索着妈妈的话,又想起那天赵得志说的安排前程的话,她想,我们前程是好安排的,倒不是因为会钻营算计,而是因为我们能和坏的事物斗争,不管它是在外界,还是在自己思想里;是因为有这样的妈妈,有这样的弟弟,还有我们的班,这样坚决……

回翠和弟弟在校园走了一圈,两人都高兴得很。虽然弟弟不是第一次来,却又发现许多新奇的事。那开着粉红和白色花朵的荷塘中,竟藏着一只小船,其实那荷塘本身也不过有十只小船大吧。回翠送弟弟上公共汽车时,问弟弟,明天回去一趟能见得着妈妈吗?弟弟说,妈妈这几天特别忙,他得问问妈妈。

弟弟走了不多久,妈妈就打电话来了。在电话里问:"是翠翠吗?"回翠看看传达室里,有几个同学在寄信,便大声说:"我是林回翠。"妈妈笑了,说:"林回翠!你全想通了吗?""想通了,妈妈,怎么会想不通呢,通得厉害。""那天我也有点急躁,回翠,我对你是不是太严厉了?要知道,只要走一次后门,脚就会变滑的,会不安心在前人开辟的正路上走的。"回翠觉得眼泪直涌上来,又偷偷看看同学们,说:"妈妈,你是对的,还该严厉些,妈妈……"母亲又说,她在办公室待得很晚,还没见到弟弟。商量好女儿还是星期六回家,便挂断了电话。

回翠觉得心里很激动,又很快活,跑回教室时,同学还等着她温书呢。她一下子就投入到书本里了,思想十分集中,进度也特别快。一直到吃晚饭,才带着一种满足的心情,拿起小盆和调羹,不由自主地叮叮当当敲了几下。

"林回翠,你好像挺高兴。"同学说。

"我觉得轻松。"回翠笑说,她觉得像是感冒以后出过了汗似的。

又是星期六了,林回翠到车棚推车,准备回家。一出校门,碰见了赵得志,赵得志叫她:"林回翠!林回翠!小钱考垮了。你知道吗,人家当时就发现她成绩太不行,连她妈妈也挨批评了,正发愁等她爸爸出差回来怎么交代呢。"

回翠说:"你消息可真灵通。"

赵得志说:"我看她去了。"他望了林回翠一眼,连忙改口说,"我是先在路上碰见她,她可瘦多了。"

林回翠说:"我明天可是真要去看她,和丁春一起去。"便骑上车走了。

"林回翠!林回翠!"赵得志想了想,又叫她。回翠没理会,径自骑车走了。

笔直的柏油大道,两旁有一行槐树,一行杨树,还有一行什么树,长得这样高大茂盛,倒好像路是树的装饰。晚风拂面,槐花的香气直散开来,回翠轻轻踩着脚蹬,向前飞去。

到家了,那圆锥形的小松树像个尖尖帽似的,多么可笑啊,回翠忍不住轻轻拍它一下。她推着车,进了正门,大喊了一声:"妈妈!"弟弟从屋里跳出来接她的车。妈妈在甬道里看着立在门前的女儿,那年轻的眼睛十分明亮。妈妈知道,她可能考上大学,也可能考不上,但无论她碰到多么艰难的事,都不会再想到去走后门,而不管她做什么,都会有远大的前程。

## 我 是 谁？

韦弥推开厨房门,忽然发出一声撕裂人心的尖叫。

她踉跄地转过身,跌跌撞撞地冲下楼来。霎时间,她觉得天地变成了漆黑一团,不知该往哪里走。她摇摇摆摆地转来转去,一下子跌倒在路旁,好像一堆破旧的麻袋。

夕阳一片血红,照得天地都是血污的颜色。楼旁的栅栏参差不齐,投在墙上的黑影像是一个个浸染着鲜血的手印。

黄昏的校园里,这一片住宅区是寂静的,只在寂静中有一种不安的肃杀之气。在革命的口号下变得狂热的人群还没有回来,但仍不时有人走过,一个人看见路旁躺倒的一团,不由得上前去俯身问道:"怎么了?"一面关心地扶起她的头。他吃惊地叫了:"韦弥!"便连忙把她轻轻放回原处,好像她既是个定时炸弹,又是件珍贵器皿。他惊恐地往四周看,看有人注意没有,因为像他这样已"揪出"的人,和韦弥的任何联系,都足以导致对他更剧烈的批斗。

又有人走过来了,也去观察路边的人形。"哦,韦弥。"他那年轻的脸上显示出厌恶的神色,"黑帮的红人! 特务!"随即转身走了。

又有人走了过来。"又是谁跳楼了?"这对他似乎是件开心事。他用脚踢了踢韦弥,看见她头上只有一半头发,便不再去辨认。"别装蒜!你这牛鬼蛇神!自绝于党,自绝于人民!你的狗命值几个大子儿!"又重重地踢了她一下,扬长而去。

韦弥恰恰在这时醒过来了。如血的残阳照着她蜡黄的脸,摔倒时脸上蹭破了两处,血还在慢慢地流出来。她猛地站起身,几滴血甩落在秋天的枯萎的土地上,落叶飘了下来,遮盖了血迹。

"你这牛鬼蛇神!自绝于人民!"这声音轰隆轰隆地响着。"特务!黑帮的红狗!""杀人不见血的笔杆反革命!""狠毒透顶的反动权威!"批斗会上的口号一起涌来,把韦弥挤得无处容身,只好歪歪倒倒无目的地走着,想要从声音的空隙里钻过去。

迎面跑来一个五六岁的小女孩,红扑扑的脸儿有些熟识。顺着她跑来的路一定有个缝隙。韦弥朝孩子迎过去。女孩愣住了,转身逃走了,一面回头喊着:"打倒韦弥!打倒孟文起!"

"韦弥!"这声音好奇怪。谁是韦弥?谁又是孟文起?他们和我有什么关系?我该往哪里走?该向哪里逃?而我,又是谁呢?真的,我是谁?我,这被轰鸣着的唾骂逼赶着的我,这脸上、心中流淌着鲜血的我,我是谁呀?我——是谁?

韦弥走几步就摔一跤,慢慢走出了这一片住宅区,来到一带小山前。小山满是乱蓬蓬的衰草,再也梳解不开。石径曲折,但却平坦地穿过小山。韦弥在这平坦的路上走,却好像是在爬什么险峰峻岭,不时手脚并用。她常常向后翻滚,滚着滚着,爬起来再向前走。她只想着向前走,去弄清楚:"我",究竟是谁?

路分岔处有一座小小的假山,很是玲珑剔透,每一块石头都可以引起许多联想。韦弥定睛看这假山,渐渐看出一副副狰狞的妖魔面目。凹进去的大大小小的洞,涂染着夕阳的光辉,宛如一个个血盆大口。她忽然觉得这些血盆大口都是长在自己身上的,她便用它们来吃人!"我是牛鬼!——"她大叫起来,跌倒了。

韦弥看见自己了。青面獠牙,凶恶万状,张着簸箕大的手掌,在追赶许多瘦长的、圆胖的、各式各样的小娃娃。那些小娃娃一个个粉妆玉琢,吓得四散奔逃。哦,这不是显微镜下的植物细胞吗?那是韦弥一辈子为之献身的。她为它们耽误了生儿育女,她把这些植物细胞当成了自己的儿女,正像孟文起把那些奇怪的公式当成自己的血肉一样。她怎么会把"儿女"送进血盆大口去呢?她不明白。是了!那吼叫的声音是说她用这些植物细胞毒害青年,杀戮别人的儿女。可是怎样杀的呢,她还是不明白。只见那些小娃娃排起队,冲锋了,它们喧闹着、叫嚷着,冲进愈来愈黯淡的残阳的光辉里,不见了。

它们杀戮的尸首在哪里?尸首,哦,尸首!不是悬挂在厨房的暖气管上吗?韦弥开门时,它似乎还晃荡了一下。

韦弥恐怖地睁大无神的眼睛,转身看着自家的窗户。她仿佛看见只有半边头发的孟文起从楼上飘了下来,举止还是那样文雅,他越走越近,脸上带着微笑。他一见她那青面獠牙的相貌,便惊恐地奔跑起来,也冲进残阳的光辉里,不见了。

"我杀了人!我确实杀了一个人!"韦弥号啕大哭,拼命撕扯着自己的衣服,"我杀了孟文起!他死了——他死了!"

昨天,韦弥和孟文起同在校一级游斗大会上惨遭批斗。在轰轰烈烈的革命口号声中,他们这一群批斗对象都被剃成了阴阳头。啊,那耻辱的标记!这一群秃着半个脑袋的人,被驱赶着,鞭打着,在学校的四个游斗点,任人侮辱毒打。详情又何必细说!散会后,还要他们到学校东门外去清理、焚烧垃圾。他们默默地、机器般地干着活。忽然,韦弥听得孟文起呻吟了一声,抬头看时,只见他坐在地上,一只手簌簌地抖着,举着几张废纸。"我的——我的!"他断断续续地说,把纸伸到韦弥跟前。那些奇怪的公式是多么熟悉啊!那是文起多年研究的结果,是比自己生命还要宝贵的研究成果!几个月前,他听从命令,把全部手稿上交审查,没想到他的心、他的魂、他的命根子,变成了破烂的废纸,变成了垃圾堆的组成部分,马上就要烧掉!

"你干吗!"一个监管人员劈手夺过那几张纸,把它们用力扔进熊熊的火堆。多年的再也无法重复的辛苦,化成了一道青烟,袅袅地上升,消散了。

孟文起和韦弥都愣住了。他们在发愣的状态下回到家中,韦弥低声说道:"只有死!只有死!"孟文起那迟钝的眼睛忽然闪亮了一下,他在死亡里看见了希望。他们知道,很快要隔离审查,便会失去甚至是死的自由。一切都是这样残酷,残酷到了不可想象的奇特地步。只有死,现在还在自己的掌握之中。于是就在一夜之间,他俩落进了生和死隔绝的深渊,落进了理智与混沌隔绝的深渊。韦弥正在这深渊里踽踽独行,继续寻找"我是谁"的答案。

一缕灵光投到她记忆的深处,在暮色苍茫中,她恍惚看见一朵洁白的小花。小花眼看着很快长大,细细的花茎有一人高,花朵颤巍巍地向她颔首微笑。"这是我!"韦弥含泪笑道,一面扑过去抱住这朵花。那其实是一片峭立的石头,石头碰破了她的脸,血又流下来,但韦弥并不觉得。

她觉得的是,自己坐在高高的枝头,看着周围一片花海。她觉得自己是雪白的,纯洁而单纯。觉得世界是这样鲜艳、光亮和美好!她看见自己的父母从普通的木门内走出来,拿着喷壶,像多少年前那样,洒下了细细的甘霖,浇灌着竹篱下的花朵。他们也把水珠洒在韦弥身上,一面喃喃地说:"我们的花儿!"每一个孩子都是父母心上的花儿,长大成人后又都是填充世界的泥土,从这泥土上再长出鲜花来。这本是自然的规律。但韦弥现在连做泥土的资格都没有,因为她有毒。那逼赶着她的各种血淋淋的辱骂,使得她的头几乎要炸裂。辱骂声中越来越响的是:"她浸透了毒汁!""她放毒杀人!"是的,她浸透了知识的毒汁,传播了知识的剧毒。是否她所研究过的植物的毒素都集中到她身上了呢?雪白的花闪耀着磷火的光彩,在愈见浓重的暮色中显示着:"我有毒!"

这时,孟文起走过来了。那是青年时代的他,风度翩翩,潇洒飘逸。那还是韦弥第一次见他的印象。他手里为她举着一束植物细胞的切片,高兴地走过来。韦弥觉得幸福得快要溶化了。"来吧!把我也做成切片吧!"她热切地想。但她忽然猛省:"我有毒!"她大叫:"不要碰我,我有毒!"

孟文起和韦弥同样地惊恐,同时扑倒在地,变成了两条虫子。"这便是蛇神了。"韦弥平静地想。蛇挑唆夏娃吃了智慧之果,使人类脱离了蒙昧状态,被罚永远贴着土地,不能直立。那么,知识分子变成虫子在地上爬,正是理所当然的了。韦弥困难地爬着,像真正的虫子一样,先缩起后半身,拱起了背,再向前伸开,好不容易绕过这一处假山石。孟文起显然比她爬得快,她看不见他,不时艰难地抬起头来寻找。

他在哪里呢?他在哪里?对了,他是挂在厨房的暖气管上!那样大的一条虫子,挂在暖气管上!韦弥想要回头看一看,但她没有脖颈,无法转过头来。她不觉还是向前爬去,身后留下一道长长的血迹。

一阵风来,带来了秋天的森冷。"至少他在厨房里,不至于冷吧。"韦弥这样想,不无几分安慰,甚至感到温暖。那小小的厨房,是他们多年茹苦含辛,向科学进军的见证。清晨和深夜,不过是几杯淡茶支持着他们疲惫的身体,而这小厨房,为多少年轻的探索者提供了力量。这也是腐蚀青年向无产阶级进攻的罪证。孟文起便在这里得到辛勤劳动的下场。

"我现在是条大毒虫!"韦弥觉得知道自己是谁了,便想笑。但她怎么能笑呢?虫子会笑?那在疯子的世界中才会出现吧!她还是在地上爬着,颇觉心安理得。这是六十年代末期中国知识分子应有的地位,没有比待在自己应有的地位上更使人平静的了。

可能是大家都不得不待在应有的地位吧。韦弥看见,四面八方,爬来了不少虫子,虽然他们并没有脸,她还是一眼便认出了熟人。他们中间文科的教授、讲师居多,理科的也不少,他们大都伤痕累累血迹斑斑,却一本正经地爬着。但是一种十分痛苦的、屈辱的气氛笼罩着这蠕动的一大堆。忽然有一条驼背的、格外臃肿的虫子(那分明是一位物理学泰斗),发出了"咝咝"的声音,它是在努力叫嚷,如果它有手臂,当然是要振臂高呼的。但它只能喏嚅着,发出"咝咝"的声音,这声音韦弥可以懂,它说的是:"我——是——谁?"

韦弥不禁大吃一惊。是啊,我是谁?她那暂时平静的心情过去了,脑海中又翻滚轰鸣着各种置人死地的辱骂。她这念头一闪时,周围的虫子们都不见了,只剩她孤零零向前爬去。

"我就是一条毒虫?不!可我究竟是谁呢?"韦弥苦恼地在巨大的轰响中思索着。

不久,前面出现了一泓秋水,那是校园中最僻静的所在,池沼迤连,多年的灌木丛绞结在一起,显得阴森森的。

天空中忽然响起一阵哀叫,几只大雁在完全黑下来的天空中飞着。它们迷了路,不知道应该飞向何方。韦弥一下子跳了起来,向前奔跑。她伸出两臂,想去捕捉那迷途的、飘零的鸿雁。

刹那间,韦弥觉得自己飞翔在雁群中。她记起了一九四九年春,她从太平洋彼岸回国,又从上海乘飞机投奔已经解放了的北京,飞机曾在纷飞的炮火中寻找降落地点。她忽然很清醒了,很清醒地记忆起那翱翔在九霄云外的心情!虽然随时可以粉身碎骨,但却因为觉得一切是这样神圣而感到兴高采烈。她是来投奔共产党,投奔人民的!她是在飞向祖国,飞向革命!祖国啊,亲爱的母亲!革命啊,伟大的熔炉!她和文起想到祖国的温暖,也想到革命的艰辛。他们曾认真地考虑到脱胎换骨的痛苦,但是他们情愿跳进革命的熔炉,把自己炼成干将、莫邪那样两口斩金切玉的宝剑,以披斩科学道路上的荆棘。剑是献给母亲的。可是如今剑在哪里?母亲又在哪里?自己不是牛鬼吗?不是蛇神吗?不是毒而又毒的反革命杀人犯吗?飞起来吧!离开这扭曲了的世界!飞起来——飞起来!她觉得自己也是一只迷途的孤雁,在黑暗的天空中哭泣。

她跑着,拼命地跑着,头顶上只剩下一半的头发往一边飘着,她伸开手臂,模拟着飞的动作。灌木划破了她的衣服、身体,她还是跑着。湖水愈来愈近,也愈来愈明亮了。

哀鸣的声音愈来愈凄厉,许多只飞雁集合在一起了。它们在空中旋转着,扑打着翅膀,它们愈飞愈高,要离开这被玷污了的、浸染着鲜血和耻辱的土地。韦弥用尽力量追赶,但它们把她也遗弃了。夜色迷茫,一时不见了鸟儿的踪影。她好像猛然从空中掉了下来,站住不动了。她迷惘地四处看着,觉得自己在溶化,在碎作微尘,变成空气,渐渐地,愈来愈稀薄了。她感到一阵莫名的恐怖,尖声哭叫起来:"我啊,这正在消失的我,究竟是谁?!"

凄厉的哭声在这寂静的校园里东冲西撞,找不到出路。

忽然间,黑色的天空上出现了一个明亮的"人"字。人,是由集体组成的,正在慢慢地飞向远方。

这飘然远去的"人"字在天空发着异彩,仿佛凝聚了日月的光辉。但在明亮之中有许多黑点在窜动,仔细看时,只见不少的骷髅、蛇蝎、虫豸正在挖它、推它、咬它!它们想拆散、推翻这"人"字,再在人的光辉上践踏、爬行——

韦弥静下来了。她觉得已经化为乌有的自己正在凝聚起来,从理智与混沌隔绝的深渊中冉冉升起。我出现在她面前。她用尽全身的力量叫喊:"我是!——"她很快地向前冲进了湖水,投身到她和文起所终生执着挚爱的祖国——母亲的怀抱,那并不澄清的秋水起了一圈圈泡沫涟漪,她那凄厉的、充满了觉醒和信心的声音在旋涡中淹没了。

剩下的是一片黑暗和沉寂。

然而只要到了真正的春天,"人"总还会回到自己的土地。或者说,只有"人"回到了自己的土地,才会有真正的春天。

# 鲁 鲁

鲁鲁坐在地上,悲凉地叫着。树丛中透出一弯新月,院子的砖地上洒着斑驳的树影和淡淡的月光。那悲凉的嗥叫声一直穿过院墙,在这山谷的小村中引起一阵阵狗吠。狗吠声在深夜本来就显得凄惨,而鲁鲁的声音更带着十分的痛苦、绝望,像一把锐利的刀,把这温暖、平滑的春夜剪碎了。

他大声叫着,声音拖得很长,好像一阵阵哀哭,令人不忍卒听。他那离去了的主人能听见吗?他们在哪里呢?鲁鲁觉得自己又处在荒野中了,荒野中什么也没有,他不得不用嗥叫来证实自己的存在。

院子北端有三间旧房,东头一间还亮着灯,西头一间已经黑了。一会儿,西头这间响起窸窣的声音,紧接着房门开了,两个孩子穿着本色土布睡衣,蹑手蹑脚走了出来。十岁左右的姐姐捧着一钵饭,六岁左右的弟弟走近鲁鲁时,便躲在姐姐身后,用力揪住姐姐的衣服。

"鲁鲁,你吃饭吧,这饭肉多。"姐姐把手里的饭放在鲁鲁身旁。地上原来已摆着饭盆,一点儿不曾动过。

鲁鲁用悲哀的眼光看着姐姐和弟弟,渐渐安静下来了。

他四腿很短,嘴很尖,像只狐狸;浑身雪白,没有一根杂毛。颈上套着皮项圈,项圈上系着一根粗绳,拴在大树上。

鲁鲁原是一个孤身犹太老人的狗。老人住在村上不远,前天死去了。他的死和他的生一样,对人对世没有任何影响。后事很快办理完毕。只是这矮脚的白狗守住了房子悲哭,不肯离去。人们打他,他只是围着房子转。房东灵机一动说:"送给范先生养吧。这洋狗只合下江人养。"这小村中习惯地把外省人一律称作下江人。于是他给硬拉到范家,拴在这棵树上,已经三天了。

姐姐弟弟和鲁鲁原来就是朋友。他们有时到犹太老人那里去玩。他们大概是老人唯二的客人了。老人能用纸叠出整栋的房屋,各房间里还有各种摆设。姐姐弟弟带来的花玻璃球便是小囡囡,在纸做的房间里滚来滚去。老人还让鲁鲁和他们握手,鲁鲁便伸出一只前脚,和他们轮流握上好几次。他常跳上老人座椅的宽大扶手,把他那雪白的头靠在老人雪白的头旁边,瞅着姐姐和弟弟。他那时的眼光是驯良、温和的,几乎带着笑意。

现在老人不见了,只剩下了鲁鲁,悲凉地嗥叫着的鲁鲁。

"鲁鲁,你就住在我们家。你懂中国话吗?"姐姐温柔地说,"拉拉手吧?"三天来,这话姐姐已经说了好几遍。鲁鲁总是突然又发出一阵悲号,并不伸出脚来。

但是鲁鲁这次没有哭,只是咻咻地喘着,好像跑了很久。姐姐伸手去摸他的头,弟弟忙拉住姐姐。鲁鲁咬人是出名的,一点不出声音,专门咬人的脚后跟。"他不会咬我。"姐姐说,"你咬吗? 鲁鲁?"随即把手放在他头上。鲁鲁一阵战栗,连毛都微耸起来。老人总是抚摸他,从头摸到脊背。那只大手很有力,这只小手很轻,但却这样温柔,使鲁鲁安心。他仍咻咻地喘着,向姐姐伸出了前脚。

"好鲁鲁!"姐姐高兴地和他握手,"妈妈!鲁鲁愿意住在我们家了!"

妈妈走出房来,在姐姐介绍下和鲁鲁握手,当然还有弟弟。妈妈轻声责备姐姐说:"你怎么把肉都给了鲁鲁?我们明天吃什么?"

姐姐垂了头,不说话。弟弟忙说:"明天我们什么也不吃。"

妈妈叹息道:"还有爸爸呢,他太累了。你们也早该睡了。鲁鲁今晚不要叫了,好吗?"

范家人都睡了。只有爸爸仍在煤油灯下著书。鲁鲁几次又想哭一哭,但是望见窗上几乎是趴在桌上的黑影,便把悲声吞了回去,在喉咙里咕噜着,变成低低的轻吼。

鲁鲁吃饭了。虽然有时还免不了嗥叫,情绪显然已有好转。妈妈和姐姐解掉拴他的粗绳,但还不时叮嘱弟弟,不要敞开院门。这小院是在一座大庙里,庙里复房别院,房屋很多,许多城里人迁乡躲空袭,原来空荡荡的古庙,充满了人间烟火。

姐姐还引鲁鲁去见爸爸。她要鲁鲁坐起来,把两只前脚伸在空中拜一拜。"作揖,作揖!"弟弟叫。鲁鲁的情绪尚未恢复到可以玩耍,但他照做了。"他懂中国话!"姐弟两人都很高兴。鲁鲁放下前脚,又主动和爸爸握手。平常好像什么都视而不见的爸爸,把鲁鲁前后打量一番,说:"鲁鲁是什么意思？是意绪文吧？它像只狐狸,应该叫银狐。"爸爸的话在学校很受重视,在家却说了也等于没说,所以鲁鲁还是叫鲁鲁。

鲁鲁很快也和猫儿菲菲做了朋友。菲菲先很害怕,警惕地弓着身子向后退,一面发出"呲——"的声音,表示自己也不是好惹的。鲁鲁却无一点敌意。他知道主人家的一切都应该保护。他伸出前脚给猫,惹得孩子们笑个不停。终于菲菲明白了鲁鲁是朋友,他们互相嗅鼻子,宣布和平共处。

过了十多天,大家认为鲁鲁可以出门了。他总是出去一会儿就回来,大家都很放心。有一天,鲁鲁出了门,踌躇了一下,忽然往犹太老人原来的住处走去了。那里锁着门,他便坐在门口嗥叫起来。还是那样悲凉,那样哀痛。他想起自己的不幸,他的心曾遗失过了,他努力思索老人的去向。这时几个人围过来说:"嗥什么！畜生!"人们向他扔石头。他站起身跑了,却没有回家,一直下山,向着城里跑去了。

鲁鲁跑着,伸出了舌头,他的腿很短,跑不快。他尽力快跑,因为他有一个谜,他要去解开这个谜。

乡间路上没有车,也少行人。路两边是各种野生的灌木,自然形成两道绿篱。白狗像一片飘荡的羽毛,在绿篱间移动。间或有别的狗跑来,那大都是笨狗,两眼上各有一小块白毛,乡人称为"四眼狗"。他们想和鲁鲁嗅鼻子,或打一架,鲁鲁都躲开了。他只是拼命地跑,跑着去解开一个谜。

他跑了大半天,黄昏时进了城,在一座旧洋房前停住了。门关着,他就坐在门外等,不时发出长长的哀叫。这里是犹太老人和鲁鲁的旧住处。主人是回到这里来了罢？怎么还听不见鲁鲁的哭声呢?有人推开窗户,有人走出来看,但都没有那苍然的白发。人们说:"这是那洋老头的白狗。""怎么跑回来了!"却没有人问一问洋老头的究竟。

鲁鲁在门口蹲了两天两夜。人们气愤起来,下决心处理他了。第三天早上,几个拿着绳索棍棒的人朝他走来。一个人叫他:"鲁鲁!"一面丢来一根骨头。他不动。他很饿,又渴,又想睡。他想起那淡黄的土布衣裳,那温柔的小手拿着的饭盆。他最后看着屋门,希望在这一瞬间老人会走出来。但是没有。他跳起身,向人们腿间冲过去,向城外跑去了。

他得到的谜底是再也见不到老人了。他不知道,那老人的去处,是每个人,连他鲁鲁,终究都要去的。

妈妈和姐姐都抱怨弟弟,说是弟弟把鲁鲁放了出去。弟弟表现出男子汉的风度,自管在大树下玩。他不说话,可心里很难过。傻鲁鲁!怎么能离开爱自己的人呢!妈妈走过来,把鲁鲁的饭盆、水盆摞在一起,预备扔掉。已经第三天黄昏了,不会回来了。可是姐姐又把盆子摆开。刚刚才三天呢,鲁鲁会回来的。

这时有什么东西在院门上抓挠。妈妈小心地走到门前听。姐姐忽然叫起来冲过去开了门。"鲁鲁!"果然是鲁鲁,正坐在门口咻咻地望着他们。姐姐弯身抱着他的头,他舔姐姐的手。"鲁鲁!"弟弟也跑过去欢迎。他也舔弟弟的手,小心地绕着弟弟跑了两圈,留神不把他撞倒。他蹭蹭妈妈,给她作揖,但是不舔她,因为知道她不喜欢。鲁鲁还懂得进屋去找爸爸,钻在书桌下蹭爸爸的腿。那晚全家都高兴极了。连菲菲都对鲁鲁表示欢迎,怯怯地走上来和鲁鲁嗅鼻子。

从此鲁鲁正式成为这个家的一员了。他忠实地看家,严格地听从命令,除了常在夜晚出门,简直无懈可击。他会超出狗的业务范围,帮菲菲捉老鼠。老鼠钻在阴沟里,菲菲着急地跑来跑去,怕它逃了,鲁鲁便去守住一头,菲菲守住另一头。鲁鲁把尖嘴伸进盖着石板的阴沟,低声吼着。老鼠果然从另一头溜出来,落在菲菲的爪下。由此爸爸考证说,鲁鲁本是一条猎狗,至少是猎狗的后裔。

姐姐和弟弟到山下去买豆腐,鲁鲁总是跟着。他很愿意咬住篮子,但是他太矮了,只好空身跑。他常常跑在前面,不见了,然后忽然从草丛中冲出来。他总是及时收住脚步,从未撞倒过孩子。卖豆腐的老人有时扔给鲁鲁一块肉骨头,鲁鲁便给他作揖,引得老人哈哈大笑。姐姐弟弟有时和村里的孩子们一起玩,鲁鲁便耐心地等在一边,似乎他对那游戏也感兴趣。

村边有一条晶莹的小溪,岸上有些闲花野草,浓密的柳荫沿着河堤铺开去。他们三个常到这里,在柳荫下跑来跑去,或坐着讲故事。住在邻省T市的唐伯伯,是爸爸的好友,一次到范家来,看见这幅画面,曾慨叹道他若是画家,一定画出这绿柳下、小河旁的两个穿土布衣裳的孩子和一条白狗,好抚一抚战争的创伤。唐伯伯还说,鲁鲁出自狗中名门世族。但范家人并不关心这个,鲁鲁自己也毫无兴趣。

其实鲁鲁并不总是好听故事,他常跳到溪水里游泳。他是天生的游泳家,尖尖的嘴总是露在绿波面上。妈妈可不赞成孩子们到水边去。每次鲁鲁毛湿了,便责备他:"你又带他们到哪儿去了！他们掉到水里怎么办！"她说着,鲁鲁挓着耳朵听着,好像他是那最大的孩子。

虽然妈妈责备,因姐姐弟弟保证决不下水,他们还是可以常到溪边去玩,不算是错误。一次鲁鲁真犯了错误。爸爸进城上课去了,他一周照例有三天在城里。妈妈到邻家守护一个病孩。妈妈上过两年护士学校,在这山村里义不容辞地成为医生。她临出门前一再对鲁鲁说:"要是家里没有你,我不能把孩子扔在家。有你我就放心了。我把他们两个交给你,行吗?"鲁鲁懂事地听着,摇着尾巴。"你夜里可不能出去,就在房里睡,行吗?"鲁鲁觉得妈妈的手抚在背上的力量,他对于信任是从不辜负的。

鲁鲁常在夜里到附近山中去打活食。这里山林茂密,野兔、松鼠很多。他跑了一夜回来,总是精神抖擞,毛皮发出润泽的光。那是野性的、生命的光辉。活食辅助了范家的霉红米饭,那米是当作工资发下来的,霉味胜过粮食的香味。鲁鲁对米中一把把抓得起来的肉虫和米饭都不感兴趣。但这几天,他寸步不离地跟着姐姐弟弟,晚上也不出去。如果第四天不是赶集,他们三个到集上去了的话,鲁鲁禀赋的狗的弱点也还不会暴露。

这山村下面的大路是附近几个村赶集的地方,七天两头赶,每次都十分热闹。鸡鱼肉蛋,盆盆罐罐,还有鸟儿猫儿,都有卖的。姐姐来买松毛,那是引火用的,一辫辫编起来的松针,买完了便拉着弟弟的手快走。对那些明知没有钱买的好东西,根本不看。弟弟也支持她,加劲地迈着小腿。走着走着,发现鲁鲁不见了。"鲁鲁。"姐姐小声叫。这时听见卖肉的一带许多人又笑又嚷:"白狗耍把戏!来!翻个筋斗!会吗?"他们连忙挤过去,见鲁鲁正坐着作揖,要肉吃。

"鲁鲁!"姐姐厉声叫道。鲁鲁忙站起来跑到姐姐身边,仍回头看挂着的牛肉。那里还挂着猪肉、羊肉、驴肉、马肉。最吸引鲁鲁的是牛肉。他多想吃!那鲜嫩的、带血的牛肉,他以前天天吃的。尤其是那生肉的气味,使他想起追捕、厮杀、自由、胜利,想起没有尽头的林莽和山野,使他晕头转向。

卖肉人认得姐姐弟弟,笑着说:"这洋狗到范先生家了。"说着顺手割下一块,往姐姐篮里塞。村民都很同情这些穷酸教书先生,听说一个个学问不小,可养条狗都没本事。

姐姐怎么也不肯要,拉着弟弟就走。这时鲁鲁从旁猛地一蹿,叼了那块肉,撒开四条短腿,跑了。

"鲁鲁!"姐姐提着装满松毛的大篮子,上气不接下气地追,弟弟也跟着跑。人们一阵哄笑,那是善意的、好玩的哄笑,但听起来并不舒服。

等他们跑到家,鲁鲁正把肉摆在面前,坐定了看着。他讨好地迎着姐姐,一脸奉承,分明是要姐姐批准他吃那块肉。姐姐扔了篮子,双手捂着脸,哭了。

弟弟着急地给她递手绢,又跺脚训斥鲁鲁:"你要吃肉,你走吧!上山里去,上别人家去!"鲁鲁也着急地绕着姐姐转,伸出前脚轻轻抓她,用头蹭她,对那块肉没有再看一眼。

姐姐把肉埋在院中树下。后来妈妈还了肉钱,也没有责备鲁鲁。因为事情过了,责备他是没有用的。鲁鲁却竟渐渐习惯少肉的生活,隔几天才夜猎一次。和荒野的搏斗比起来,他似乎更依恋人所给予的温暖。爸爸说,原来箪食瓢饮,狗也能做到的。

鲁鲁还犯过一回严重错误,那是无可挽回的。他和菲菲是好朋友,常闹着玩。他常把菲菲一拱,让她连翻几个身,菲菲会立刻又扑上来,和他打闹。冷天时菲菲会离开自己的窝,挨着鲁鲁睡。这一年菲菲生了一窝小猫,对鲁鲁凶起来。鲁鲁不识趣,还伸嘴到她窝里,嗅嗅她的小猫。菲菲一掌打在鲁鲁鼻子上,把鼻子抓破了。鲁鲁有些生气,一半也是闹着玩,把菲菲轻轻咬住,往门外一扔。不料菲菲惨叫一声,在地上扑腾几下,就断了气。鲁鲁慌了,过去用鼻子拱她,把她连翻几个身,但她不像往日一样再扑上来,她再也不能动了。

妈妈走出房间看时,见鲁鲁坐在菲菲旁边,唧唧咛咛地叫。他见了妈妈,先是愣了一下,随即趴在地下,腹部着地,一点一点往妈妈脚边蹭。一面偷着翻眼看妈妈脸色。妈妈好不生气:"你这只狗!不知轻重!一窝小猫怎么办!你给养着!"妈妈把猫窝杵在鲁鲁面前。鲁鲁吓得又往后蹭,还是不敢站起来。姐姐弟弟都为鲁鲁说情,妈妈执意要打。鲁鲁慢慢退进了里屋。大家都以为他躲打,跟进去看,见他蹭到爸爸脚边,用后腿站起来向爸爸作揖,一脸可怜相,原来是求爸爸说情。爸爸摸摸他的头,看看妈妈的脸色,乖觉地说:"少打几下,行吗?"妈妈倒是破天荒准了情,说决不多打,不过鲁鲁是狗,不打几下,不会记住教训,她只打了鲁鲁三下,每下都很重,鲁鲁哼哼唧唧地小哭,可是服帖地趴着受打。房门、院门都开着,他没有一点逃走的意思,连爸爸也离开书桌看着鲁鲁说："小杖则受,大杖则走。看来你大杖也不会走的。"

鲁鲁受过杖,便趴在自己窝里。妈妈说他要忏悔,不准姐姐弟弟理他。姐姐很为菲菲和小猫难受,也为鲁鲁难受。她知道鲁鲁不是故意的。晚饭没有鲁鲁的份,姐姐悄悄拿了水和剩饭给他。鲁鲁呜咽着舐她的手。

和鲁鲁的错误比起来,他的功绩要大得多了。一天下午,有一家请妈妈去看一位孕妇。她本来约好往一个较远的村庄去给一个病人送药,这任务便落在姐姐身上。姐姐高兴地把药装好。弟弟和鲁鲁都要跟去,因为那段路远,弟弟又不大舒服,遂决定鲁鲁陪弟弟在家。妈妈和姐姐一起出门,分道走了。鲁鲁和弟弟送到庙门口,看着姐姐的土布衣裳的淡黄色消失在绿丛中。

妈妈到那孕妇家,才知她就要临盆。便等着料理,直到婴儿呱呱坠地,一切停妥才走。到家已是夜里十点多了,只见家中冷清清点着一盏煤油灯。鲁鲁哼唧着在屋里转来转去。弟弟一见妈妈便扑上来哭了。"姐姐,"他说,"姐姐还没回家——"

爸爸不在家。妈妈定了定神,转身到最近的同事家,叫起那家的教书先生,又叫起房东,又叫起他们认为该叫的人。人们焦急地准备着灯笼火把。这时鲁鲁仍在妈妈身边哼着,还踩在妈妈脚上,引她注意。弟弟忽然说："鲁鲁要去找姐姐。"妈妈一愣,说："快去! 鲁鲁,快去!"鲁鲁像离弦的箭一样,一下蹿出好远,很快就被黑暗吞没了。

鲁鲁用力跑着。姐姐带着的草药味,和着姐姐本身的气味,形成淡淡的芳香,指引他向前跑。一切对他都不存在。黑夜,树木,路旁汩汩的流水,都是那样虚幻,只有姐姐的缥缈的气味,是最实在的。可他居然一度离开那气味,不向前过桥,却抄近下河,游过溪水,又插上小路。那气味又有了,鲁鲁一点没有为自己的聪明得意,只是认真地跑着,一直跑进了坐落在另一个山谷的村庄。

村里一片漆黑,人们都睡了。他跑到一家门前,着急地挠门。气味断了,姐姐分明走进门去了。他挠了几下,绕着院墙跑到后门,忽然又闻见那气味,只没有了草药。姐姐是从后门出来,走过村子,上了通向山里的蜿蜒小路。鲁鲁一刻也不敢停,伸长舌头,努力地跑。树更多了,草更深了。植物在夜间的浓烈气息使得鲁鲁迷惑,他仔细辨认那熟悉的气味,在草丛中追寻。草莽中的小生物吓得四面奔逃。鲁鲁无暇注意那是什么。那时便有最鲜美的活食在他嘴下,他也不会碰一碰的。

终于在一棵树下,一块大石旁,鲁鲁看见了那土布衣裳的淡黄色。姐姐靠在大石上睡着了。鲁鲁喜欢得横蹿竖跳,自己乐了一阵,然后坐在地上,仔细看着姐姐,然后又绕她走了两圈,才伸前爪轻轻推她。

姐姐醒了。她惊讶地四处看着,又见一弯新月,照着黑黝黝的树木、草莽、山和石。她恍然地说:"鲁鲁,该回家了。妈妈急坏了。"她想抓住鲁鲁的项圈,但她已经太高了,遂脱下外衣,拴在项圈上。鲁鲁乖乖地引路,一路不时回头看姐姐,发出呜呜的高兴的声音。

"你知道吗,鲁鲁,我只想试试,能不能也做一个吕克大梦①。"姐姐和他推心置腹地说,"没想到这么晚了。不过离二十年还差得远。"

他们走到堤上时,看见远处树丛间一闪一闪的亮光。不一会儿人声沸腾,是找姐姐的队伍来了。他们先看见雪白的鲁鲁,好几个声音叫他,问他,就像他会回答似的。他的回答是把姐姐越引越近,姐姐投在妈妈怀里时,他担心地坐在地上看。他怕姐姐要受罚,因为谁让妈妈着急生气,都要受罚的,可是妈妈只拥着她,温和地说:"你不怕醒来就见不着妈妈了吗?""我快睡着时,忽然害怕了,怕一睡二十年。可是已经止不住,糊里糊涂睡着了。"人们一阵大笑,忙着议论,那山上有狼,多危险!谁也不再理鲁鲁了。

爸爸从城里回来后,特地找鲁鲁握手,谢谢他。鲁鲁却已经不大记得自己的功绩,只是这几天饭里居然放了牛肉,使他很高兴。

又过些时,姐姐弟弟都在附近学校上学了。那也是城里迁来的。姐姐上中学,弟弟上小学。鲁鲁每天在庙门口看着他们走远,又在山坡下等他们回来。他还是在草丛里跑,跟着去买豆腐。又有一阵姐姐经常生病,每次她躺在床上,鲁鲁都很不安,好像要遇到什么危险似的。卖豆腐老人特地来说,姐姐多半得罪了山灵,应该到鲁鲁找到姐姐的地方去上供。爸爸妈妈向他道谢,却说什么营养不良,肺结核。鲁鲁

---

① 吕克大梦,指美国前期浪漫主义作家华盛顿·欧文(1783—1859)的著名作品。小说中写一个农民瑞·普凡·温克尔上山打猎,遇见一群玩九柱戏的人,温克尔喝了他们的酒,沉睡了二十年,醒来见城郭全非。

不懂他们的话,如果懂得,他一定会代姐姐去拜访山灵的。

好在姐姐多半还是像常人一样活动,鲁鲁的不安总是短暂的。日子如同村边小溪潺潺的清流,不慌不忙,自得其乐。若是鲁鲁这时病逝,他就是世界上最幸福的狗了。但是他很健康,雪白的长毛亮闪闪的,身体的线条十分挺秀。没人知道鲁鲁的年纪,却可以看出,他离衰老还远。

村边小溪静静地流,不知大江大河里怎样掀着巨浪。终于有一天,日本投降的消息传到这小村,整个小村沸腾了,赛过任何一次赶集。人们以为熬出头了。爸爸把妈妈一下子紧紧抱住,使得另外三个成员都很惊讶。爸爸流着眼泪说:"你辛苦了,你太辛苦了。"妈妈呜呜地哭起来。爸爸又把姐姐弟弟也揽了过来,四人抱在一起。鲁鲁连忙也把头往缝隙里贴。这个经历了无数风雨艰辛的亲爱的小家庭,怎么能少得了鲁鲁呢!

"回北平去!"弟弟得意地说。姐姐蹲下去抱住鲁鲁的头。她已经是一个窈窕的少女了。他们绝没有想到鲁鲁是不能去的。

范家已经家徒四壁,只有一双宝贝儿女和爸爸几年来在煤油灯下写的手稿。他们要走很方便,可是还有鲁鲁呢。鲁鲁留在这里,会发疯的。最后决定带他到T市,送给爱狗的唐伯伯。

经过一阵忙乱,一家人上了汽车。在那一阵忙乱中,鲁鲁总是很不安,夜里无休止地做梦。他梦见爸爸、妈妈、姐姐和弟弟都走了。只剩下他,孤零零在荒野中奔跑。而且什么气味也闻不见,这使他又害怕又伤心。他在梦里大声哭,妈妈就过来推醒他,然后和爸爸讨论:"狗也会做梦吗?""我想——至少鲁鲁会的。"

鲁鲁居然也上了车。他高兴极了,安心极了。他特别讨好地在妈妈身上蹭。妈妈叫起来:"去!去!车本来就够颠的了。"鲁鲁连忙钻在姐姐弟弟中间,三个伙伴一起随着车的颠簸摇动,看着青山慢慢往后移;路在前面忽然断了,转过山腰,又显现出来,总是无限地伸展着。

上路第二天,姐姐就病了。爸爸说她无福消受这一段风景。她在车上躺着,到旅店也躺着。鲁鲁的不安超过了她任何一次病时。他一刻不离地挤在她脚前。眼光惊恐而凄凉。这使妈妈觉得不吉利,很不高兴。"我们的孩子不至于怎样。你不用担心,鲁鲁。"她把他赶出房门,他就守在门口。弟弟很同情他,向他详细说明情况,说回到北平可以治好姐姐的病,说交通不便,不能带鲁鲁去,自己和姐姐都很伤心;还说唐伯伯是最好的人,一定会和鲁鲁要好。鲁鲁不懂这么多话,但是安静地听着,不时舐舐弟弟的手。

T市附近,有一个著名的大瀑布。十里外便听得水声隆隆。车经这里,人们都下车到观瀑亭上去看。姐姐发着烧,还执意要下车。于是,爸爸在左,妈妈在右,鲁鲁在前,弟弟在后,向亭上走去。急遽的水流从几十丈的绝壁跌落下来,在青山翠峦中形成一个小湖,水气迷蒙,一直飘到观瀑亭上。姐姐觉得那白花花的厚重的半透明的水幔和雷鸣般的轰响仿佛离她很远。她努力想走近些看,但它们越来越远,她什么也看不见了,倚在爸爸肩上晕了过去。

从此鲁鲁再也没有看见姐姐。没有几天,他就显得憔悴,白毛失去了光泽。唐家的狗饭一律有牛肉,他却嗅嗅便走开,不管弟弟怎样哄劝。这时的弟弟已经比姐姐高,是撞不倒的了。一天,爸爸和弟弟带他上街,在一座大房子前站了半天。鲁鲁很讨厌那房子的气味,哼哼唧唧要走。他若知道姐姐正在楼上一扇窗里最后一次看他,他会情愿在那里站一辈子,永不离开。

范家人走时,唐伯伯叫人把鲁鲁关在花园里。他们到医院接了姐姐,一直上了飞机。姐姐和弟弟为了不能再见鲁鲁,一起哭了一场。他们听不见鲁鲁在花园里发出的撕裂了的、变了声的嗥叫,他们看不见鲁鲁因为一次又一次想挣脱绳索,磨掉了毛的脖子。他们飞得高高的,遗落了儿时的伙伴。

鲁鲁发疯似的寻找主人,时间持续得这样久,以致唐伯伯以为他真要疯了。唐伯伯总是试着和他握手,同情地、客气地说:"请你住在我家,这不是已经说好了吗,鲁鲁。"

鲁鲁终于渐渐平静下来。有一天,又不见了。过了半年,大家早以为他已离开这世界,他竟又回到唐家。他瘦多了,完全变成一只灰狗,身上好几处没有了毛,露出粉红的皮肤;颈上的皮项圈不见了,替代物是原来那一省的狗牌。可见他曾回去,又一次去寻找谜底。若是鲁鲁会写字,大概会写出他怎样戴露披霜,登山涉水;怎样被打被拴,而每一次都能逃走,继续他千里迢迢的旅程;怎样重见到小山上的古庙,却寻不到原住在那里的主人。也许他什么也写不出,因为他并不注意外界的凄楚,他只是要去解开内心的一个谜。他去了,又历尽辛苦回来,为了不违反主人的安排。当然,他究竟怎样想的,没有人,也没有狗能够懂得。

唐家人久闻鲁鲁的事迹,却不知他有观赏瀑布的癖好。他常常跑出城去,坐在大瀑布前,久久地望着那跌宕跳荡、白帐幔似的落水,发出悲凉的、撞人心弦的哀号。

## 蜗　居

大野迷茫,浓黑如墨。我在黑夜的原野上行走,再也找不到自己的家。

是谁遗弃了我吗？是我背叛了什么人吗？我不知道。我走着走着,四周只有无边的黑暗。我是这般孤独和凄冷。我记不起是否曾有过一个家,一个可以自由自在、说话无须谨慎小心的家。在记忆中,我似乎从来便是在这黑夜中寻找,寻找我那不知是否存在过的家。

我注视着黑夜,黑夜在流动。夜幕忽浓忽淡,忽然如一堵墨墙,忽然又薄如布幔。我想掀开布幔看清前面的路,可是我什么也摸不着,眼前还是迷迷茫茫,混沌一片。我踉跄地在黑夜里行走。我的家,如果过去不曾存在的话,是否在前面的路上,会有一个小窝,容我栖息,给我温暖呢？

走着走着,我真的碰上一堵墙。石壁凸凹不平,缠绕着层层绳索。我摸了一阵,才知道那是千头万绪的藤蔓。但是空气中没有一点属于植物的清新气息,想来已只剩了枯黄的一层。这是山的峭壁,还是房屋的墙壁？我该往哪里走呢？我踌躇,顺着石墙走去,一面在凸凹不平的石块和纠结的枝条中摸索找寻。

忽然间,墙上开了一扇不大的门。随着门的开启,飘出一阵浓雾,立即呛得我咳个不停。我仍踌躇着,走进去了。

这是一间很大的厅堂,进去后便看不见墙壁,只在浓重的烟雾中透露出微弱的光,隐约照见地上一排排的人,半坐半跪,正在摇头晃脑地念着什么。隔几排人点着一排大香烛,香烟袅袅,便是浓雾的来源了。他们是和尚?道士?还是天主教基督教的什么会士?我不知道。渐渐地,在黯淡中看清了他们的表情,使我一惊。他们每人都像戴了一个假面具,除了翕张的嘴唇,别处的肌肉不会动一动,我进去了,也如同我不存在,没有一个人抬动一下眼皮。

在迷漫的香雾中有着不和谐,仿佛正在刺透那灰蒙蒙的空气。我定了定神。是那清醒的、冷淡的目光。只不知在哪里。

不知因为什么,一个人猛然纵身跳起,又使我吃一惊。他跳起后便在大厅里奔跑,从左到右,又从右到左,来回不停。他的举止僵硬,像是一个提线木偶。他跑了一阵,又有一个人站起来随着跑。他们的动作怎么这样笨拙?我注意地看,原来每人身后都背着一个圆形的壳,像是蜗牛的壳一样。再看坐着念诵的人,有的也有蜗壳,有的没有,看上去光秃秃的。渐渐地,跑的人越来越多,却没有人碰撞到我。

忽然,响起了沉重的脚步声。奔跑的人群先愣住了,经过几秒钟死一样的寂静,又猛醒地四散奔逃。有人的壳上伸出两个触角,不断抽动,像是在试探平安。不一时,人散开了。厅中空地上站着一个方方的壮汉,使人想起机器人。他大声宣布:"奉上级指示,清查血统。检举有功,隐瞒有罪!"随着洪钟般的话声,他旁边又冒出几个壮汉,每个人都在自己身上扭动一个开关,一个个抬起手臂,手臂变成探照灯一样,向人群中照射过去。

人群在继续奔逃,他们除了像木偶,还有点像影子,奔走时并没有声音,这倒使我害怕起来。带蜗壳的人找到一个他认为安全的香烛,便躲在烛后,缩进壳中,没有壳的人动作灵活些,有的逃得不见踪影;有的一面走一面向自己身上吐唾沫,大概想造起一个硬壳。探照灯在人群中扫来扫去,追赶着人群。

在一片惊恐、混乱中,还是有着清醒的,现在是痛苦的目光。只不知在哪里。

一个壮汉猛然大喝一声,盯住一个正在往大厅深处跑去的人,随即用手拉着一根看不见的绳索,那人在地上滑了过来。到得"探照灯"前,灯光照得他身体透亮,我看见他的皮肤下面流着鲜红的血,和任何人一样的鲜红的血。莫非这血液便是他的罪状?再一瞬间,这人缩成指甲大小,壮汉把他拾起扔在脚旁一个类似字纸篓的筐里。紧接着又是一声大喝,一个蜗壳滑了过来,在灯光下先伸出两个触角,但这里哪有他试探的份儿,再一转眼,他也缩小了,如同一个普通的蜗牛,给扔进了字纸筐。

一会儿筐快满了,壮汉们似有收兵之意。忽然一个人直向厅中心跑来,大声叫着"告!告!"他指着一个雕刻着花纹的大蜡烛,蜡烛后面躺着一个大蜗壳,滚烫的蜡烛油滴进壳中,壳的主人也不敢动一动。但他还是跑不了,探照灯照上了他,他也给吸进了字纸筐。

我注意到这便是最先起身响应奔跑的那位。奔跑当然不是他的发明。他又"告"了好几个有壳和无壳的人。每次跑到亮光前,光照透了他的身体,可以清楚地看见他的心脏和头脑都紧紧地绑着绳索,他的脸在假面具后露出虔诚的表情。那是十分真实的虔诚,我想。

筐满了,小东西们在筐里挣扎着,探照灯减弱了。清醒而痛苦的目光显露出绝望的悲哀,仍不知在哪里。那位告发者退到人群中。忽然一声响亮,他平地飞升了。我挤向前,想看个究竟。他越飞越高了。大家都抬着头,张着嘴看他。我下意识地一把拉住他的脚。我也飞升了。不知他是不觉得我的分量,还是觉得不敢声张。转瞬间我们便来到另一座高处的厅堂,这里灯火辉煌,绝无烟雾干扰,大概是天堂了。下界的香火,显然是达不到这里的。

这里的人不再半坐半跪地诵经了。他们大都深深埋在一个个座位里,有的是沙发,有的是皮转椅,也有镶嵌了大理石的硬木太师椅。他们无一例外地各有一个壳,但这壳不是背在背上,而是放在自己的座位旁边。有的正在壳上涂画图案、花纹。那位告发者观察了半天,看准一张摆在凸花地毯上的墨绿色丝绒大沙发,便冲过去坐下了。他那如释重负的摊开的四肢,说明他再也不想起来。"你起来!我早看上这位子了。"忽然一声断喝,凸花地毯上冒出一个古色古香的小老头,宽袍大袖,举着牙笏,说的可是现代语言。经这一喝,我才发觉这厅里是一片喧闹。几乎每个座位周围都冒出了人,有的争吵,有的撕扯,有的慷慨陈词,有的摩拳擦掌,真是人声鼎沸。在这混乱上面,却飘着一派美妙的音乐。音乐这样甜,这样腻,简直使人发晕。渐渐可以从甜腻里分辨出,这是赞美,是崇拜,是效忠的信誓旦旦。原来下面厅里念的是《圣经》,这里唱的只是所罗门之歌了。所罗门之歌直向上空飘去。我才想起,天,是分为九重的。

这绝不是我所寻找的家。嘈杂、混乱齐向我袭来,像要把我挤扁、窒息,我必须离开。我穿过身着各个朝代服装的人群,碰撞了好几个人,他们却看不见我。这里和下面一样,以为只要看不见,就能否认真实的存在。

我又在黑暗里行走了,眼前迷迷茫茫,混沌一片。我多么渴望能有一盏灯火,哪怕是在最遥远的地方有一丝光亮,四周是太黑暗了,黑得发硬,也在把我挤扁、窒息。我走啊走啊,一脚高一脚低,转来转去,又碰上凸凹不平的石壁,层层缠绕的绳索。我又走进了那座厅堂。

时间不知已过去了多久,这里不知是在进行第几次清查。方方的壮汉还是在用那不可思议的力量进行搜捕。人们为什么这样驯服? 可能是变做指甲般的小东西,也还是可以活下去吧。

这时一个大蜗牛给吸到厅中。强烈的电光照透了蜗壳,一个人蜷伏在壳里,恐惧地用手捂住眼睛。"都背着这玩意儿干什么?"几只脚踩下来,蜗壳碎裂了,几只手撕下长在肉身上的蜗壳。

"且慢!"人群中冲出一个年轻人,他站在受伤的蜗壳旁。"每一个人,都应该像人一样,活在人的世界!"他仰面大声说。他身材单薄,脸庞秀气,那清醒而又痛苦的目光,在这里了！目光穿透了灰蒙蒙的香雾,现在正穿透那灼人的白光。他居然敢脱下面具！眼泪从他秀气的脸上流下来,在脚下立即冻成了冰。

"不要命了？何苦呢？"人群中窃窃私语。

"总有一天,真理无须用头颅来换取！"青年面对灼人的白光,弯身去扶那受伤者。

"还不与我拿下！"空中轰然响起了洪钟般的声音。这声音很远,却响彻了厅堂,一直冲向黑夜的荒野。紧接着咔嚓嚓轰隆隆一阵巨响,莫非是掌心雷？只见青年猛然矮了一截,他正向地底下沉去。周围没有人动一动,宛如一大块冰。我见他沉落得只剩了头,忍不住扑过去抓住他的头发。这一来,我也随着他向下沉落了。

地面在我们头上合拢,人丛中忽然传出隐约的哭声。总还是有人惊惶,有人哀悼罢。青年的秀气的脸上,露出一丝微笑:"我死,也甘心的。"他对着我,自言自语。

我们落入了阿鼻地狱。地狱的惨状如果形诸笔墨,未免不合美学标准,所以略过。遇见的几个人物,他们的魂魄充塞于天地间,故此不得不提。

我们最先看见的是东汉时期的范滂。他仍处在"三木囊头,暴于阶下"的位置。他的手、脚和头颈都套着沉重的木枷,木枷上生着碧绿的苔藓。壁虎、蜥蜴在他头上爬来爬去,好像他已是一具死尸。这里照说没有光,但这里根本不需要光。他一下子就看见了我们。他大睁着两眼,透过苔藓和乱草般的须眉,目光炯炯地打量着那青年。他说话了,一只壁虎从他嘴边跳开去。

"如果我叫你们行恶,恶是做不得的。如果我叫你们行善,可我并未作恶啊。"他说。

我不知这是什么意思。青年凄然一笑,答道:"在黑暗中行走的人,往往需要用头颅做灯火,只为了照亮别人的路。"

范滂炯炯的目光中露出了理解、同情和欣慰。这时忽听砰的一声,一个大瓦钵扣在他头上,几只蜥蜴从木枷上震落下来。他的目光透过瓦钵的裂缝,仍在炯炯地随着我们。

我们再往前走。走着走着,先觉得四周出现了异乎寻常的亮,然后看见远处的火光,火光越来越亮,熊熊的火舌向上伸卷,在火焰中,柴堆上,站着一个须发皆白的老人。那是布鲁诺!那一年他是五十二岁。原来我们来到了十六世纪的罗马鲜花广场。布鲁诺的衣服着火了!头发也着火了!他整个成了火人!他看见我们了。他的目光是衰弱的,我却觉得它比火焰还明亮,还炽热。他对青年用力地说:

"你来了!你愿用头颅照亮世界吗?"他的声音也很微弱,却也在刹那间传遍了广场。广场上观看火刑的黑压压的人群波动起来。"你愿用头颅照亮世界吗?"微弱的声音在回响。我战栗了,向后缩,缩在人群中。人们挤来挤去,几乎每人都提着一个蜗壳样的东西,互相碰撞。

像受到什么力的冲击,人们自觉或不自觉地站开,让出一条路。我所追随的秀气的青年挺直了单薄的身躯,向火堆走去。

"我愿意!"他昂头答道。火光照在他那英俊的头上。这颗头颅不久便不属于他了。会属于谁呢?我不知道。"我愿意!"他的声音并不洪亮,但却穿透了广场上每一个有心人的心。

衰弱的已成为火人的布鲁诺转动着头,从容地把广场看了一遍。广场上静极了,只有火在燃烧的声音。他想张开两臂,拥抱这说"我愿意"的年轻人,拥抱这处他以极刑的世界。但他是绑着的。他长笑道:"那么永别了,环绕太阳转的地球!"他垂下了头。

火光陡地熄灭了,人群也不见了踪影。"这是应该住在天堂的人啊,他怎么在地下?"我不由得问出声来。青年不答,只管赶路。他是在走向自己的刑场。

脚扎破了,血流出来。我们行走在铺满荆棘的路上。走着走着,前面来了一队人马,荷枪实弹,拥着一位中年人。他穿着朴素的灰布长衫,踏在荆棘上,沉着地走向生命的尽头。

"我愿意。"他和青年交换了目光,也交换了思想。我们默默地站在一旁,眼看他走上一块凌空的木板,站得笔直。他的头上,是打好了结的绳索。

他的左右,忽然出现了一副对联:"铁肩担道义,妙手著文章。"我拼命睁大眼睛,想看清楚些。我不相信,连他,也给打入地狱了吗?他不得不永远重复那断气时一刹那的痛苦。他为了什么?这一切,又是为了什么呢?

"总有一天,真理无须用头颅来换取。"青年对着我,自言自语。

他随即沉着地大步向前走了,走向他自己的刑场,毕竟进入了二十世纪七十年代,人类文明多了,一颗精致的小小铅丸便能夺去人的生命,这个人的罪状只不过是说了几句自己要说的话,只不过他不愿意戴上面具,变成木偶!"我愿意!"他对我说。这一次他是看见我了！看见有这样一个苦苦追随的人,他多少有几分安慰罢。他那秀气的脸痉挛起来,他倒下了！他的头碰在水门汀地上,发出闷雷一样的声响。

"还有一个吧?"持枪的人搜索着。

我落荒而逃,跌跌撞撞,哪管脚下的荆棘乱石,眼前的深沟断涧。我一跤一跤地摔倒,再爬起来奔逃。我这平凡的头颅能作为一盏灯吗？我不相信。逃啊,逃啊,我以冲锋的精神逃命。

原来地狱也是可以逃出的,只要退却便行。我又落在无边的黑暗中了。黑夜还是在流动,有浓有淡,迷迷茫茫,混沌一片。但这时挤压我的不是黑夜本身,而是我心中的空虚和寂寞。

远处忽然有一点亮光！在无边的黑夜里,感到无边的空虚和寂寞的人,才知道一点亮光的宝贵。我又以冲锋的精神向亮光跑去。亮光越来越近,显出一行摇动的灯火的队伍。我喊叫着定睛看这队伍,惊得目瞪口呆。

那是一队无头的人,各把自己的头举得高高,每个头颅发出强弱不等的光,照亮黑夜的原野。我们从古时便在那里走。他们的队伍越来越长,他们手中的灯火也越来越亮。

我又逃走了。从那伟大的行列,从那悲壮的景象边逃走了。我在荆棘丛中、乱石堆里奔跑,跑着跑着,一间圆圆的小屋挡住我的去路。我毫不思索地推门进去了。

对了,这便是我的家！可又不像是我的家。我可以缩在里面,躲避风雨。如果没有压碎圆壳的力量,我是平安的。

可这里这样窄小,我只能蜷缩着,学习进入半冬眠状态,若想活动身躯,空间和氧气都不够。我蜷缩着,蓦地想起背着蜗壳的上界与下界的人。蜗壳本身,改变不了别人安排的命运。

那灯火的队伍越来越近。我从门缝中望见了那耀眼的光华。他们走过去了。一个声音问道:"你愿意用头颅照亮世界吗?"紧接着是此起彼落参差不齐的回答:

"我愿意!我愿意——"声音渐渐远去了。

在远处又传来悲壮的声音,这是换了一个人在呼喊了。"你愿意用头颅照亮世界吗?"

我想追出去,但我能高举着自己的头颅行走吗?我这平凡的头颅能发出够亮的光吗?我还是迟疑,蜷缩在蜗居里。

灯火只剩了一点亮光,快要看不见了。我怎舍得这一点光亮呢?我真希望看见不在割下的头颅里点燃的灯火,而是每个活着的头颅自由自在地散发着智慧的光辉。

"总有一天,真理无须头颅来换取。"秀气的青年对着我自言自语。我猛醒地想跳起身,追出去,若是我的头颅不能发光,就让我的身躯为他们减少一点路面的坎坷,阻挡一些荆棘的刺扎也是好的。

但我竟动不了身。圆壳中的黏液粘住了我。我跺脚,我挥着手臂,我拼命地挣,挣得筋疲力尽,瘫软在地上。我从门缝中看见黑夜的地平线上那一队摇曳的灯火,还依稀听见远处飘摇的声音:"我愿意!我愿意——"

我终于没有力气。我躺着,觉得自己在萎缩,在干瘪。有什么东西在嚼那圆壳,我在慢慢地消失——

我到了尽头。而那灯火的队伍是无尽的。

这一切都在黑夜里发生过了。既然天已黎明,又何必忌讳讲点儿古话呢!

## 泥沼中的头颅

　　这是绿色的充满生机的世界。山谷丘陵中长满各种植物。高的矮的大的小的进化的原始的,形成浩瀚的绿色的海。在万绿丛中,有着不同大小的泥沼。虽然最大的浑黄一片,也不过是绿色中的一点而已。但以井蛙之见看来,是大得无边了。这泥沼远望如同有着皱纹的干裂的土地,裂缝中长出稀疏的苔藓植物,好像秃头上的几根毛发。近看时,就会发现那皱纹在缓缓移动。移着移着,一点点绿色就消失在泥浆中了。然后泥黄的波纹又从远处移来,顶着几笔沾满泥浆的绿,越过艰险,到泥沼中心的旋涡地带。

　　旋涡地带的泥浆打着转儿沉下去,似乎下面有个大漏斗。邻近却有一圈泥眼,咕嘟嘟向上冒泡儿,泥浆又不断地翻上来。这样经历了千万春秋。

　　不知从什么时候起,这泥沼翻滚起来,缓慢的泥波变得汹涌,迅速地起伏。有一天,远处有一簇极鲜亮的绿叶,经历了日日夜夜泥波的推拥,在正午的阳光下,旋进旋涡里了,慢慢向下沉。眼看就要被淹没,忽然有件物事从旋涡里猛地顶出来,把那一点绿顶得高高的,把泥浆像拉牛皮糖一样拉了丈把高。

这件物事落在旋涡外的泥面上，自己旋转着，慢慢停住了。泥浆从它的圆顶上艰难地流下来，慢慢显出它的轮廓。这是一个人的头颅，一个人的活生生的头颅。

他大张了嘴，用力吸着泥沼上的热气，牙齿还是雪白的。黄泥糊住的眼睛露出一点缝，一线瞳仁在转动，一直看到泥沼尽头近天处。

"我看见天了！"他大声叫起来，"我又看见天了！"

泥沼在翻滚。在头颅这一声喊里，好几处泥浆向上拔起，如同石笋石峰，然后又落下去继续沸腾地活动。据说声音是可以变为力量的。而各种变化过程的痛苦，也只有亲身经历，而且磨光了一切的人才能知道。

泥波努力翻滚着，想要流向旋涡，却有一种看不出的力量把波浪顶住，向着极远处的绿色。头颅努力把眼睛睁大一些，看见从自己头顶垂下来的这一簇绿。这种小小的低级植物，也许还说不上是叶子，在覆灭之前努力地绿着，从泥浆涂抹下露出一点鲜亮。

"哦！哦！"头颅舒了一口气，"你好！到底有了浑黄以外的颜色了。你好！你可知道泥沼中的生活么？"

头颅不记得自己是怎样落入泥沼的，也许他从来就生长在泥沼中。他确切记得自己原是有个身躯的，是一个完全的人。他不喜欢这浑浊的泥浆。泥浆使人迷迷糊糊，透不过气，对任何事物都看不清楚，总是处于茫然状态。

记得有一次，他带着尚是完好的身躯参加一个学术讨论会，泥沼中学术讨论会是极多的。各种论文上涂满泥浆，难免越讨论越糊涂。他本是博学之士,除本人是土国人外,通金木水火四国外文。但他听了半天,听不懂会上诸君说的什么。最后他估计这是某一大洲的稀里哗啦语,不免去问旁边捧着最厚的一摞纸、满面得色的博士。回答是:"我们在讨论土国文化,说的是土国话呀!"头颅一听,大吃一惊,觉得一阵心痛,他可没有心脏病。就在这一惊一痛里,他感到远处有一个什么物事,也许是一把钥匙罢,能够改变这种泥糊状态,使人清醒。那钥匙,当然也在泥泞之中。

他迈开步子,向既定目标移动。从泥浆中挤过去,不止一次碰撞了人和物。那些人和物一动不动,如同电影里的定格。他询问、请求,最后热血沸腾,难免手舞足蹈,奋力划动泥浆,而定住了的人和物仍是一动不动。

"你们怎么不说话?"他大声叫。

"我们的文化从来就是静止的呀。岂不闻万物静观皆自得!"不远处传来微弱的声音。

"你静观泥浆而自得!"头颅愤懑地继续大叫,继续奋力划动。

"你去找那位下大人吧。"仍是那微弱的声音,为了这声音,头颅一辈子都怀着感激的心情。

他往泥浆稠厚处移去,这里不是定格的局面,有些人在活动,如同电影里的慢镜头。不久就看见一个人端坐在一个台上,手臂向四面八方伸去。他明白那人是在同时接好几个电话。说的话都差不多:"你问找谁能说清这事?老实说,这事谁也说不清。"

头颅说明来意。下大人拼命想睁大眼睛。但是头顶上不断流下泥浆,把刚睁大一点的眼睛又糊上。他只好还是眯缝着眼,慢吞吞地说:"从来没听说过此等事。你这思想有点歪门邪道吧?"他努力仔细上下打量,想看出点异端的标志,"你留下,写个材料吧。"

头颅在这里站了五分钟,觉得有点不妙,等他明白应该走开时,他已经处在有尖刺的栅栏中了,好在这些都是泥制,他挤着拱着好容易逃了出来。他要找中大人或上大人去,时下的名词叫上访。他移动脚步,忽然发现脚没有了。"我的脚呢?"他吃惊地叫。周围泥浆骚动起来,有些人形在逃散,传来一阵窃窃私语声:"他没有脚!""别是什么传染病吧!"也有人凑过来,低声问带血的泥浆是否能卖大价钱。有一位还兴冲冲舀了一大勺,赶快划动手脚"跑"了。有着没有脚的身躯的头颅并非白痴,马上知道他该隐藏没有脚的事实,不能再大嚷大叫。

他去找中大人。泥浆里留下一道血痕,他一面走一面用手搅散。中大人照例胖一些,说话和气一些,泥浆涂得厚一些。仕途上到了这一级,才算是真的做了官了。好像士林中人非得到副教授头衔誓不罢休一样,那是人生中的一条线。当然仕途与士林中这一条线上的待遇是很不一样的。

中大人根本没有想睁开眼睛,只从鼻孔里哼了一声,喷出二两泥浆来,一副见多识广的模样。"这是老问题了。我们见得多了。请回原单位。"他拿过一张印好的通知,上写着:"发回原单位处理。"他说话时整个人一跳一跳的,头颅好生奇怪。原来他脚下装着弹簧,用力便反弹上去,他希望弹得高一点,便用力大声嘶嚷,但是只有重复的内容:发回原单位处理或等上面批件。

头颅没有多申辩。他的腿也已经化掉了,他得赶快。他居然艰难地迂回曲折地划到了上大人面前。这头颅能做到这一点,确是有些过人之处。这时上大人正在努力运动,往东走一段又往西走一段,往南走一段又往北走一段。结果是在原地踏步。头颅静静地等了一阵,看见身旁的泥浆逐渐殷红,不远处幢幢人影有的逃开去,有的凑上来,他等不得了。

"我要到远处取一把钥匙,请给一个批件。"他挤到上大人身边,挡住去路,大声说。

上大人勉强停住脚步,喘吁吁地怜悯地看着他:"难道你不知道这是锁匠的事儿?"他很耐心,而且意识到自己的耐心和宽厚。

"这是人类社会的事。"头颅执拗地说。

"那也是我们关心的。"上大人真诚地说。

头颅的眼泪掉下来了,把泥浆冲出两道沟。他看清上大人罩满泥浆的脸上露出一线眼睛,目光中充满了苦恼和疲惫,厚厚的嘴唇一张一合:"老实说,我的批件也没用。这么多公司,谁听我的?你看看有些董事长、经理的来头!你还是找个关系去认识一位锁匠吧。"

头颅疑心自己的耳朵也化掉了,好在还有手,揉一揉,耳朵还是以招风的形式存在。

是否应该找个关系去认识一位锁匠?头颅不知道。能立刻决定的是立刻离开这里。腿脚都没有了,移动格外艰难。他摆动两手,在泥泞中挤着,挤着,他的身躯逐渐减少。奇怪的是从最初听学术讨论会时觉得一阵心疼以后,他的身子化去一半,却并无剧烈的疼痛。也许泥浆本身有一种安抚镇定的作用。他只管挤着,饶有兴味地看着自己身边的血痕。他看着血痕渐渐加深,又渐渐消失。他只剩了一个头颅,这时称他做头颅则是百分之百的名正言顺了。

头颅在泥泞中旋转着前进。他觉得那钥匙就在不远的地方。转一周总是近一些。逃开去的和凑上前来的人形渐渐变作以好奇的眼光注视着的旁观者了。这么一个不停地旋转的非凡的头颅!"也许是什么刑事犯剩下的?""也许里面装着格外发达的脑细胞?"新的窃窃私议渗透在泥浆中。

"这是一位伟大的思想家!"不知从哪里飘落了这样一句话,声音清晰而有分量,说话的人显然属于异国公民。

头颅忽然给一种莫名其妙的力量抬起来了。抬的方向不一,几次拉扯弄得他晕头转向。他想申辩:"我不是什么家,也不是什么长,只是一个人。要加形容词的话,就是一个不完全的人。"他悲哀地想。人们不听他申辩,事实上他也没有说出声来。经过好一阵折腾,他被放在一个有着无数皱褶的泥托盘上,由四个年轻人托定。旁边还站立三十二名一律糊满泥浆的人,以备换班。他们不时嗡嗡地说几句话。

"我们需要思想。"一个泥人说。

"我们需要文化。"另一个说。

头颅仔细向两旁看,发现有几位竟长着两个或三个头,像一簇簇特大黄樱桃。几张嘴同时大声问:"请问我该砍掉哪个头?"

还有几位正没精打采地聊天,聊的内容是糊涂一片。他们有一个共同的特点,一说话头就从腔子里伸长出来,一伸一缩,伸长时可以看见他们的躯干是空的,泥浆从头上灌进,从脚下流出,人随着泥浆流动一沉一浮。

"你们怎么搞的?"高踞盘上的头颅可以用这种态度说话。

"我们没有办法。我们连五脏六腑都没有长全,请参观空壳。"有几个声音说。

其实也不是空壳,里面塞满了泥浆。

"那钥匙呢?"头颅说,没人理他。他忽然觉得很累很累,想休息一下。

又不知过了多久,他的下巴下面,该生颈项的地方生出一些触角,好像小尾巴。

许多小虫顺着触角往上爬。"我们爬到你的头顶上,就也是思想家了。"它们仰着头大叫。小小的头很像甲虫,又像戴着面具。向上爬一段就变得更像人。有的爬得很快,变化的速度惊人。有的爬着爬着掉了下来,搅在泥浆里不见了。

头颅觉得自己正在腐烂。他必须从腐烂里挣扎出来。他大张了嘴,一面吐着涌进来的泥浆,一面大声喊叫:"我还要去找钥匙,好冲洗泥浆,你们不觉得不舒服吗?"

"觉得的。"一个站班正要换班的泥人说,他的声音嘤嘤然如蚊子。他已经摸索了好久了。距离虽然短,因为泥浆中许多莫名其妙的干扰,准确地走到目的地是很不容易的。

"觉得的。"远处又有一个嘤嘤然的声音,居然透过泥浆传过来了。

头颅有些飘飘然,想要发表一通演说了。这时他看见不远处有一个模糊的人形。这人形飘忽不定,忽而附在各个不同的人身上,忽而凝聚为一个人,他全身只有一处极为清楚,就是那炯炯目光,不知有多少伏特电力,盯准谁,那泥胎上便有一处痕记。在这目光逼视下,四个擎盘的人忽然一齐扑地倒了。头颅从盘中跌出,一直向泥沼最深处落下去。

哈!四周涌来一阵笑声,这是看见人跌落时最时兴的伴奏。

在绿丛中的泥沼仍是浑黄一片。泥波翻滚着,向着旋涡移动。

头颅从泥沼深处向上挤。头顶上的压力真像一座山,压得他要裂开。而下面也有一股泥流的力量把他往上顶。他挤呀挤呀,满头大汗不由自主地来到旋涡中心。巨大的旋涡像是旋转的固体转盘,当中是一个大漏斗。泥浆从这里漏进去,把一切东西都磨碎,再从旁边的一圈洞眼里翻出来。

"打开漏斗的底!让泥浆流光!让真正的天空、清水、空气都进来!"头颅要举起双手大喊。但他已经没有手了。他的小尾巴也已磨光,只有一个光光的头颅。

他拼命转动着,想往泥沼上面升去。但顶不过一圈又一圈旋转的泥流的力量,眼看要落入漏斗柄了。这时一簇卷入旋涡的绿色落在他头上,使他猛然清醒了许多。他从眼缝里看着那一点垂下来的绿色,觉得一切都很值得。

就在头颅掉进漏斗柄的刹那间,四面八方忽然伸出许多手来,同时有不少人发一声喊,把他从漏斗中提起,向上抛去。

这一声喊是:"留着这有思想的头罢!"

他就在这一提一举里,跳出了泥沼。

"我看见天了！我又看见天了！"他大声叫嚷了好一阵。没有应声。周围是死一般寂静。浑黄的泥沼一直延伸到天边。正午的阳光白辣辣地照着一切。头颅顶上可怜的小植物也在变黄了。

"那钥匙在哪里？"他惶惑地想。觉得自己多少算是个盲动主义者。

他给寂静包围了，寂静，而不是泥浆，压得他喘不过气来。

可是泥浆还在翻滚着，无声地，汹涌地。

忽然旋涡中心又拔起一座泥峰，从上面跳出一件物事，他慢慢转到头颅旁边停住了。

"我也是一个头颅。我的身躯在泥沼中化尽了。"这一个声音很年轻，黄泥缠住一头厚厚的黑发。"据说您是一位思想家？"他热情地问。

"知其不可为而为之。"头颅一为这年轻的声音感动得要哭出来。

"知其可为而更为之。"头颅二说。

两个头颅尽量睁大眼睛互相望着，流出的眼泪如晶莹的清泉，把粘住的黄泥冲落了，露出很不光洁、隐约还有些发红的面颊。这时汹涌的泥浆涌过来，夹带着几笔绿色，又有几根蕨类植物，落在两个头颅上。

# 勿 念 我

戈欣站在半人深的土坑里,把骨灰盒放进了修好的墓穴。墓穴阴森森的,冷气逼人。他望着骨灰盒上妻子绣春的照片,年轻,俏丽,正如盛开的花朵,而人已经凋谢了。

他的眼泪滴在墓穴前的泥土里。

墓穴封上了。干这活的年轻人手脚敏捷。人们慢慢向墓园大门走去。戈欣回头看那一片拥挤的白灿灿的墓碑,马上想到一堆堆的白骨,忍不住心头一颤。不多的同事亲友们和他握手,说着安慰的话,各自上车走了。他在路边站了片刻,忽然说忘了什么东西,让最后一辆车等他一下,转身又往墓地走去。

他怀疑墓穴封得不严密,那年轻人手脚太快了。若是有个缝让虫蚁钻进去,那是绣春最讨厌的。他毫无声息地从墓碑后面绕到前面。猛然看见碑旁坐着一个人,在低头沉思。两人都吓了一跳。

那人本能地站起身,仍半低着头,转身快步走开。

"喂,请停一下。"戈欣望着那人穿着浅驼色风衣的背影,客气地说,"请问你认识我的妻子吗?"

"不,不认识。"那人冷淡地说。他没有停住脚步,也没有抬头,很快转到别的墓碑后面,融进了那白灿灿的一片。

戈欣立刻看见墓上除了原来的花圈、花束外,多了两枝花,一枝头顶缀满淡蓝色的小花,另一枝缀满白色的小花,花朵都很小,显然是那种随地可见的野花。戈欣觉得很熟悉,他认得这花。

这花是谁放的?当然是刚刚坐在墓前的那个人。但他说不认识绣春。"有人念着绣春,总是好事。"戈欣想着,仔细看了墓穴封口处,见水泥抹得严密匀净。又前后转了一圈,站住了,定定地看着墓碑,碑上写着"爱妻简绣春之墓"。碑下两枝野花,花朵向上,似乎昂头望着墓碑。戈欣心中一动,想把花拿掉,又想这是献给绣春的,他不该动。这时,帮着办丧事的人和司机前来找他,连拖带拉劝他走,还互相使着眼色。

戈欣回头看,满眼还是那两枝花,蓝白两色似乎被水化开了,渗得到处都是。自己的鲜花花圈,倒像缩小了,不那么显眼。

"走吧,走吧。"人们拥着他。

几个至熟的朋友陪他到家,看着他在沙发上腾出一个角落,看着他坐下了。你一句我一句说了些安慰的话。有人问起绣春的姐姐春,有人代答,她去了日本还没有回来。然后有人建议让他休息,便告辞了。

戈欣呆坐着,一切似乎都很陌生。这里的女主人,永远不回来了。忽然好像一束光照亮了一个场景,他猛地跳起身,跑出屋,跑下楼,跑过街,来到街角一处绿地。绿地在一段装饰墙后面,草很长,轻风漾起微波,一个接一个,抵达墙角停住了,不再回来。结婚十年间的头几年,戈欣和绣春来这里散步,何止千百次!每一个草尖上都该有绣春的足迹。她有时打一把小伞,显得很飘逸;有时提着菜筐,也不觉沉重。她轻盈地在他身边走着,像是在滑动。不时侧过脸来,给他一个灿烂的微笑。

这里是那一片小野花了,蓝、白两色都有。绣春举起一枝蓝色的:"知道这花的名字吗?""只知道你叫什么名字。"戈欣答。他说的是实话,在认识绣春前,他只认得每天摊在桌上的账本。

"这是勿忘我。"

"大大有名的花!今天才认识了。"戈欣向小花鞠躬。这些年城市建设总算不错,局促的街道旁居然给人一点遐想,一点诗意。

绣春举起另一枝花,白色的,花朵同样的小,花瓣较厚。"这个呢?"她脸上的神气是你一定不知道。

"别考了。就满足一下你好为人师的心理吧。——洗耳恭听。"

"这个吗?它的名字叫勿念我。"

"勿念我?"

"勿念我。不要记得我,懂吗?"

"你编的!"

"我才编不出来呢!既然有勿忘我,就会有勿念我,什么都不忘,负担也太重了呀!"绣春笑嘻嘻地,把两枝花在脸前摇来摇去。他们一起笑起来。那时,他们不会在乎忘我还是念我,他们以为一生都会厮守着,脸对着脸,肩并着肩。没有外界的风浪,也没有内心的波涛。

一切都消失了,人都死了,记忆有什么用!草地空荡荡的,戈欣扑在草地上呜咽着。忽然仿佛又看见绣春站在青草地上,一个空灵、缥缈的绣春,只有背面,往远处飘去的绣春。她时时俯身折花,折了又抛下,裙子被风吹得鼓起,像一个大肥皂泡。

"绣春,你回头!"他大声喊,"你回头!"

绣春不回头,飘远了,消失了。

戈欣又呜咽了一阵,慢慢回到家里,觉得房间真乱。他却懒得收拾,仍坐在沙发上,不多久,他睡着了。

戈欣醒来时,天已经黑了。他确实太累了。绣春病了一年多,他的心悬着,生怕死别到来。如今一切都发生过了,不用再怕什么。他竟长长吁了一口气,有一种总算到了站的感觉。"明天要去上班,恢复正常的生活,别的事先不想了。"他对自己说。

电话响了,响个不停,只好接了。是绣春的老同学小陆,问葬礼何时举行。

"已经葬了。""已经葬了?怎么不通知我?你这人!"口气有几分娇嗔。戈欣不答。自从绣春患了不治之症,这小陆对他们分外殷勤。"她是看上了这即将出缺的妻子一席了。"绣春叹道。小陆是老姑娘,极想结婚。"喂,喂!"那边尖声说,"我来看你。""不要来,不要来!"戈欣慌忙说,"我就要出差,特意安排的。""去多久?"那边的口气充满希望。"一个月吧。"戈欣随口说,挂断了电话。

一个月很快过去了,他渐渐平静下来,生活安排得很有规律。他本来是个循规蹈矩的人。他开始收拾东西,整理这个空了的家,像是探险一样,他先在五屉柜上挂起了绣春的大照片,让她监督一切。绣春的布置有时是匪夷所思,圆凳下面是个垃圾桶,镜子后面是个小柜子,一格格装满化妆品,使有限的空间宽阔许多,所包含的情和事更是丰满。戈欣常说这是有陷阱的账本,不知下一页会遇见什么;又像是存在电脑里的账目,不调出来不知内容。一个星期日,戈欣拉开床铺下面的抽屉,把瓶瓶罐罐倒了出来。忽然发现这抽屉特别浅,角上有一个钥匙孔。它有个夹层。

而他没有钥匙。

"绣春真聪明。"他想,这是多年来他常想着的一句话。可是自己家里有一块地方自己不能进入,让人有些不舒服。

戈欣特地买回一把小斧子,劈开了抽屉。他看见一个漂亮的日记本和一束信。日记本的封面是淡蓝色的,画着一枝乳白色的花。头两页间夹着勿念我的小花。"又是勿念我——"戈欣想着。掀一页,看到了绣春的笔迹——

"他约我在西什库教堂会面。我们在圣坛前站了许久。阳光透过五彩玻璃,照在他的头发上,也照在我的头发上。"

戈欣捧着日记本,一下子跌在地上。这个"他",分明不是他,不是他戈欣。

又一页——

"今天在胡同西口一家冷饮店里会面,说到建筑的细微部件的重要性。他翻来覆去看我的手,说是看出了一个空中花园。"

"我第一次在他房中过夜,我哭了很久。再过几天,我得到福建去考察古民居,我恨不得不去。怎舍得离开他呢。"

戈欣觉得嗡的一声,头涨得很大。绣春去福建是四年前的事了。走以前确曾有两天没有回家,说是缫春那边有什么事,要她去。那时他正开始学电脑。是从那时开始了。他们来往这么几年,而他竟然一点也没有察觉。这就是坐在墓前的那个人了。大概是个建筑师,不知是哪个单位的。可恨绣春写日记时也像是在躲避什么,文字这样简单。

又一页是她得知自己病情后写的:

"我的生命快结束了。我哭我们相聚的日子太少了!我没活够,我没有活够!"

这相聚的"我们"自然是包括那一位。戈欣心里苦涩酸辣搅成一团。他唰唰地翻着本子,想看到自己的名字,哪怕只提一次。

一次也没有。

他把本子啪地扔在地下,拿起了那束信。信用紫绸带小心地扎好,只有三封。他把它们也重重地摔在墙角,反正已经是到手的猎物了,还怕它跑了吗!

"绣春!你怎么这样对我?"戈欣伏在床栏上放声大哭,哭得昏天黑地。

昏乱中他想到这一年多奔走医院的生活。为得到最好的医疗,什么人没求过!为配一味药,骑着车跑遍全城,哪家药店没去过!一个下雪天,一路摔跤到了医院,绣春神色淡淡的,并不显得高兴。现在明白了,她等的是另一个人。又一次送了甲鱼汤去,招呼她喝了,见她懒懒地靠在枕上的样子,真想抱抱她。她推开了,说累得很,要睡觉。戈欣连忙收拾了床铺,看她睡好,才离开了病房。电梯久等不来,他觉得站在那儿白费时间,不如在她身边再待一会儿。走过护士台,却见她坐着打电话。

"你起来了!"当时的感觉是一阵惊喜,现在感觉是沉重的痛苦。

她仍是淡淡的,说是要告诉机关里什么人一个材料。什么材料?她没有答。起身回到自己床上。当时旁边护士的脸色似乎有些尴尬,她们当然是知道的。

她们姊妹不大相投,很少来往。绣春病后,缬春也很少看望。一次她去病房,绣春正在输液。她放下水果便要走,绣春一再说输液快完了,让她等一下,有话说。缬春说下次再来。还是走了。

有话说,什么话呢?

回忆像一个烧红的熨斗,一下下烙着他。他早就承认他不够了解绣春,她那些机灵鬼怪的主意,千变万化的情绪,他是追不上的。她活着有时也像个幻影,只有背面,往远处飘去的幻影。

"绣春,你回头!"

绣春不回头。

戈欣哭得累了,休息了一阵,拾起那几封信。信是对方写的。

"亲爱的人,看见你从高台阶上走下来,我觉得时间都凝结住了。我真奇怪以前几十年怎么能活下来,没有你!以前不过是行尸走肉罢了,以前不过是木雕泥塑罢了。我恨不得扑下去吻你踩过的泥土,我恨不得把这里的空气都吸进,因为它们拥抱过你。有过这样炽热的爱,死也值得!"

戈欣心里翻腾着,不愿再看这些肉麻的话,把这封信扔在一旁,拿起另一封。

第二封信很短,大字写着"我爱你"。颜色暗红,原来是血书。信纸上端有行小字:"我觉得自己要炸开了,身体实在装不下这样多的感情。割破了手指才好受些。"

戈欣冷笑了一下。一点指血骗骗绣春这样多幻想的女人罢了。

第三个信封有一本杂志大,他抽出一个硬纸板,忽见绣春在面前。

绣春略侧着头,唇边一个小酒窝装着浅笑。眼神略有些忧郁,似乎在思索什么。半透明的衣袖,肌肤隐约可见。双手各擎着一枝花,花朵如一小片云雾,一片蓝,一片白。

"绣春!你怎么这样对我!"戈欣对着画像大吼一声。画中人像是受了惊吓,莹然欲涕,眼光似随他流动。戈欣把画像往桌上一放,忍不住又大声哭起来。

绣春死了两次,先是他身旁的绣春,现在是他心中的绣春。第一次死别的痛苦还是新鲜的,第二次的痛苦又狠狠地砸了下来,连他的心都剜了去,一点儿不剩了。原来那种到站了的感觉消失了。他又开始了煎熬,他一定要找到那情夫,坐在墓碑前的那个人!

门铃响了,是小陆。小陆身材短小,戴一副厚眼镜,是一位文学硕士。她见屋里的情形,以为戈欣还在为死别伤心,用手托一托眼镜框,开口安慰说:"不要伤心了,人死不能复生——"

戈欣一直逃避小陆如瘟疫,这时却正好可以有个人倾诉。他把信件等往前一摊,说:"你看看! 死了还折磨我!"

小陆一目十行,一会儿就看完了。扶了扶眼镜说:"莫泊桑有篇小说看过没有? 一个小职员死了妻子,拿妻子留下的首饰去卖。他以为都是假玩意儿,谁知都是真珠宝。"

"自然是情夫给的了。"戈欣狠狠地说。

小陆微笑。她有几分为绣春惋惜,怎么不把事情做得严密些。更多的则是为自己庆幸,占领这新出的缺有了重要的有利条件。

"我记得那小职员也不知道情夫是谁。"戈欣又狠狠地嚼着那两个字。

"何必知道呢!"

"何必知道? 说得轻松! 我真恨不得找个私人侦探,把他找出来!"

"决斗吗? 像奥涅金和连斯基? 不,不大对。"小陆皱着眉,努力想起一个相应的故事,为死去的人决斗的故事,却想不出来。

"我有一个范围,"戈欣说,"就是建筑设计行业。人的样子大致也有印象。我去设计院门口等。你能不能想办法查查建筑师的名单? 总有这么个学会吧?"

"就是人和名字都对上了,也不能证明什么。"小陆很明白。

"敢做要敢当嘛!"戈欣冷笑,"设计院里还有简缜春,不知道能起什么作用?"

"好了,你一直没吃东西吧？我来做!"小陆温柔地看了戈欣一眼,毅然进了厨房。

戈欣迅速地想了一遍绣春各方面的关系。他要前去拜访,也许能有些线索。忽然哗啦一声,厨房里小陆一声尖叫,"对不起,砸了一个碗!"紧接着她出现在门前,说,"托尔斯泰有个小说——"

"你走吧,好吗?"戈欣尽量客气地说,"我需要安静。"后面一句声音很大。

小陆委屈地说:"我会做的呀。"戈欣开开屋门,不耐烦地做了个"请"的姿势。小陆迟疑了一下,只好走出去了。

房里并不空,戈欣仿佛觉得绣春在悄无声息地来去。她坐在小桌旁,招呼他吃饭。不管她工作多忙,饭食总是可口的。他们彼此把菜夹到对方碗里,很多年都这样。戈欣又想哭,却哭不出来。他在房里走动着,把东西踢到墙角,把绣春的大照片翻过来,扣在柜上。

次日,戈欣请了一天假,先到绣春的单位,找了几个熟人,推心置腹地说这件事和他的目标——找出那个人。听的人都睁大眼睛看他,似乎怀疑他因悲伤过度,神经出了点毛病。一位女同事气愤地说他简直是肆意诬蔑亡人,令人寒心无比。一位男同事慢条斯理地说就算有这事他们也管不着。戈欣把那几封信打开让大家认笔迹,有的人根本不看,有的人不说话。只有一个冒失鬼叫了一声:"倒像是老黄的字!"话未说完,就被众人喝住了。

戈欣连忙问:"这位老黄在哪里?"没有人回答。停了一会儿,还是那位男同事说:"我们这里没有姓黄的,劝老兄不要再追查了。多年的夫妻,人又死了,什么事总要担待一下。最好狠狠心,不要再想她就完了。"

勿念我!勿念我!他说的分明是绣春要说的话。

无论如何,戈欣有两大收获,一是知道了那人可能的姓,一是除去这一单位,范围又缩小了。他有礼貌地告辞,请大家原谅他诸多打扰,一点不在意那些怜悯的目光。

小陆送来了建筑师学会的名单,里面居然有两个姓黄的。戈欣便去拜访。第一位五短身材,肯定不是墓前人。第二位倒是颇潇洒,可惜一副厚眼镜片使他显得很凶,绣春不会喜欢这样的人。戈欣说受妻子委托,要找一位黄建筑师还一样东西。两位都有些惊奇,但都有礼貌地说明他们从不认识姓简的人,不要说是女士,男士也没有。

戈欣只好用最笨的方法,上班或下班时在设计院门前徘徊。他以为能直觉地认出那个人。可是三天过去了,没有一点成绩。第四天,戈欣采了一束小花,蓝白相间,站在门口路边。他觉得这花是诱饵,能引出藏在人海中的目标。果然有几位路边的人注意这花,有一位还从他手里拿去仔细看,可惜都是女士。

他向设计院大门走去,忽然看见绣春飘飘然从高台阶上走下来,整个的人快活新鲜,一点没有病容。他揉揉眼睛,随即意识到走下来的是简缥春,一个穿浅驼色风衣的人在她旁边。

他迎上去。缥春也看见他了,和身旁的人说了句什么,向他走过来。"我昨天才回来,今天要上你那里去的。"缥春先开口,板着脸,她永远是板着脸的。

戈欣盯着穿风衣的人,有三四个人围着他说话,戈欣好像很不经意地问:"这人是不是姓黄?""不对,他姓马。"春也似不经意地说,又加一句,"我告诉你,这人不认识绣春。"

戈欣盯着那人,把手中的花举得高高的。他的样子一定很滑稽。缥春微叹,轻轻拉一下他的衣袖:"已经葬了?"

"已经葬了。"花束没有引起反应。

葬了两次。

"戈欣,你听我说,"缥春尽量柔声说,"你受的打击很大,我一回来就听说了。凡事要想开些,就算找到了,你能怎样?你不顾惜绣春的名誉,你就不在乎自己的脸面吗?"

"简绣春!"戈欣忽然大声叫道,那几个人都朝这边看。谁也没有显出特别吃惊的样子。穿风衣的人有一张异常衰老疲惫的脸,戈欣看了心里不觉一颤。

"他好像有七十岁了。"

"有了,有了。不要瞎想了。回家去吧。我晚上来。"

戈欣又想哭,同时觉得很泄气。那陌生人脸上的皱纹所包藏的愁苦,似乎不比他少。

晚上缥春果然来了。戈欣像对所有的客人一样,用他的猎获物招待。缥春举着一把钥匙说,她曾受托取走并销毁那些东西,现在用不着钥匙了。

"你能不能告诉我那人是谁?你一定知道!我保证不闹事就是了。"

戈欣哀求道。

"我真不知道。她只说处理那些东西,并没有说清原委。"缥春反复看那幅画像,似乎在考虑是谁的手笔。

"她为什么不提出离婚？既然爱到那样地步，时间也不是一天两天，为什么不离婚？我会成全他们的。"

纔春想了一下，慢慢地说："我想这是一种想法，用补充的方法，而不是替换——"补充、替换什么，她说不出来。"不是有些男的讲喜新而不厌旧吗？女的也可以这样，是不是呀？这是我的猜想。"

"这些东西放在你这儿没有意义。我们还是照死去的人的意见办，好吗？"

戈欣望着她，又有一个问题："你虽然有钥匙，可怎么从我家里拿出去呢？"

"我就说都是我的东西，存在这儿的。"纔春仍是一本正经，没有一点儿笑容。

戈欣心里一下子冷得多了，觉得女人都很可怕。

那些东西也许真的属于纔春。戈欣站起身拿过日记本仔细看，绣春的笔迹他怎么会认错！他叹息，把本子一扔："你拿去吧。"

纔春从本子里拿出那枝小花，放在桌上。干瘦的花枝看上去很可怜。

"还有个问题，"戈欣说，"她知道自己要死了，为什么不告诉我？让那个人来诀别——我会原谅的。"

"也许怕你伤心。不过，我想，她就是不想告诉你。"

"骗到底？"

纔春瞪了他一眼，神情真像绣春。"随你怎么说吧。"她走到门口，略侧着头，板着脸说，"我还要到日本去。日本那边问候你，请节哀。"所谓日本那边，指的是她在日本工作的丈夫。她在门当中转过身子,看着戈欣说:"希望你忘记以前的事,开始新的生活。"

门轻轻关上了,他的猎获物被轻而易举地掠走了,只留下一枝勿念我。想不到最后还是缱春来处理绣春的"遗物"。姊妹到底有血统管着,是改变不了的。而丈夫可以一下子变成路人。

"绣春,你怎么这样对我!"

空气中仿佛掠过一丝叹息。"你——"那是绣春最后的话。

戈欣不由得回想起她临终的情景。她的病日益沉重时,医生同意她回家住几天。那几天她常对他微笑,虽然笑容很黯淡。她要求把电话机放在床头,有几次竟抱着电话咳个不停。他只顾心疼她咳嗽,从未琢磨过她为什么对电话有这么大的兴趣。她是等那人的声音,等那人的话语啊!

又进医院时,人们都知道她再不会从前门出来了。她浑身插着大大小小的管子,连咳嗽也不会了。他小心地为她擦洗,她忽然睁开眼睛,眼睛里闪过亮光,就像黑夜里打了闪一样。"我——会死吗?"她很不甘心地用力说。

戈欣拽住她的手,努力忍住眼泪。"你不会,你不会——"

她喘息起来,大大小小的管子在抖动。戈欣慌忙去找医生。回来时见她大睁两眼,却分明没有看见什么。他低头抚慰她,听见极轻的一声叹息:"你——"她死了。

她的眼睛始终睁着。戈欣向下抚摸眼皮,竟拉不下来。护士说遇到这种情况,就不能管了。死不瞑目。

因为这样,遗体告别时人们只见到白布蒙着的轮廓,布没有揭开。戈欣告诉说这是绣春的遗愿。

"你——"的后面是什么？他自己添加过许多不同的话。现在他明白，这"你——"不一定不是他，也不一定是他。若不是他，就是她日夜盼着的那个人。

那一丝叹息"你——"还在房中萦绕着。

那是一个永远不会有谜底的谜，让人心痛的谜。戈欣拿起那枝勿念我，久久地审视着。

门铃响了。小陆踢踢踏踏走进来。戈欣忽然把那枝花塞进口中，嚼了几下，咽了下去。

"你这是干什么？万一有毒呢？"小陆惊叫。

"最好吃了这东西就能忘记一切。"

"就像忘川的水一样。"

那就是说人死了以后自会忘记，不必着急。废话连篇的小陆居然说了一句颇有深意的话。

# 甲鱼的正剧

它是一只绿毛龟。那是说,绿毛龟是它的外形。至于它的灵魂,若请来各路法师,做九九八十一天道场,也是考查不清的。

它出自楚地云梦大泽之中,族谱无可考。云梦大泽水深处可以想象和龙宫相接,草旺处丰厚如房舍,泥土柔软而芳香。绿毛龟的家在泽地边缘一处洞穴中,上有巨石和林莽。它在这里或游泳,或散步,或伸颈而食,或缩头而眠,自由自在。那时它不过有儿童的巴掌大。

若是它只在出生地附近游荡,大概不会出什么乱子,也就没有这篇小说了。但它是一只浪漫的龟。它身处泥泞,却向往晴朗和高爽;它行动堪与蜗牛媲美,却喜欢旅行,它要看没有见过的狭窄水面和草丛以外的天空。它必须远离熟悉的一切,它应该到云梦大泽的深处去。那里的水和天,都是无边无涯的。可是一只龟没有什么方向概念,只知盲目地爬,爬呀爬呀,居然爬到一条路边,那时它已长大了一圈。

"一只乌龟!长着绿毛呢!"

它还没有来得及四处张望,几个孩子扑上来,立刻将它捉住了。它伸头要咬,孩子们把它摔在地上,灰白的肚皮朝天。它奋力翻过身来。如此多次,它剩下的抗拒便是把头缩进壳里了。这使得捕捉更方便。孩子们把它卖给一个行路人。行路人到了目的地,便把它送给一个朋友。如此几经周转,它到了老老先生手中。

老老先生这称呼有点特别,不过也很容易明白。破译出来就是"姓老的老先生",或尊称为老老也可,倒是简单明了。老老到楚地考察水利,历经三个月,如今要回京。楚人想不出什么东西可送,众多脑筋一齐开动后,决定送上这只绿毛龟。龟可以算和水利有关,此龟形态特殊,有观赏意义。龟寿一定长过老老,可做永久纪念品。这是一个不俗的礼物。

绿毛龟放在一个白瓷深盆里端上来,背上的绿毛如水藻,颜色很深,头部还放着一朵红花。老老果然高兴,说:"我正想要一个活物,不管是个什么,只要活的就好。"

因为都知道老人鳏居已多年,儿女都在海外。人们自作多情地想表露同情,却被随同的年轻人岔开了。年轻人姓贾,人称小贾,又称贾秘书。其实老老一生都没有秘书,只有学生跟着跑跑,所以这真是假秘书了。小贾用一支筷子挑衅,绿毛龟根据龟性伸出头来,一口咬住筷子,两个小绿豆眼骨碌乱转。似乎说:"你们这些人,一只龟有什么好看!"

老人伸手拍拍龟的头。人们一起惊呼。倒也没有发生咬伤手指的事。绿毛龟放开筷子,伸长脖子对老人望着。它的小眼睛里装满人形,它很闷气,它想看敞亮的天空,和茫茫大水相接的天空。如果它会说话,它要向老人提出要求,放它回云梦泽去。一定是向老人,而不是向别人。

"这龟有些灵气。"老老说,"是从云梦泽来的罢。"这么关心云梦泽,一只龟也想到云梦泽。几个人同情地笑了,几个人很感动,还有几个人绷着脸。

绿毛龟随着老人和小贾上了火车。它的居处是一个厚纸盒,盒盖上扎了几个小洞,身边还放了小块馒头。人们说龟不需要天天吃饭,老老说放几块吃食吧,也许它恰好想吃呢。于是有了如上的装备。纸盒放在卧铺下面。老老在下铺,小贾在上铺。火车鸣笛,开动了。

火车哐当哐当飞跑,车身摇摆,绿毛龟如坐摇篮,这真是新奇体验。它听见上面两层的人在讨论什么。

"云梦泽说什么也得搬家。"这是那小的声音。

"改造自然要有分寸。得罪了大自然,那是给子孙造孽啊!"这是老的声音。

"您再说也没有用了。"小的声音。

"没用也得说!"老的声音。他似乎俯下身来,检查龟居,一滴水流进纸盒的孔。

后来他们睡了。他们太累了。火车还在起劲地向前开。纸盒受到颠簸,盒底渐渐松了,露出一条缝。绿毛龟感觉到光亮,那是从甬道透过来的。它朝那条缝挤过去,挤呀挤呀,终于挤出了盒子。房间里铺着地毯,毛烘烘的不好受。

房门没有关好,光亮成为一个长方形。它向这长方形爬过去。一步又一步,一步又一步。它出了房门,爬向车厢一头。它必须逃走,必须离开火车。车厢很长,经过几个房门,还是看不见天空。车厢外,黑夜把一切都包裹了。

它爬爬停停,留下长长的有点发黏的痕迹,终于到了两节车厢连接处。它没有深思熟虑,没有思想斗争,只顾向前,马上就要从空隙处掉下去了。忽然有人抓住了它,把它举起来。

"你呀,掉下去会粉身碎骨的。"这是老老。它立刻本能地缩进头颈,虽然离老人的脸很近,也没有能看清脸上写着的话。紧接着小贾也赶到,埋怨说:"您看您!为一只乌龟,值得吗?"于是老老拿着龟,小贾扶着老人,三位一起回房。

"你是从云梦泽来的吗?请你发表意见。"这是老人心里要说的话,他没有说。就是说了,绿毛龟也不懂的。

老和小把它塞回纸盒,用塑料绳结实捆了,分头入睡。绿毛龟睡不着,在盒子里爬。忽然,它身子向前一倾,盒子翻转到另一面。便是不出盒子,也能移动。它应该得出这样的理论。但是它没有这样的思维能力,只是本能地向着一个方向翻去。这么翻了几下,盒子到达房门口,房门紧闭,它一筹莫展了。

"云梦泽!云梦泽!"忽然一声喊叫,声音又尖锐,又嘶哑。这是老人在睡梦中发出的。小小绿毛龟全身都震动了。"云梦泽"三个字似乎有一种神奇的力量,让它心神不定。好像有一根无形的线,把它和老人联在一起。它不再翻动,趴下来,入静了。

小贾拍拍床沿说:"老老,不要吓人。"老老在睡梦中翻了个身,没有回答。他太累了。

绿毛龟随老人下了火车,上汽车;下汽车,上电梯;下电梯,进房门。家中只有老老和它两位,所以它样样享有一半。它的住所最初只是一个简单的盆。后来在盆里兴造起假山、洞穴、水池、泥地,成为小小的王国。假山垂下藤蔓,成为它洞府的门帘,泥地上生满青苔,成为柔软的地毯。不时有客人来访,总要把它夸上两句,说它真好看,说它伴着老人,是有功之臣。这样的生活,龟复何求!

而且它渐渐懂得老老了。有时老老出外回来,气鼓鼓地大声叹气;有时人们在家里面红耳赤地争论。它都觉得老老需要它的支持,可是它无法表示,只能用小绿豆眼看看老老,做沉思状。沉思时,它总忘不了从家乡出走时的心愿:它要看看广阔无际没有遮拦的天空。自从它落入路边孩童的手中,所见的天空都是切割成一块一块的,比从前所见都不如。老老有时把它的盆搬到阳台上晒太阳,那便是它所见到的最广阔的天空了。

它渐渐习惯了,习惯于和老人一起过日子。如果它来生仍是一只龟,它还愿意在这小王国里生活。对天气的追求和对故乡的眷恋都让惰性化掉了。美丽神秘的云梦泽消失了,如窄窄天空上的那一片云,飘过天空的那一缕烟。

然而老老没有忘。他接连在睡梦中惊呼:云梦泽!云梦泽!使得正在入静的绿毛龟战栗不已,那束绿毛都飘动起来。

一天,小贾来了。说是要去给云梦泽搬家。他打开提包拿出些资料,要和老老做最后的核对。老老双手扶头不说话。绿毛龟正在屋里巡行,好奇地爬进提包,觉得很舒适。

材料核对完了。小贾很高兴,说云梦泽会听话的。他要老老好好休息,不要想不相干的事。还殷勤地为老老倒了一杯水,拎起提包走了。

他乘车驶往机场,一路打瞌睡。忽然有什么东西碰了他一下,他左右看,没有什么。车转了几个弯,又有什么碰他一下,分明是什么活物向他拱来,他随即看到提包一凸一凸。莫非是一条蛇!他沉住气,吩咐停车,小心地把提包拎出车外。然后万分警惕地拉开拉链,自己向后跳开,好像里面装着定时炸弹。

小小绿毛龟伸出头来,小眼睛滴溜溜转,不能决定该怎么办。

"是你!"小贾又好气又好笑,恨不得打它一顿。

"等从机场回来,我给老老送去吧。"司机建议。

"拿什么装它呀?"小贾说。这时龟已经伸开四脚,爬出提包。

"这样吧。"他撕下一张纸,写了字,弯腰贴在龟背上。

"要是过路人捡了去,它就回不了家了。"司机提醒,"甲鱼的价涨得太快!"一只龟被称作甲鱼时,它的命运就注定了。

"活该让它去作药材吧。"小贾要去搬动千千万万包括人在内的生灵,一只龟真算不了什么。他们上车走了,留下一阵汽油的气味。

绿毛龟在路边发愣。它背负的白纸在阳光下很耀眼,上面几个大字:此龟属于老老先生。下端小字写着地址,很详细。

它渐渐明白,终于到了最宽广的天空下。它那如烟的逝去的梦凝聚了起来,成为眼前现实的天空。没有云,没有烟,一片蔚蓝的高爽。若是一头长颈鹿,大概会觉得天空像一个大碗,覆盖在田野上。最宽广的天空也是有尽头的,但是龟的小眼睛看不到这么远。只觉得无边无际的混沌包围着自己,自己便也伸展为无边无际的混沌了。这混沌逐渐缩小为一个圆圈,又落在它的壳里,使它感到无比的圆满。

圆满是暂时的。绿毛龟在路边数十丈内来回爬了三遭,又观赏了星空和月色。忽然想起了老老和云梦泽,两者在它是一回事。它还没有见到云梦泽的大水面,也许老老会带它去。

所以说龟的运气好呢。在它盼着见到老老时,一个好心人骑车过来捡起了它,把它送还老老。屋子里气氛很不对。好几个陌生人在忙着什么。一个漠然地说:"又送甲鱼来了。"接着问:"多少钱?"

陌生人指指龟背上已经破损的纸条,默然离开了。

那人把它放在水管下,哗哗地冲掉它身上的泥垢,包括那纸条。丝毫不注意它并不是普通的龟。它本能地缩着头。后来那人不管它了。它悄悄伸出头颈,想看看老老。

老老在另一间房里,双颊通红,还在低声呻吟。不时吐出几个字。人们不懂他说什么,而绿毛龟是懂的。老老不可能送它回家,因为老老和云梦泽都正在消失。像那一片云,像那一缕烟。

绿毛龟伤心地移开了目光,立即发现一个可怕的场面。好几只龟挤在一筐里,让网套着,有的缩着头,有的已经没有了头,淡淡的血痕染在同伴的壳上。龟是没有多少血的。

绿毛龟用力把头颈伸得长长,身上的绿毛都竖起来。它再一次看着老老,想大声叫出来:"你们留住!"

"这一只伸出头了!好药材!"那人说。手起刀落,把绿毛龟的头砍下了。

## 她 是 谁?

S城是一座山城,四面环山,城中街道起伏,但路政很好,通向越来越多的新建起的高楼大厦。像任何人类居住的地方一样,城里总不断有各种各样的新闻。新闻的寿命长短不一,有的刚出现就被山风吹散,有的则飘飘摇摇,在大街小巷穿行,好几个月不离开。

城中数一数二的富户,费林先生家里的老照片案就属于后一类。

临近世纪末,人们不免大生怀旧之思,纷纷翻弄起老照片来,便有幕僚类人物,名唤林费的,向费林进言:"现在暴发户满街捡,可大都没有根底,值什么呢!只有先生您不一样,祖上几代的尚书大学士不说,令尊翁是数一数二的实业家,国家发展史上要记一笔的。只客厅里平常翻翻的相册就很珍贵,何不出个影集,反正资金是不愁的。"费林(人家都说这名字有点像外国人)点头说:"正好有人要写我们费家的家族史。弄几张照片,或配在书里,或单出都可以的。"说起费家,各房人丁兴旺,从尚书、大学士、实业家等等发展下来,现在遍布全球。族中最主要人物就是费林,今年七十二岁,千禧龙年是他的本命年。巧的是小孙儿也是一条龙,想来福分不小。

费家的照片从费林的祖父母、父母到子女和各路亲戚,都已印过不少,只没有汇集成书罢了。林费领了任务,兴致勃勃地理好手头的照片,又从旧箱子里取出一摞摞老照片,一张张翻阅,好像在时间的隧道里向回走。费林越来越年轻,再退回去费林没有了,有的是他的父亲。也是随着相片的深入开发而越来越年轻。林费遇见不认识的人便去问,有些人费林也不认识,便不耐烦地说:"这么多人谁能都认清,是个人就是了。"

一张照片里留有几位漂亮人物的身影,他们是在游城郊的半壁崖。从山名可以想见,那山颇险峻。大家错落地站着,中心人物是费林的父亲老费先生。他旁边站了一位女子,披着件闪缎披风。大家赞叹:那时的照相技术真不错,瞧这衣服的亮光!只可惜没有颜色。这照片里没有费林的母亲。老费先生的交往必定是很多的,相片中有认识的,也有不认识的。认识的多已去世,还剩一位已有一百多岁,无人敢去打搅,不认识的也无从考究。

在一个发着香味的木箱底层有一个发着香味的木盒子,里面有好几张费林母亲年轻时的照片。有一张穿着宽袖琵琶襟上衣,长裙下露出一点鞋尖,看上去真是风姿绰约。费林让把这一张放大,挂在起居室里。

"还有一张呢。"林费翻出木盒里的最后一张照片。上面是实业家老费先生和一个女子坐在柳荫下的石桌旁,背后是一片水面。老费先生侧身望着水面,那女子以手支颐,凝神望着远处。大家毫不费力便认出,她就是在山上披着闪缎披风的那一位。

她是谁?

她不是母亲,不是姑母,也不是族人、表亲或熟识的朋友。她穿着镶边旗袍,双肩盘花扣,袖略宽,想来是那时流行的样子,嘴唇半开,略带笑意,像要说什么。

"这位是谁?"林费问。费林说:"没见过。拿出来问问老人。"

于是这张照片传遍了费家相识的家庭。没有人知道她是谁。有些小报记者也来打听。"认出来了吗?""没有认出。"林费回答。

关于这张照片的新闻不胫而走,版本不一。一说那女子是当时一位女诗人,实业家曾和这位女诗人过从甚密;又说是当时一位名媛,和费家交情不错;又说是一位极红的女伶,后来失踪了,始终没有查出下落。

关于和女诗人的交往,小报上登了一篇叫作纪实小说一类的东西,顾名思义是既纪实又虚构的一锅粥。说费老先生欣逢红颜知己,写得颇诗情画意。费林夫人冷笑道:"瞧瞧,这就是你们老费家的根底儿。"费林有些恼怒,拿着照片指点说:"两人的目光不在一个方向,也许是有人用两张照片重新摆弄的。"夫人端详了片刻也点点头。费林命子侄辈把那作者告上法庭,果然道歉赔款,暂时警戒了一干轻薄文人。女诗人其实在时间隧道的更远处,比老费先生还要年长许多,现在有无后裔不得而知,也只好"身后是非谁管得"了。

名媛家里却不同,一再申辩相片中的人物绝非他们的祖辈。越申辩越张扬,倒让那些不知来由的废话煞有介事地飘摇了一阵子,因为没有落到文字,传一阵也就罢了。

至于说红伶失踪可就让推理小说的读者心头痒痒的,这不是快牵涉到命案了吗!是否应该去费府搜查一下?武侠小说的读者接茬儿道:若是能请到一位蹚萍渡水、踏雪无痕的高手到费家房上走一转也好。不过无论怎样,人是救不出了,那已经是上个世纪的事了。

吵了好几个月,大家都有些烦了。一次晚餐上费林说:"林费的主意,用电脑把这照片给世界亲友们都发过去了,还没有人认出来。"费林夫人捏着筷子,说:"就等着编假话的好了。"

此话果有先见之明。不久,有两家拐着七八十来个弯儿的亲戚来了电邮。两家人一户住在阿拉斯加,另一户住在南太平洋的某个小岛上。一家人说,那位女士是他们的祖姑;另一家人说,女士是他们的祖姨。一致的说法是:他们都听老人说过,祖姑或祖姨和老费先生是好朋友,多的就不便说了。他们希望得到一些纪念物。费林得报,吩咐置之不理。

林费有些灰心,说:"认不出来还要惹些麻烦,是不是不用认了?"

她是谁?不问了吗?费林不甘心,那女子看来也不是等闲人物,若是重新拼做又为什么?他的心像被什么牵住了似的放不下。他要去问那位一百多岁的老人,照片中他是最年轻的。

经过联系,那府里听说费林的大名不好不见。费林带着林费亲自登门。老人坐在轮椅上,膝上盖着毯子,这是一切耄耋老人的形象。费林得体地问过安,说明来意。经过身边工作人员的大声转达,老人接过那张水边照片,居然把它凑到眼前辨认,浑浊的眼睛里忽然闪出一道亮光。费林相信,他认出了。

"不认识。"老人喃喃自语。相片落了下来,他拿不住。

"您不认识?"费林很失望,拿起照片指点着说,"那站着的是先父,想请您认认坐着的那位——"

老人睁大眼睛仍然说:"不认识。"

费林认为游山的一张有些希望。因为老人身在其间,总该知道有什么人同游。不料老人仔细辨认后,竟说:"一个也不认识。"接着沉默片刻,忽然大声说:"让他们安息吧!让死去的人安息吧!"老人眼中又闪出一道亮光,很快就熄灭了。

工作人员低声说,有人拿了旧照片来,其中也有老人自己,他也不认得。费林不由得轻声叹息,没有想到从老人那里也得不到回答。

费林知趣地告退。

林费问:"相册里不收这一张?"

费林做了一个习惯的手势,意思是还要想一想。林费也叹了一口气,说:"过去的事只有当事人明白,要是仙佛能托梦就好了。"

当晚,费林真的做了一个梦,梦见自己站在半壁崖前,山坡上一人冉冉行来,是个女子。费林定睛细看,不禁大吃一惊,见她披着宝蓝色闪缎披风,眉目如画,正是照片中的那个谜。

"您是——"费林躬身问。

那女子不答,转了一个身,披风飘起来,整个人烟雾一般消散了。冷清清的月光,照得险峻、陡峭的山崖狰狞如鬼怪。

费林忽然醒了,冷清清的月光照在房前。他下了床,下楼到起居室拿出那两张照片,不禁又大吃一惊。照片上的那位女子竟不见了,剩下一片空白无法填补。

费林跌坐在沙发上。月光冷冷地照进窗来,它见得多了。

那两张照片索性也不见了。林费不敢多问,做这件事也不那么热心了。过了许久,相册终于出版。又过了几年,费林和费林夫人都去世了。儿子老而多病,那小孙儿继续着历史的脚步。月光还在冷冷地照着,再过些时,高楼盖得太多,入夜灯光闪烁,真是城开不夜,不但看不见月光,连月亮也看不见了。这是后话。

# 惚恍小说(四则)

## 董师傅游湖

董师傅在一所大学里做木匠已经二十几年了,做起活来得心应手,若让那些教师们来说,已经超乎技而近乎道了。他在校园里各处修理门窗,无论是教学楼、办公楼、教师住宅或学生宿舍,都有他的业绩。在一座新造的仿古建筑上,还有他做的几扇雕花窗户,雕刻十分精致,那是他的杰作。

董师傅精通木匠活,也对校园里的山水草木很是熟悉。若是有人了解他的知识,可能聘他为业余园林鉴赏家。其实呢,他自己也不了解自己。一年年花开花落,人去人来,教师住宅里老的一个个走了,学生宿舍里小的一拨拨来了。董师傅见得多了,也没有什么特别感慨的。家里妻儿都很平安,挣的钱足够用了,日子过得很平静。

校园里有一个不大的湖,绿柳垂岸,柳丝牵引着湖水,湖水清澈,游鱼可见。董师傅每晚收拾好木工家具,便来湖边大石上闲坐,点上一支烟,心静如水,十分自在。

不知为什么,学校里的人越来越多,校园渐向公园靠拢。每逢节日,湖上亭榭挂满彩灯,游人如织。一个五一节,董师傅有一天假,傍晚便来到湖边,看远处楼后夕阳西下。天渐渐暗下来,周围建筑物上的彩灯突然一下子都亮了,照得湖水通明。他最喜欢那座塔,一层层灯光勾勒出塔身的线条。他常看月亮从塔边树丛间升起,这时月亮却看不见。也许日子不对,也许灯太亮了。他并不多想,也不期望,他无所谓。

有人轻声叫他,是前日做活那家的女工。她刚来不久,是他的大同乡,名唤小翠。

小翠怯怯地说:"奶奶说我可以出来走走,现在我走不回去了。"

董师傅忙灭了烟,站起身说:"我送你回去。"想一想,又说:"你看过了吗?"

小翠仍怯怯地说:"什么也没看见,只顾看路了。"

董师傅一笑,领着小翠在熙攘的人群中沿着湖边走,走到一座小桥上,指点说:"从这里看塔的倒影最好。"

通体发光的塔,在水里也发着光。小翠惊呼道:"还有一条大鱼呢!"那是一条石鱼,随着水波荡漾,似乎在光辉中跳动。

又走过一座亭子,那是一座亭桥,从亭中可以环顾四周美景。远岸丁香、连翘在灯光下更加似雪如金,近岸海棠正在盛期,粉嘟嘟的花朵挤满枝头,好不热闹。亭中有几副楹联,他们并不研究。

董师傅又介绍了几个景点,转过山坡,走到那座仿古建筑前,特别介绍了自己的创作——雕花窗户。

小翠一路赞叹不已,对雕花窗户没有评论。董师傅也不在意,只说:"不用多久,你就惯了,就是这地方的熟人了。大家都是这样的。"他顿了一顿,又说:"可惜的是,有些人整天对着这湖、这树,倒不觉得好看了。"

两人走到校门口,董师傅在一个小摊上买了两根冰棍。两人举着冰棍,慢慢走。一个卖花的女孩跑过来,向他们看了看,转身去找别人了。

又走一时,小翠说她认得路了。董师傅叮嘱小翠,冰棍的木棒不要随地扔。自己转身慢慢向住处走去。他很快乐。

## 打球人与拾球人

大片的开阔的青草地,绿茸茸的,一直伸展开去。远处树林后面,可以看见蜿蜒的青山。太阳正从青山背后升起,把初夏的温和的光洒向这个高尔夫球场。

谢为的车停在球场门前。门旁站着几个球童。排首的一个抢步过来,站在车尾后备厢前,等谢为打开后备厢,熟练地取出球包,提进门去。谢为泊好车,从另一个入口进去,见球包已经在自己的场地上。球童站在旁边,问他是不是先打练习场。

这球童十五六岁,生得很齐整。头发漆黑,眼睛明亮。

"你是新来的?"谢为问。他平常是不和球童说话的。

"来了两个多月了。"球童垂手有礼地回答。

谢为一想,果然自己两个多月没打球了。事情太多,便是今天,也是约了人谈生意。

已经有几个人在练球,白色的球在空中划出一道道抛物线。谢为的球也加入其中,映着蓝天,飞起又坠落。不到半小时,满地都是球,白花花一片。拾球车来了,把球撮起。谢为的球打完了,球童又送来一筐。谢为说他要休息一下,等约的人来了一起下场。来人已不年轻,要用辆小车。

"一会儿我给您开车。"球童机灵地说。这球童姓卫,便是小卫。他们一般都被称为小这小那,名字很少出现。

谢为靠在椅上,看着眼前的青草地,地面略有起伏,似乎与远山相呼应。轻风吹过,带来阵阵草香。侍者送来饮料单,他随意指了一种,慢慢啜着,想着打球时要说的话。

饮料喝完了,他起身走到门口。来了几辆车,不是他要等的人。也许是因为烦躁,也许是因为太阳已经升得很高,有些热了。又等了一阵,还是不见踪影。谢为悻悻地想:架子真大。这一环节不能谈妥,下面的环节怎么办? 也许这时正在路上?

手机响了,约的人说临时有要事,不能来了。显然,谢为的约会还不够重要。"那请便。"谢为在心里说,关了手机。

小卫在旁说:"那边有几位先生正要下场,您要不要和他们一起打?"

谢为看着小卫,心想:这少年是个精明人,将来不知会在哪一行建功立业,或者在这纷扰的社会中早早就被甩出去,都很难说。

"好的,这是个好主意。"他说着,向那几位球友走去。

小卫跟着低声问:"车不用了吧?"谢为很高兴。在小卫眼里,他还身强力壮,不需要车。

这边的球友们欢迎他,其中一位女士说,常在报上看到他的名字和照片。他轻易地打进了第一个洞,再往下就落后了。越打越心不在焉,总想着本来要在球场上谈的题目。这题不做,晚上的饭局上谈什么?他把球一次次打飞,他的伙伴诧异地瞪了他几眼。小卫奔跑捡球,满脸是汗。

"呀!"谢为叫了一声,在一个缓坡上趔趄了一下,不留神崴了脚。照说,球场上青草如茵,怎会崴脚,可是他的脚竟伤了。小卫跑过来扶他,满脸关切。小车很快过来了,他被扶上车,几个人簇拥着向屋中去。谢为足踝处火辣辣地痛,但心中有几分安慰。晚上的饭局可以取消了,题目可以一个个向后移了。他本可以有几十个借口取消那饭局,现在的局面是最好的借口,尤其是对他自己。

小卫扶他坐在酒吧里,问他要不要用酒擦。

谢为问:"有没有二锅头?"酒童说只有两百八十元的。谢为不在意地说:"就用这个。"侍者取来,小心地斟出一杯。

小卫帮他脱去鞋袜,见脚面已经红肿了。小卫把酒倒在手心,在脚面轻轻揉搓。

"真对不起,"球场经理小跑着赶过来,赔笑道,"已经叫人去检查场地了。先生的卡呢?今天的费用就不能收了。"说话时搓着两手,这动作是他新学的,他觉得很洋气。

谢为只看着那酒瓶。经理敏捷地说:"这瓶酒当然也不收费。"

谢为慢慢地说:"不要紧的,是我自己不小心。"

经理对小卫说:"轻一点。"又对谢为说:"能踩刹车吗?多休息一会儿罢。"

谢为离开时,给了小卫三张纸。小卫扶他上车,又把球包和酒瓶都放好。

小卫回到球场,仍奔跑着捡球,他很满意这一天的收入,他要寄两百元给母亲,并给妹妹买一本汉语字典。

## 稻草垛咖啡馆

阿虎是小名,叫阿虎便有一些希望他做大事的意思。因为不是阿狗阿猫,是虎。阿虎曾经在一家名气很大的公司工作,并任本地区分公司总经理。他很聪明,经营有术,生意发达,很得领导层的重视。都传说他要高升了,升任集团中更高的职务,便有那相熟的人准备下庆祝宴会。可是出乎人们意料,他不但拒绝高升,连本来的位置也辞掉了,害得大家好不扫兴。

过了些时,一个街角出现了一家小咖啡馆。进门处有一幅大画,画着大大小小的稻草垛,这就是咖啡馆的名字。不像时下一些店铺喜用洋文,它就是简简单单的"稻草垛",让人想起阳光和收获,似乎还有些稻草的香味,混杂在浓郁的咖啡香味里。

阿虎的大名叫雷青虎,妻子名闪白凤。白凤是个心高气傲的女子,她可不是容易改变生活方式的。为了阿虎要换工作,他们已经讨论了几年,两人甚至准备分道扬镳,迟延不决是因为五岁的儿子不好安排。白凤说:"我们总不能跟着你喝西北风吧。"

几个月前,公司的一位高层管理人员在办公室猝死。有人说是自杀,有人说是他杀,总之他突然离开了这个世界。

这事被大家谈论了一阵,慢慢就淡忘了,却为阿虎的主张增加了砝码。白凤一时深感人生无常,不再需要劝说,便随他离开高楼,到街角开了这家咖啡馆。

他们离开了大公司的钩心斗角,那里每个人身上都像长满了刺,每个人都必须披盔戴甲。小咖啡店就自由多了,他们还烤面包,做糕点,也做一些简单的菜肴,不久这稻草垛就出了名。

"拿铁咖啡,大杯的,一份鹅肝酱。"

"来一份黑森林蛋糕。"

常有人下班后在这里吃点什么,看看街角的梧桐树。如遇细雨霏霏,便会坐得很久。有些顾客是阿虎从前的同事,他们说:"你的咖啡馆眼看又兴旺起来了,还不开个连锁店?你是个能成功的人,要超星巴克,谁也挡不住。"

阿虎笑笑,说:"成功几个子儿一斤?人不就是一个身子,一个肚子吗?"他记得小时父亲常说,鹪鸟巢林,不过一只;鼹鼠饮河,不过满腹。不过他不对旧同事说这些,说了他们也不懂。

阿虎的父亲是三家村的教书先生,会背几段《论语》,几篇《庄子》。不过几千字的文章,他不但自己受用、教育儿子,乡民也跟着心平气和。阿虎所知不过几百字,常想到的也不过几十字,却能让他知道人生快乐,不和钱袋成正比。

白凤没有这点哲学根底,对阿虎不肯扩大再生产,心里不以为然。她说阿虎不求上进,两人不时闹些小别扭。阿虎就引导太太发展业余爱好,有时关了小店和太太到处逛,一次甚至到巴西踢了一场足球,不是看,是踢。

一个初秋的黄昏,空中飘着细雨,店里人很少,两个帮手都没有来,店中只有阿虎一人照料。一个老年人扶着拐杖走进来,拐杖是那种有四个爪的。他也许中风过,走路有些不便,神态依然安闲。他是小店的常客,似乎住得不远,从来不多说话。他照例临窗坐了,吩咐一杯咖啡。他的咖啡总是要现磨的,阿虎总愿意亲自做。他先递上报纸,转身去做咖啡。咖啡的香味弥漫在小店中,阿虎常觉得,这香味给小店染上了一层咖啡色,典雅而又温柔。

咖啡送到老人手中,老人啜了一口,满意地望着窗外。雨中的梧桐树叶子闪闪发亮,可能有风,两片叶子轻轻飘落,飘得很慢。

老人忽然大声说:"树叶落了。又一次落叶了。"阿虎一怔,马上明白,这是老人自语,不必搭话。

这时门外走进一位瘦削的女子,衣着新式,都是名牌。阿虎认得,这是一家大公司的副总,从没有来过,忙上前招呼。

女子挑了一张靠近街角的桌子坐了,要了一杯卡布其诺咖啡,笑笑说:"早就听说你这家店了,果然不错,一进门的稻草垛就不同寻常。"

记得有一次大型活动,阿虎也在场,那时这位副总穿一件带银白毛皮领的淡紫色衣裙,代表公司讲话,赢得不少赞叹。在生意场中,她的精明能干、美貌出众是人人皆知的,现在容颜很是憔悴,分明老了许多。

阿虎微叹说:"大家还是那么忙?歇一会儿吧。"送上一碟松子,自去调制咖啡。

女子不在意地打量店内陈设,看到窗前坐着的老人,有些诧异。略踌躇后,站起身,向老人走去。老人还在看着窗外的梧桐树,也许在等下一片叶子的飘落。

"您是——"女子说出老人的名字。

老人转过目光,定定地看着女子,过了一分钟,有礼貌地说:"你认得我?"

女子微笑道:"二十年前,我曾给您献过花。前年我们组织论坛,您还有一次精彩的演讲。"

老人神情木然,过去的事物离他已经很遥远了。

女子又说:"您不会记得我。"随即说出自己的名字,又粲然一笑,似乎在笑自己的报名。

名字对老人没有作用,那笑容却勾起一张图片。

他迷惘地看着女子,眼前浮出一个可爱的小姑娘,光亮的黑发向后梳成一根单辫,把一束鲜花递给他,转身就走,跑下台阶,却又回头,向他一笑。

过了十年,有一次论文答辩,一位要毕业的女学生和评委们激烈辩论,是他最后做出裁决。那位女学生也是这样粲然一笑说,她曾给他献过花。他记起她的笑容,不觉说:"你长大了。"

又是十年,他不大记得那次论坛,他的脑海的装载已经太多了。他接受过许多献花,也参加过多次论文答辩,现在印象都已经模糊了。这几次重叠的笑容,翻开了他脑中发黄的图片,过几天又可能消失了。

眼前的女子已经不是水灵灵的小姑娘、大姑娘,而是一副精力透支、紧张疲惫的模样,擦多少层各种高价面霜也遮掩不住。他如果说话,就会说:"你变老了。"也许他见到的和他想到的并不是同一个人。

女子坐在老人对面,忽然倾诉说:"我太累了,真没有意思。"稍顿了一下,又说:"你看见水车了吗?水车在转,那水斗是不能停的,只能到规定的地方把水倒出来。水倒空了,也就完了,再打的水就是别人的了。"

老人神情依旧木然,手脚忽然都颤动了一下。阿虎端了咖啡来,听见这段话,心头也颤了一下。

"我会老的。"女子对老人说。看着那满头白发,心里想:"像你一样。"

"也会死的。"阿虎心想,"我们都会死。"

阿虎回到操作间,见白凤正站着发呆。她从后门进来,听见客人谈话。

"我想你是对的。"她对阿虎说。

雨丝还是轻轻飘着,阿虎主动端了一杯咖啡,放在女子面前,说:"请你。"女子喝着,不再说话。

老人默坐,又聚精会神地看着梧桐树。又一片叶子落了。

客人走了,阿虎两人心里都闷闷的,提早关了店门。迎门挂着那幅招牌画,一个个大大小小的稻草垛,这是他们的靠山,他们不需要再多了。

不久又有消息,说这条街的房屋都要拆了,要建一座大厦。他们可能还得回到楼底,找一个角落开一家小店讨生活。店名还叫稻草垛。

## 画　痕

大雪纷纷扬扬,大片的雪花一片接着一片往下落,把整个天空都塞满了。这城市好几年没有这样大的雪了。

逯冬从公共汽车上下来,走进雪的世界,他被雪裹住了,无暇欣赏雪景,很快走进一座大厦,进了观景电梯。这时看着飞扬的雪花,雪向下落,人向上升,有些飘飘然。他坐到顶,想感受一下随着雪花向下落的感觉,便又乘电梯向下。迷茫的雪把这城市盖住了,逯冬凑近玻璃窗,仔细看那白雪勾勒出的建筑的轮廓,中途几次有人上下,他都不大觉得,只看见那纷纷扬扬的雪。

电梯再上,他转过身,想着要去应试的场面和问题。他是一个很普通的计算机工程师,因母丧,回南方小城去了几个月。回来后原来的职位被人占了,只好另谋出路,现在来这家公司应试。

电梯停下了,他随着几个人走出电梯。

这是一个大厅,很温暖。许多人穿着整齐,大声说笑,一点不像准备应试的样子。有几个人好奇地打量逯冬,逯冬也好奇地打量这大厅和这些人。他很快发现自己走错了地方,他要去二十八层,而这里是二十六层。

他抱歉地对那些陌生人点点头,正要退出,一个似乎熟识的声音招呼他:"逯冬,你也来了。"这是老同学大何。大何胖胖的,穿一身咖啡色西服,打浅色领带,笑眯眯有几分得意地望着逯冬。"你来看字画吗？是要买吗?"

逯冬记起听说大何进了拍卖这一行,日子过得不错,是同学里的发达人家。

"我走错了。提早出了电梯。"逯冬老实地说。

"来这里都是有请柬的,不能随便来。"大何也老实地说,"不过,你既然来了何不看看。我记得你好像和字画有些关系。"

大何所说的关系是指逯冬的母亲是位画家,同学们都知道的。大何又加一句:"你对字画也很爱好,有研究。"他很欣赏自己的记性。

逯冬不想告诉他,母亲已于两个月前去世,只苦笑道:"我现在领会,艺术都是吃饱了以后干的活儿。"

大何请逯冬脱去大衣,又指一指存衣处。逯冬脱了大衣,因想着随时撤退,只搭在手上。他为应试穿着无扣的西服上装,看去也还精神。

他们走进一道木雕隔扇,里面便是展厅了。有几个人拿着拍卖公司印刷的展品介绍,对着展品翻看。大何想给逯冬一本介绍,又想:他反正不会买的,不必给他。逯冬也不在意,只顾看那些展品。因前两天已经预展过了,现在观众并不多。他先看见一幅王铎的字,他不喜欢王铎的字。又看见一幅文徵明的青绿山水,再旁边是董其昌《葑泾访古图》的临摹本,似是一幅雪景。他往窗外去看雪,雪还在下,舒缓多了,好像一段音乐变了慢板。又回头看画,这画不能表现雪的舒缓姿态,还不算好。

逯冬想着,自嘲大胆,也许画的不是雪景呢。遂想问一问,这是不是雪景。"葑"到底是什么植物?以前似乎听母亲说过这个字,也许说的就是这幅画,可是"莳"究竟什么样子?近几年,还有个小说中的人物叫什么莳。

大何已经走开,他无人商讨,只好又继续看。还是董其昌的字,一幅行书,十分飘逸。他本来就喜欢董字,后来知道"读万卷书,行万里路"这八个字是董其昌说的,觉得这位古人更加亲切。旁边有人低声说话,一个问:"几点了?"他忽然想起了应试,看看表,已经太晚了,好在明天还有一天,索性看下去。

董其昌旁边挂着米友仁的字,米家,他的脑海里浮起米芾等一连串名字,脚步已经走到近人的展区,一幅立轴山水使他大吃一惊。这画面他很熟悉,他曾多次在那云山中遨游,多次出入那松林小径。云山松径都笼罩着雪意,那似乎是活动的,他现在也立刻感觉到雪的飞扬和飘落。当他看到作者米莲予时,倒不觉惊奇了。这是米莲予的作品,米莲予就是他不久前去世的母亲。

逯冬如果留心艺术市场,就会知道近来米莲予的画大幅升值,她的父亲米颢的字画也为人关注。近一期艺术市场报上便有大字标题:米家父女炙手可热。可能因为米莲予已去世,可是报上并没有她去世的消息。米莲予的画旁便是米颢的一幅行书,逯冬脑子里塞满了记忆的片段,眼前倒觉模糊了。

他记得儿时的玩具是许多废纸,那是母亲的画稿,她常常画了许多张,只取一两张。逯冬儿时的游戏也常是在纸上涂抹,他的涂抹并没有使他成为艺术家,艺术细胞到他这里终止了。他随大流学了计算机专业,编软件还算有些想象力。有人会因为他的母系,多看他两眼。外祖一家好几代都和字画有不解之缘,母亲因这看不见的关系,"文革"中吃尽苦头,后来又因这看不见的关系被人刮目相看,连她自己的画都被抬高了。喜欢名人似乎是社会的乐趣。米莲予并不在乎这些,她只要好好地画。她的画大都赠给她所任教的美术学校,这幅画曾在学校的礼堂展览过。有的画随手就送人了,家里存放不多。

"看见吗?"大何不知何时走到他身边,"你看看这价钱!"

逯冬看去,仔细数着数字后面的零。一万两千,十二万,最后弄清是一百二十万。

大何用埋怨的口气说:"这些画,你怎么没有收好。"

逯冬不知怎样回答。母亲似乎从没有想到精神的财富会变成物质的财富。事物变化总是很奇妙的。

他又看米颢的行书。这是一个条幅,笔法刚劲有力,好几个字都不认得。他们这一代人是没有什么文化的。他念了几遍,记住两句:只得绿一点,春风不在多。

大何又发评论:"这是你的外祖父?近人的画没有,祖上总会留下几幅吧?"

逯冬摇头,"文革"中早被人抄走了,也许已经卖到不知什么地方去了。他想,却没有说。

拍卖要开场了,大何引逯冬又走过一道隔扇,里面有一排排座椅。有些人坐在那里,手里都拿着一个木牌。大何指给他一个座位。人声嗡嗡的,逐渐低落。一个人简单讲话后,开始拍卖。

最先是一幅民初学者写的对联。起价不高,却无人应,主持人连问三次,没有卖出。接下来是一幅画,又是一幅字,拍卖场逐渐活跃。逯冬看见竞拍人举起木牌,大声报价,每次报价都在人群中引起轻微的波动。又听见锤子咚地一敲,那幅字或画就易手了。轮到米莲予的那幅《松山雪意图》时,逯冬有几分紧张。母亲的画是母亲的命,一点点从笔尖上流出来的命,现在在这里拍卖,他觉得简直不可思议。

"一百二十五。"一个人报价,那"万"字略去了。

"一百三十。"又一个人报价。

逯冬很想收回母亲的作品,把这亲爱的画挂在陋室中,像它诞生时那样。可是他没有力量,现在还在找工作,无力担当责任。这是他的责任吗?艺术市场是正常的存在,艺术品是属于大家的。

"二百二十。"有人在报价。报价人坐在前面几排,是个瘦瘦的中年人。他用手机和人商量了许久报出了这个价钱。

场上有轻微的骚动,然后寂然。

"二百二十万!"主持人清楚地再说一遍,没有回应。主持人第三遍复述,没有回应。锤声咚地响了。《松山雪意图》最后以二百二十万的价钱被人买走。

逯冬觉得惘然而又凄然,这真是多余的感觉。他无心再看下面的拍卖,悄然走出会场。

大何发觉了,跟了过来,问:"感觉怎样?"逯冬苦笑。

"这儿还有一幅呢。"大何指着厅里的一个展柜,引逯冬走过去,一面说,"我们用不着多愁善感。"

展柜里平放着几幅小画,尺寸不大。逯冬立刻被其中一幅吸引,那是一片鲜艳的黄色,亮得夺目。这又是一张他十分熟悉的画,母亲画时,他和父亲逯萌都在旁边看,黄色似要跳出纸来。"是云南的油菜花,还是新西兰的金雀花?"父亲笑问,他知道她哪儿也没有去过。画面远处有一间小屋,那是逯冬的成绩,十五岁的逯冬滴了一滴墨水在那片黄色上。母亲添了几笔,对他一笑,说:"气象站。"逯冬看见了作者的名字——米莲予,还有图章,是逯萌刻的,"米莲予"三个字带着甲骨文的天真。这图章还在逯冬的书柜里。逯冬叹息,父亲去世过早,没有发挥他全部的学识才智。画边又有一行小字,那是米家的一位熟朋友,这幅画是送给她的,因为她喜欢。她拿着画,千恩万谢,说这是她家的传家宝。

"这画已经卖了,五十万元。"大何说。逯冬点点头,向大何致谢,走进电梯。

雪已停了,从电梯里望下去是一片白。逯冬走出大厦,在清新的空气中站了一会儿。

"明天再来应试。"他想,大步踏着雪花,向公共汽车站走去。

# 琥珀手串

祝小凤当护工已经六七年了,照顾的大多是女老人。照顾一段时间便送她们离开,有的从前门出,有的从后门出,家属们便有的欢喜,有的悲伤,祝小凤也看惯了。他们付给报酬时,有的慷慨,有的吝啬。最初她很在乎,常要争执几句。后来有了些积蓄,大方起来,多几个,少几个,不以为意。护士们说她是个明白人。她又做事细心,手脚麻利,是上等的护工。

这一次,祝小凤照顾的是一位老太太,姓林,病似乎并不很重,不需很多服侍,对祝小凤倒很关心,叫她小祝,常把人家送的东西分给她。来看林老太的人很多。不久小祝知道,其实老太太只有一个女儿,在一家大公司做事,是个金领,人称林总。母女相依为命,女儿差不多天天派人送东西来,送各种花、各种吃食。有一天送来两双棉鞋,一双黑的上面有红花,一双紫红的上面有黑花。祝小凤不知道这鞋在医院里有什么用处,却真心地说:"奶奶福气真好。"林老太微笑着叹气,摇了摇头。

林老太这种表情,很平淡,又很深沉。祝小凤总觉得她和别人有些不同,不大像个老人,倒有几分淘气,会有些别人想不到的主意。其实人在病床上,那已经是大打折扣了。有人送来一只玩具青蛙,会从房间这一头跳到那一头,林老太看得很开心。祝小凤觉得,老了老了的,还需要玩具,这又是一种福分。

祝小凤嘴上说老太太有福气,心里最羡慕的是那女儿。女儿的年纪和小祝差不多。她除了派司机、秘书和手下人给母亲送东西,自己也常来,但是从不和林老太讨论病情和医生的治疗方案——也许在医生办公室谈过了。所以小祝只知林老太心脏不好,始终不知得的是什么病。她也不需要研究,病人得什么病,跟她的关系并不大,她只需要做好照看病人的工作。她更关心的是林总的衣着,那是千变万化的。有时毛衣上开几个洞,像是怕风钻不进去;有时靴子上挂两个球,走起来滴里嗒啦乱甩。跟着她的人(那是少不了的)对老太太说:"林总在各种场合出现,报道中总少不了介绍她的服装。"老太太又是叹口气,摇摇头。

这一天,林总捧着一束花来了,花很鲜艳,说是刚从云南运来的。她穿了一件黑毛衣,完整的,没有窟窿,下面是红皮裙。胸前一件蜜色挂坠,非常光润,手上戴了同样颜色的手串,随意套在毛衣袖子外面,发着一圈幽幽的光。小祝只觉得好看,不知道是什么材料。

林老太看着女儿说:"今天穿得还算正规,这两件首饰也配得很典雅。"

女儿便把手串褪下来,放在母亲手里,让她摸一摸,说:"这是最好的琥珀,做工也好。"

林老太随手摸了摸,仍给女儿戴上,说:"戴首饰越简单越好。好在你倒不喜欢这些东西。"

林总说了几句话,大都是怎么忙、怎么忙,随即一阵风似的走了。

祝小凤照顾林老太吃晚饭,餐桌上有鱼,那是营养师提醒病人食用的。

小祝仔细挑去鱼刺,问了一句:"琥珀很贵吗?"

老太说:"要看质地……"说着便呛咳起来。祝小凤忙倒水、捶背,不敢再多话。

过了几天,祝小凤的丈夫来看她。他在家里守着穷山沟,全靠妻子挣钱送儿子上了高中。每到冬天,如果小凤不回家,他总是进城来看望,给她带点家乡的土产吃食。这回是几包酸枣干和苎麻籽,小镇上加工制作的,前几年还没有这种技术呢。因为要给儿子买一件棉外衣,他们去了一处批发市场。外面北风呼啸,紧压着屋顶和墙壁,冷风直透进来。两人在市场里转了几圈,买好了东西,还在一家小铺吃了面。要离开时,忽然看到一个小摊,卖那种五颜六色、零七八碎的小玩意儿。

祝小凤站住了,她的目光落在一件饰物上,那俨然是一个琥珀手串。她拿起手串,摸了又摸,看了又看,看不出和林总的有什么不一样。几次放下,又拿起来。

"想买吗?"丈夫问。

"谁花这闲钱!"祝小凤说,手里仍拿着那手串。

丈夫很解人意,和摊主讨价还价,花了五块钱,把手串买下了。小凤明知这钱是自己挣的,心里还是漾过一阵暖意。

她收好手串,跟丈夫随意说着闲话。她说:"隔壁病房的病人出了院要到海南去疗养。"丈夫说:"那么远,我们这辈子别想去。"祝小凤说:"那也难说。"她一路摸着那手串,觉得很满足。

祝小凤把家乡的酸枣干和苎麻籽送给林老太分享。老太特别戴上假牙品尝,说:"原来苎麻籽也可以吃,还这样香脆。"

小凤又指着手腕上的手串,请林老太猜值多少钱。

老太说:"做得真像。十块?二十块?"

小凤道:"您出这个价,我卖给您。"两人都笑了。

晚饭后,护工们在一起,自然而然就议论小凤新戴的手串。一个说,一看就是假的,玻璃珠子罢了。另一个说,别看是假的,做得真像呢。又一个说,管他真的假的,好看就行。

晚上,林总来了,祝小凤又把自己的手串请她过目。

林老太忽然说:"小凤这么喜欢这样的手串,你们俩换着戴几天。"

女儿笑着说:"妈妈总有些奇怪的主意。"说着便把手串褪下来。

小凤不敢接,林总说:"换着戴吧,怕什么,只要妈妈高兴。"

小凤接了手串,把自己那串放在桌上,说:"听老太太的。"退出去了。

林老太拿起小凤的手串,端详着说:"真像,只是光泽不一样。在行的人还是一眼就会看出来的。"说着递给女儿,"收好了,别弄丢了,要还给人家的。"

她见女儿戴上了手串,心里很宽慰,暗想:女儿一点儿不矫情,也随和,不会说自己戴过的东西,不准别人戴。林总两个手机,正接着一个,另一个在响。她看看来电号码,简单明快地吩咐几句,结束了这个通话。拿起响着的手机,便完全是另一种口气,很委婉地安排了什么事情。

林老太看着女儿,不由得说:"东西戴在你手上,假的也是真的。"

林总回到办公室,随手把手串扔在桌旁几上。正好一个半熟不熟求林总办事的人来,见了说:"这么贵重的东西,就丢在这里。"回去特别做了一个精致的盒子送过来,说:好东西要有好穿戴,原来一定有的,添一个是我尽心。秘书收了盒子,林总瞥了一眼,心想:可以给妈妈看,证明她的话。

祝小凤戴上真的琥珀手串,有些飘飘然,在护工中炫耀。大家又发议论,这回意见很一致,总结出来是:戴在你身上,真的也是假的,没人相信它是真的。祝小凤有些沮丧。

正好护士长来了,看着祝小凤戴的手串说:"呀,这么好看的东西!"

祝小凤觉得遇到了知音,抬起手让护士长看。不料她说:"做得真像,多贵重似的。这种有机玻璃最唬人了,你倒好眼光,会挑。"

祝小凤说:"你仔细看看,这是真的!"

护士长笑说:"不用看我也知道。"

林总去美国出差,三天没有来医院,病房里很平静。祝小凤把众人对手串的反应说给林老太。老太神情漠然,似乎不大记得这事了。

这天下午,林老太靠在床上,忽然问祝小凤都会唱什么歌。祝小凤说:"原来在家里也喜欢唱的,现在都忘了。"其实,林老太最想听的是一首英文歌,这里的人是无法帮助的。她也不再问,一直到入睡,都没有说话。

凌晨时分,祝小凤听到林老太哼了几声,没有在意。等她起来梳洗后,见老太太没有动静,过去看时,她似乎已经停止了呼吸。

祝小凤惊得魂飞魄散。她急忙打铃,又跑出病房去叫人。医生和护士都来了,医生做了检查,在床前站了片刻,轻轻拉上了白被单。很快,林总来了,她俯身抱住母亲,许久不起来。跟来的人以为她昏倒了,大声叫着林总,将她扶起,只见被单湿了一大片。祝小凤觉得林总很委屈,为什么不大声哭?也许,她们这样的人是不会大声哭的。接着又来了许多人。没有人责备祝小凤,生死大限谁也拗不过的。

祝小凤很难过。她做护工这些年,照顾过许多病人,还没有见过这样的死法,这样安静,一点也不麻烦人。没有上呼吸机,没有切开气管,没有在身上插满管子,没人打扰,干净利落,静悄悄地离开了这个世界。其实这也是一种福分,她想着,叹了一口气。

过了几天,祝小凤想起她拿着林总的真琥珀手串,应该去把自己的那个换回来。她不愿意用自己不值钱的东西去占有别人值钱的东西,而且她的手串是丈夫给她买的。

她向护士台打听了林总的公司,请了假。找一张干净纸,包了那手串,出了医院,上车下车,到了林总的公司。等着见林总的人在她的办公室外排成队,和医院候诊室差不多。

秘书通报后,祝小凤很快进去了。听她说明了来意,林总从一个抽屉里拿出那精致的盒子,打开,递给她。祝小凤将纸包递过去,一面去取盒子里的手串。林总按住盒子,向前推了推,示意祝小凤连盒子收下。

林总戴上自己的真琥珀手串,喃喃道:"妈妈说这样很好看。"她明亮的眼睛里装满了泪,一大滴落在衣服上。那天她穿了一身黑衣服。

祝小凤装好盒子,要走。林总说等一等,从皮包里拿出一沓钱,递给祝小凤,轻声说:"最后是你在妈妈身边。打车回去吧。"

祝小凤踌躇了一下,接过钱,心想:这足够到海南几个来回了。

祝小凤走在街上,抬头想寻找属于林总的那一扇窗户。但窗户们都一样的漂亮,一样的气派,她分不清楚,她甚至不记得刚才上的是第几层楼。风很大很冷,树枝都弯着,显得很瑟缩。一辆出租车驶过,她摸了摸背包,还是没有打车的决心,顶着风一直走到地铁站口。

时间流逝,医院一切如常。许多人来住过,有人从前门出,有人从后门出。祝小凤的生活也如常,送走旧病人,迎接新病人。

她把手串连同盒子放在箱子里,再想到它,取出来戴上,已是次年暮春了。这时,她的病人仍是一位女老人,见了说好看。

祝小凤故意说:"这是琥珀手串。"

女老人上下打量着她,慢慢地说:"假的吧?"

# 萤 火

点点银白的、灵动的光,在草丛中飘浮。草丛中有各色的野花:黄的野菊,浅紫的二月兰,淡蓝的"勿忘我"。还有一种高茎的白花,每一朵都由许多极小的花朵组成,简直看不清花瓣。它的名字恰和"勿忘我"相反,据说是叫作"不要记得我",或可译做"勿念我"罢。在迷茫的夜中,一切彩色都失去了,有的只是黑黝黝一片。亮光飘忽地穿来穿去,一个亮点儿熄灭了,又有一个飞了过来。

若在淡淡的月光下,草丛中就会闪出一道明净的溪水,潺潺地、不慌不忙地流着。溪上有两块石板搭成的极古拙的小桥,小桥流水不远处的人家,便是我儿时的居处了。记得萤火虫很少飞近我们的家,只在溪上草间,把亮点儿投向反射出微光的水,水中便也闪动着小小的亮点,牵动着两岸草莽的倒影。现在看到童话片中要开始幻景时闪动的光芒,总会想起那条溪水,那片草丛,那散发着夏夜的芳香,飞翔着萤火虫的一小块地方。

幼小的我,经常在那一带玩耍。小桥那边,有一个土坡,也算是山罢。小路上了山,不见了。晚间站在溪畔,总觉得山那边是极遥远的地方,隐约在树丛中的女生宿舍楼,也是虚无缥缈的。其实白天常和游伴跑过去玩,大学生们有时拉住我们的手,说:"你这黑眼睛的女孩子!你的眼睛好黑啊。"

大概是两三岁时,一天母亲进城去了,天黑了许久,还不回来。我不耐烦,哭个不停。老嬷嬷抱我在桥头站着,指给我看那桥边的小道。"回来啦,回来啦——"她唱着。其实这全不是母亲回来的路。夜未深,天色却黑得浓重,好像蒙着布,让人透不过气。小桥下忽然飞出一盏小灯,把黑夜挑开一道缝。接着又飞出一盏,又飞出一盏。花草亮了,溪水闪了。黑夜活跃起来,多好玩啊!我大声叫了:"灯!飞的灯!"回头看家里,已经到处亮着灯了,而且一片声在叫我。我挣下地来,向灯火通明的家跑去,却又屡次回头,看那使黑夜发光的飞灯。

照说幼儿时期的事,我不该记得。也许我记得的,其实是后来母亲的叙述,或自己更人事后的心境罢。但那一晚我在桥头的景象,总是反复地、清晰地出现在我眼前,那黑夜,那划破了黑夜的萤火,以及后来的灯光——

长大了,又回到这所房屋时,我在自己的房间里便可以看到起伏明灭的萤火了。我的窗正对着那小溪。溪水比以前窄了,草丛比以前矮了,只有萤火,那银白的,有时是浅绿色的光,还是依旧。有时抛书独坐,在黑暗中看着那些飞舞的亮点,那么活泼,那么充满了灵气,不禁想到《仲夏夜之梦》里那些吵闹的小仙子;又不禁奇怪这发光的虫怎么未能在《聊斋志异》里占一席重要的地位。它们引起多么远、多么奇的想象。那一片萤光后的小山那边,像是有什么仙境在等待着我。但是我最多只是走出房来,在溪边徘徊片刻,看看墨色涂染的天、树,看看闪烁的溪水和萤火。仙境么,最好是留在想象和期待中的。

日子一天天热闹起来。解放,毕业,几乎每个人都觉得自己在发光。我们是解放后第三届大学生。毕业前夕,一个星光灿烂的夜晚,和几个好友,曾久久地坐在这溪边山坡上,望着星光和萤光。我们看准一棵树,又看准一个萤,看它是否能飞到那棵树,来卜自己的未来。几乎每一个萤都能飞到目的地,因为没有飞到的就不算数。那时,我们的表格里无一不填着"坚决服从分配,到祖国最需要的地方去"!无论分到哪里,我们都会怀着对美好未来的向往扑过去的。星空中忽然闪了一下,是一颗流星划过了天空。据说流星闪亮时,心中闪过的希望是会如愿的。但我们谁也没有再想要什么。有了祖国,不就有了一切吗?我觉得重任在肩,而且相信任何重任我都担得起。难道还有比这种信心更使人兴奋、欢喜,使人感到无可比拟的幸福吗?虽然我知道自己很小,小得像萤火虫那样。萤却是会发光的,使得就连黑夜也璀璨美丽,使得就连黑夜也充满了幻想——

奇怪的是,自从离开清华园,再也不曾见到萤火虫。可能因为再也没有住在水边了。后来从书上知道,隋炀帝在江都一带经营过"萤苑",征集"萤火数斛",为夜晚游山之用。这皇帝连萤都不放过,都要征来服役,人民的苦难,更可想见了。但那"萤苑"风光,一定是好看的。因为那种活泼的光,每一点都呈现着生命的力量。以后无意中又得知萤能捕食害虫,于农作物有益,不觉十分高兴。便想,何不在公园中布置个"萤苑",为夏夜增光,让曾被皇帝拘来当劳工的萤,有机会为人民服务呢。但在那十年浩劫中,连公园都几乎查封,那"萤苑"的构思,早也逃之夭夭了。

前几天,偶得机缘,和弟弟这个从小的同学往清华走了一遭。图书馆看去一次比一次小,早不是小时心目中的巍峨了。那肃穆的、勤奋的读书气氛依然,书库中的玻璃地板也还在;底层的报刊阅览室也还是许多人站着看报。弟弟说他常做一个同样的梦——到这里来借报纸。底层增加了检索图书用的计算机,弟弟兴致勃勃地和机上人员攀谈,也许他以后的梦,要改变途径了。我的萤火虫却在梦中也从未出现。行向小河那边时,因为在白天,本不指望看见萤火,但以为草坡上的"勿忘我"和"勿念我"总会显出了颜色。不料看见的,是一条干涸的沟,两岸干黄的土坡,春雨轻轻地飘洒,还没有一点绿意。那明净的、潺潺地不慌不忙流着的溪水,已不知何时流往何处了。我们旧日的家添盖了房屋,现在是幼儿园了。虽是假日,还有不少孩子,一个个转动着点漆般的眼睛看着我们。"你们这些黑眼睛的孩子!好黑的眼睛啊。"我不由得想。

事物总是在变迁,中心总要转移的。现在清华主楼的堂皇远非工字厅可比了。而那近代物理实验室中的元素光谱,使人感到科学的光辉,也是萤火虫们望尘莫及的。我们骑着车,淋着雨,高兴地到处留下校友的签名。从一十年代到七十年代排过来的长桌前,那如同戴着雪帽般的白头发,那敦实可靠的中年的肩膀,那发亮的、润泽的皮肤和眼睛,俨然画出了人生的旅程。我以为,在这条漫长而又短促的道路上,那淡蓝色和纯白的花朵,"勿忘我"和"勿念我",是必不可少的。因为人世间,有许多事应该永远记得,又有许多事是早该忘却了。

但总要尽力地发光,尤其在困境中。草丛中飘浮的、灵动的、活泼的萤火,常在我心头闪亮。

# 一九六六年夏秋之交的某一天

本来以为有些事是永不会忘记的。许多年过去了,回想起来,竟然不只少了当时那种泉喷潮涌的感情,事情也渐渐模糊了。写这文章,原拟以一九六六年某月某日为题的,自己记不得,便去问人。有人说,往事不堪回首,不愿再触动心灵的创伤;有人说,当时连一个字也不敢写,如何记得。于是只好用这样冗长的一个题目。

不是为了忘却,却渐渐要忘却了。不免惊恐。

文字,能捕捉多少当时的情景?

一九六六年夏秋之交,"文化大革命"已开始约三个月了。当时的人,分为革命群众和牛鬼蛇神两大阵营,革命群众斗人,牛鬼蛇神被斗。斗人的人为了提高斗争技术,各单位间互相串联观摩,钻研怎样把牛鬼蛇神斗倒斗臭斗垮,就像钻研某种技术,要有发明创造一样。这年春天,我曾在卞之琳先生指导下读一些卡夫卡的作品,被斗时便常想卡君的小说《在流放地》,那杀人机器也是经过精心钻研制成的。

当时的哲学社会科学部大概是仅次于北大、清华的"文革"先进单位,每天来看大字报的人如赶集一般。院中一个大席棚,是练兵习武之所。常常有斗争会。各研究所的牛鬼蛇神,除在本所被斗外,还常被揪到席棚中,接受批判和喷气式等简易刑法。

那时两派已兴。两派都去找中央领导同志做靠山。一次在一张小字报上看见一派访某领导同志的记录。那位领导说,你们是学部的?你们都是研究什么的?我为这句话暗自笑了半天。"你们都是研究什么的?"我在心中回答:"杀人!都是研究杀人的!"这样想,是因我是斗争对象,若属于相反的那一类,大概我也会"研究",因为那是任务。

斗争形式不断发展,这也是研究的结果罢。一九六六年夏秋之交的某一天,文学研究所主办了一次批判何其芳大会,学部大部分"牛鬼蛇神"出席陪斗。

大会在吉祥剧院举行。头一天发票,票不敷发,有的难友没得到。会后才知,不让参加,实在是很大的"照顾"和"保护"。

那天很热。记得我穿着短袖衬衫,坐在剧场的左后方。场中人很快坐满,除了学部的群众,还有北大、作协的人来取经助阵。

不记得哪位主持会。不记得也好。

何其芳在几位革命者的押解下,走出台来,垂头站在台上。他身穿七零八落的纸衣,手持一面木牌,牌上大书三个黑字:何其臭!

"打倒何其芳!""把无产阶级革命进行到底!"声势吓人。

何其芳开始检讨。没有说几句,便有人按头。总嫌他弯腰不够深,直把他按得跪在地下。他努力挣扎,都起不来。

"我有错,我有错——"他的四川话在剧场(应该说是刑场)中颤抖。

"何其臭"的牌子掉了,他爬着捡起来,仍跪在地下。

直到现在,我认为,还是没有一篇研究《红楼梦》的文章超过其芳同志的那一篇。直到现在,中、外两个文学研究所的工作人员仍在怀念他的领导与教诲。而那美丽的《画梦录》,又是怎样的感染着我呵!

这样的人,跪在地下!把学术研究、文学创作和组织工作才能集于一身的人跪在地下!

他不停地在说,我有错,我有错!

"文革"开始时,便在批判何其芳了。开过好几次所谓的党员大会,吸收群众参加。他似乎不了解自己的处境(当时谁又了解自己的处境!),仍在据理力争,滔滔而辩。有一个系背带的瘦高个儿,把他推搡了几次。我当时坐在门边,和一位以温良恭俭让著称的同事小声议论:"为什么推人?太不尊重人了!我们站起来说!"但我们没有站起来说。我们腼腆,不习惯当众讲话,我们太怯懦!那位同事还说,得学着说话辩论,不然被坏人掌了权怎么办!其实真理不是愈辩愈明,理早铸好了,铸成一个个通红的罪名,不断地烫在人脸上!

两位陪斗者被推了上来,俞平伯和余冠英。他们也穿着纸做的戏衣,头上还戴着有翅的纸纱帽,脚步踉跄,站立不稳,立刻成为声震屋瓦的口号打倒的对象。

剧场左门出现骚动。"打倒邵荃麟!"几个人高喊。他们押着瘦骨嶙峋的荃麟走上台去。荃麟因"中间人物论"获罪后,不再任作协领导,调到外文所任研究员,但仍在作协接受批判。学部开大会,捉他来斗,自是应该。

好像有几个批判发言。我相信绝大多数出于革命热情。发言者声嘶力竭地叫喊一番,喊过了,仍让何其芳检讨。

其芳同志仍跪着,声音断断续续,提到对《红楼梦》的看法,也算一大罪行。"站起来说!"有人喝叫。待他勉强站起来,又扑上去几个汉子,按头折臂,直按到他又跪下。

让他站起,是为了按他跪下!

这样几次。又把另外几位折腾一阵,似乎不新鲜了,便呼叫大批陪斗的人。

"冯至!"冯先生上了台。外文所一次批斗会后,曾让"对象"们鸣锣绕圈,冯至打头,我在最后。看来愈绕处境愈惨,是永远绕不出去了。

"贾芝!"一人一手按头,一手扭住手臂。他坐着喷气式上了台。

剧场中杀气腾腾,口号声此起彼落。在这一片喧闹下面,我感到极深的沉默,血淋淋的沉默。

很快满台黑压压一片,他们都戴上纸糊高帽,写着是哪一种罪人。比起戴痰盂尿罐的,毕竟文明多了。

学术权威大都叫过后,叫到一些科室负责人和被认为是铁杆老保的人。"牟怀真!"这是外文所图书室主任,一位胖胖的大姐。忽然一个造反派看见了我。

"冯锺璞!"他大叫。

我不等第二声,起身跑上前去。我怕人碰我,尽量弯着身子,像一条虫。上了台,发现天幕后摆着剩下的几顶高帽子,没有我的。事先没想到叫我。

"快糊!"有人低声说。

有人把我们挨个儿认真按了一遍。我只有一个念头,尽量弯得合格,尽量把自己缩小。

过了些时,眼前的许多脚慢慢移动起来。"牛鬼蛇神"们排着队到麦克风前自报家门,便可下台了。

我听见许多熟悉的声音,声音都很平静。

轮到我了。我不知道自己的罪名到底是什么。那时把学不够深、位不够高而又欲加之罪的人,称作"三反分子"。三反者,反党、反社会主义、反毛泽东思想是也。我走到麦克风前如此报了名。台下好几个人叫:"看看你的帽子!"我取下帽子,见白纸黑字,写着,"冯友兰的女儿"。

冯友兰的女儿又说明什么呢?

我积极地自加形容词:"反动学术权威冯友兰的女儿。"台下不再嚷叫。这女儿的身份原来比"三反分子"更重要。

下台时没有折磨。台上剩的人不多了,仍吸引着人们注意。我从太平门走出来,发现世界很亮。

我居然有了思想,庆幸自己不是生在明朝。若在明朝,岂不要经官发卖!这样想着,眼前的东华门大街在熙熙攘攘下面透出血淋淋的沉默。

"冯锺璞!"怯怯的声音。原来是荃麟在叫我。他在北河沿口上转。"顶银胡同在哪里?我找不到。"顶银胡同某号是作协的监房,他要回监去。

"荃麟同志!"我低声说,"你身体好吗?"他脸上有一个笑容,看去很平静,望着我似乎想说什么,说出来的仍是"顶银胡同在哪里?"

我引他走了十几步,指给他方向,看着他那好像随时要摔倒的身影,混进人群中去了。

我不只继承了"反动"的血液,也和众多"反动"人物有着各种各样的联系。他们看着我长大。荃麟卸职前,总是鼓励我写作,并为我向《世界文学》请过创作假。

而这些敬爱的师长,连同我的父亲和我自己,一个个都成了十恶不赦的罪人!

我慢慢走回当时的住所,洒兹府27号。那里不成为"家",因为只有我一个人。小院里有两间北房,两间东房,院中长满莫名其妙的植物,森森然伴着我。

坐下休息了一阵,思想渐渐集中,想着一个问题,那便是:要不要自杀?

这么多学术精英站在一个台上,被人肆意凌辱!而这一切,是在革命的口号下进行的。这世界,以后还不知怎样荒谬,怎样灭绝人性!我不愿看见明天,也不忍看见明天。就我自己来说,为了不受人格侮辱,不让人推来搡去,自杀也是唯一的路。

如果当时手边有安眠药,大概我早已静静地睡去了。但我没有。操刀动剪上吊投河太可怕。我愿意平平静静,不动声色。忽然那"冯友兰的女儿"的纸帽在眼前晃了一下,我悚然而惊。年迈的父母已处在死亡的边缘,难道我再来推上一把!使亲者痛,仇者快!我不知道仇者是谁,却似乎面对了他:偏活着!绝不死!

过了明天,还有后天呢。

整个小院塞满了寂静。黑夜逼近来了。我没有开灯便睡了。先睡再说。我太累了。

睡了不知多少时候,忽然惊醒。房间里所有的灯都亮了。三盏灯,大灯、台灯、床头灯。我坐起来,本能地下床一一关了。隔窗忽见东房的灯也亮着。

我毫不迟疑,开门走过黑黝黝的小院,进到东房。这里也是三个灯,大放光明。我也一一关了,回到北房。开灯看钟,两点二十五分,正是夜深时候。

关灯坐了一会儿,看它是否再亮。它们本分的黑着,我便睡了。奇怪的是,我一点也不害怕,睡眠来得很容易。

我活着,随即得了一场重病。偏偏没有死。

许多许多人去世了,我还活着。记下了一九六六年夏秋之交的这一天。

## 三千里地九霄云

我在记忆之井里挖掘着,想找出半个世纪以前昆明的图像。在那里,我从小女孩长成大姑娘,经历了我们民族在二十世纪中的头一场灾难,在亡国的边缘上挣扎,奋起。原以为一切都不可磨灭,可是竟有些情景想不起来,提笔要写下昆明的重要景色——白云时,心中只有一个抽象的概念:昆明的云很美。

只有概念,没有形象,这让我觉得可怕,仿佛眼前是个无底的黑洞,把所有的图像都吸进去了。

我记得那蓝天,蓝得透明,蓝得无比。我在《东藏记》开头写着:"昆明的天,非常非常的蓝。只要有一小块这样的颜色,就会令人惊叹不已了。而天空是无边际的,好像九天之外,也是这样蓝着。蓝得丰富,蓝得慷慨,蓝得澄澈而光亮,蓝得让人每抬头看一眼,都要惊一下,'哦!有这样蓝的天!'"

蓝天上有白云,我记得的。可是云在哪里?我必须回昆明去,去寻找那离奇变幻的白云,免得我心中的蓝天空着。免得我整个的记忆留下缺陷。

于是我去了,乘汽车,乘飞机,倒也简单。一路上想,古人为鲈鱼辞官不做,若是现在,可以回乡享受了鱼宴再出来宦游,岂不两全?然而也就没有那弃官爵如敝屣的佳话了。

飞机沿西线飞,经太原、西安、重庆,到昆明坝。它穿过云层,沿着山盘旋,停在四围青山之间。

飞过了两千多里。若是走路,岂止三千里。为了那虚幻的云。

我站在昆明街角上了。头上蓝天似不如记忆中那样澄澈,似调了一点银灰或乳白。这是工业发展的效果。

天公为迎接我,在这一片不算宽阔的蓝天上缀满了白云。

昆明的云,我久违的朋友!我毫不费力地发现我的朋友与众不同处,他们也发现了我,立刻邀我进入云的世界。这一朵如山峰,层峦叠嶂,厚薄相接处似有溪流落下。那一朵如树丛,老干傍着新枝。这一朵如花苞,花瓣似张未张。那一朵如小船,正待扬帆起航。只一会儿工夫,这些图景穿插变幻,汇成一片,近处如积雪,远处如轻纱,伸展着,为远天拦上一层帷幔。

忽然落下雨点儿,紧接着就是一阵急雨。人们站在街旁店铺的廊檐下。一个水果担子在我身旁。

"你家可买梨?宝珠梨。尝尝看。"挑担人标准的昆明话使我有余音绕梁之感。那是乡音!宝珠梨在记忆中甜而多汁,是名产。据说现在已经退化了。人们在培养新品种。我摇摇手,用乡音对答:"梨么不要。你家说的话好听呢好听。"挑担人不解地望着我。那是典型的云南人的脸,这张脸在我的记忆之井中激起了许多玲珑的水泡,闪着虹的光亮。

雨停了,挑担人拢好箩筐上的绳索,对我笑笑。"要赶二十里路回家咯。"他向街的一头,十字路口走去,那里从前是城门。

雨后的天空,又是云的世界。我走几步便抬头,不免东歪西倒,受到"不好好走路"的责备。于是便专心走路,回想着白云下的宝珠梨担子,那陌生又熟悉的脸庞和天上的白云。

几天后,朋友们安排我去石林附近的长湖。五十年前,我曾到过那里。当时的长湖藏匿在茂密树林中,踏过曲折的石径,站到湖边时,会觉得如同打了一针镇静剂,一切烦恼不安都骤然离去,只有眼前的绿和绿意中水波的明亮,把人浸透了。我曾把这小小的湖列于西湖太湖之上,因为它不是一般的风景,而是一种心灵的映照。

不料这一次我们驱车往路南尾泽乡,所遇震撼全在长湖之外。再没有坎坷不平的泥路,再没有背上放着木架的小马,有的是上上下下都十分平坦的公路,车子驶过,没有一点颠簸。行到高处,忽见前面豁然开朗,大片蓝天之上,有白云的图案,如一幅抽象派的画,不写真,不状物,只是一团团,一块块,一层层,卷着滚着,又在邀人进入云的世界。"昆明的云!"我叫起来,真想跳离了车子,扑到天边去!车行急速,转眼掀过了这一幅图画,眼前是无比真实的土地,鲜红色的土地,红土地!

红土地连着绿林,红土地连着蓝天,红土地连着白云!我亲爱的云南的土地!多少年来,我怎么忽略了这神秘的鲜艳的红色呢！在这红土上生长着宝珠梨,滋养着本地和外来的人,回荡着好听的昆明话;在这红土上伸展着蓝天,变幻着白云——

我们走过一个小村庄。村中房舍想必是用红土烧坯建成,屋顶墙壁一派暗红。村前池水也是红的,两三个系蓝布围腰的妇女在池边洗衣服。洗出来的衣服想必也是红的了。

颜色很绚丽,心里却酸苦。红土是酸性土壤,它的孕育是艰难的。

可是我相信,人人都会有一池清水,这是迟早的事。

尾泽小学已是正式的楼房了。院中植着花木。我住过的土坯房不见了。只是那片操场还在。五十年,该有多少农家孩子从这里得到启蒙的知识,打开了灵魂的窗户。而在操场和我一起学过阿细跳月的人们,还有几个能再来?

车直开到长湖边上,我还一再地问:"是这里吗？这是长湖吗？"可见长湖大变样了。似是从一个纯真的少女变成了人情练达的成年人。湖水不再掩藏在树木间,而是坦然地抚摸着开朗的湖岸。岸上有草地,有野炊用的泥灶,俨然一个公园。

我们坐在一个小岗上,良久不语。作为公园,这里还是不同一般的。水面澄清,天空开阔,而且是这样的蓝！

记得《西游记》中有堆云童子布雾郎君这样的角色,常被孙大圣传唤。布雾郎君且不说。这堆云童子无疑是个艺术家。蓝天上的云朵洒得疏密有致。渐渐地,小朵汇成大朵,如堆棉,如积雪,一会儿,棉和雪变化成一群白羊,一只大狗。狗是在牧羊吗？远山上出现一个大玩偶,一只大袖子,还有很长很弯的鼻子,似要到湖里吸水。那狗蹄子正踩在玩偶头上。玩偶不必发愁,狗蹄子很快移开了,愈来愈淡,狗消失了,只剩下群羊。想不到在无意间,得观白衣苍狗,更领悟子美"天上浮云如白衣,斯须改变成苍狗"之叹。

云还在变幻。一座七宝楼台搭起来了,又坍塌了。围湖的山和天相接处,一朵朵云如同很大的氢气球。正在欲升未升。不久化作大片纱幔,似是从山顶生出来的,把天和地连接在一起。而天是蓝的,地是红的,白云前还点缀着绿树。

归途中,一轮丽日当空。快到昆明了,忽然,年轻的朋友叫道:"快看!彩云!"

哦!彩云!就在太阳的右下方,一朵椭圆形的彩云!刚看见时是玫瑰红,一会儿变作金色,一会儿又变作很浅的藕荷色。太亮了,我们不得不闭上眼睛。再看时,可能我的不正常的视力作了加工,只见彩云后面透出彩色的光,许多亮点儿成串地从云朵上流下,更让人不能逼视。

"不能看得太久,"我们说,"会折损了福气。"

太阳随着车子的向前而后退,那朵彩云却面对面地向我们头顶飘来,随即消失了。

云南这个名称,据说始于汉代,因彩云出现而得此名。有谁真正看到过彩云?如今有我。

昆明的云!美丽的云!在我的记忆之井中注满了活水。

"三千里地九霄云"。我拟下了一个作文题目。

# 烟斗上小人儿的话

一九九九年是闻一多先生百年冥寿。他离开我们已经五十余年了,人们只能从照片里瞻仰他的风采。有一张照片传布最广,这也是最能显出闻先生诗人气质、学者风度的照片。他侧着头,口含烟斗,在画面的烟斗上有一个小人儿,那就是我。

我在照片里坐了四十多年,一九九一年在医院中才发现那是我。我真是高兴。这张照片成为我的护身符,当我和各种魔怪(包括病魔)战斗时,每想到这照片,想到闻先生,就觉得增添了力量。

许多人在语文课本里读过闻先生的《最后一次讲演》,那跨出门就不准备再回来的精神感染了多少人,教育了多少人。有时私下议论,鲁迅、闻一多活到"文革"时代会是怎样情况。估计他们也活不到"文革",在前面的运动中,就会活不下去;或能顽强地用另一种方式活下来,但肯定是过不了"文革"这一关的。

闻先生倡导说真话,他要做到怎么想就怎么说。抗战后期,他发表许多言论,尖锐批评最高统治者,丝毫不顾及自身安危。他这种大无畏精神,上薄云天。他是无所畏惧,但他对同事朋友是宽厚的,常替别人着想,从未闻有刻薄伤人之言。我想,他对统治者的愤怒是站在人民的利益上,而不是站在一己的利益上,而对于个人之间的摩擦(总会有的)是不放在心上的。可以说是"横眉冷对千夫指,俯首甘为孺子牛"的表率。

闻先生的革命精神包含了诗人气质,"这是一沟绝望的死水,春风也吹不起半点涟漪。"(《死水》)"春光从一张张绿叶上爬过……仿佛有一群天使在紫霄巡逻……忽地深巷里迸出一声清籁:'可怜可怜我这瞎子,老爷太太!'"(《春光》)他以无比的深情关怀着整个社会。我喜欢《也许》这首葬歌:"我把黄土轻轻盖着你,我叫纸钱儿缓缓地飞。"这又是另一种深情,看透了生死,似浅淡,却长远的深情。闻先生著有《九歌古歌舞剧悬解》,这是他根据屈原《九歌》写的歌舞剧本,想象力真丰富。我非常想看它的演出,另一个愿望是看爱罗先珂《桃色的云》上演。我想今生是看不到了。

最近,闻翻小妹送我一本闻先生的《诗经通义》。这是一部草稿,经闻翻校补成书。我翻阅后,见一字一词注释得详尽,更体会到"何妨一下楼主人"的精神。古人说,"三年不窥园,绝庆吊之礼",才能做一点学问。做学问需要这种不窥园、不下楼的精神。

一九四七年,我在南开大学上学。五六月间,举行了一次诗歌晚会,纪念闻一多。冯至从北京来参加,做了讲演。会后,我写了一首诗,那是我第一首发表的新诗。现摘一段在这里,诗的题目是《我从没有这样接近过你》。

我从没有这样接近过你。

真的,我从没有这样接近过你。
在大家沉重的脸中我看见了
你的脸。
在大家呜咽的声音里我听到了
你的声音,
我今天才找到了你,找到了你。
找到你
在我们中间。

闻一多是永远在青年中间的,他的精神永远年轻。这些年,我们不大想起闻一多了,远离了他的精神,而我们是多么需要他的精神!对强暴大无畏,对普通人深具同情,富有想象力的审美眼光,还有踏实认真甘坐冷板凳的治学态度——我知道何妨一下楼中只有冷板凳。

再来看一看那张照片。一九四五年初,西南联大悠悠体育会组织去石林,邀请闻先生参加。闻先生带了立雕(韦英)兄弟和我及钟越同往。那时去石林要乘火车,骑小马,到尾泽小学打地铺。到几个地方看景致都是步行,大家都是很能走路的。记得有一天中午,在一个小店打尖。闻先生要了米线,每个孩子一碗,招呼我们先吃。后来在长湖畔举行了联欢会,照片便是那时出世的。

我坐在烟斗上,并不感到云雾缭绕的飘飘然,而是感到焦虑沉重——是因为坐在烟斗上吗? 我感到沉重,因为我们离闻一多远了;感到焦虑,因为我们似乎并不知道究竟已经离闻一多有多远。

# 从近视眼到远视眼

经过不到半小时的手术,我从近视眼一变而为远视眼。这是今年六月间的事。

我的眼睛近视由来已久。八九岁时看林译《块肉余生述》,暮色渐浓,还不肯放。现在还记得"大野沉沉如墨"的句子。抗战期间的菜油灯更是培养近视眼的好工具。五十几年,脸上从未脱离眼镜,老来患白内障,眼前更是一片迷茫,戴不戴眼镜也没有什么区别了。"老年花似雾中看",以为这也是人必然要经过的"老"的滋味。

可是人太可尊敬了,太伟大了,能够修理自己,让自己重又处在明亮绚丽的世界中。手术后我透过眼罩的缝隙看到地上有许多花纹,还以为眼睛出了毛病,一问才知道病房里的地板本来就有花纹,只是我原来看不见。因为感到明亮,以为房间里换了电灯泡,其实也是自己的眼睛在作怪。取下眼罩时,我先看见横过窗前的树枝,每片叶子是那样清楚,医院门前的一树马缨花,原来由家人介绍过,现在也看到了颜色。近年来我看人都只见一个轮廓,这时眼前的医生有了眉眼,我不由得欢喜地对大夫说:"我看见你了。"

本是最亲近的家人,这些年也是模糊的。现在看到老伴的头顶只剩下不多的头发,女儿的脸上已添了几道皱纹。我猛然觉得生活是这样实在,这样暖热,因为我看到了。

病房走廊外面,是那座尼泊尔式的白塔,以前我知道那里有这座塔,家人指着说:"看呀,看呀,就在眼前。"我看不见。因为习惯了由别人代看,也不觉得懊恼。这时我特地到窗前去看,原来那塔很近、很大、很白,由蓝天衬着,看上去有几分俏皮,不是中国塔的风格。我在这塔的旁边从近视眼变成远视眼。它应该是我的朋友。

因为高度近视,将白内障取出后,不放人工晶体。结果是两眼各有几百度的远视,成了远视眼。我看不清东西时,习惯地把它拿近,反而更看不清。倒是远处的东西较清楚。虽不能像正常人,我已经很满足了。我们回家,进了西门,经过大片荷塘时,见朵朵红荷正在盛开,花瓣的线条都显得那样精神。露珠在荷叶上滚动,我几乎想走下车去摸一摸。燕南园好几栋房屋换过房顶。我第一次看清一层层的瓦。走进家门,院中的荒草好像在打招呼,说:"看看我们,早该收拾了。"我本以为我的住处很整洁,却原来只是一种幻象。现在看到的是有裂纹和水迹的房顶,白粉剥落的墙壁,还有油漆差不多褪尽的地板。而且这里那里的角落,都积有灰尘。

我看着窗外一只灰尾巴喜鹊坐在丁香的一段枯枝上,它飞走了,又一只黑尾巴喜鹊飞来。这两种喜鹊是两个家庭,"文化大革命"前就居住在这里,"文革"时鸟儿也逃难,后来迁回。这几年,鸟丁兴旺,我只听见闹喳喳,这时看得清楚,恍如旧友重逢。它们似乎也在问我:"嘿,你怎样了?"

我们素来阴暗的房间增加了亮度,我在镜中看到了自己,我有很长时间没有"自知之明"了。我相信通过爱心而做出的描述,总之是不显老。现在我看清了自己的额前沟壑,眼下丘陵。忽然想到了"不许人间见白头"这句话。看来,近视眼也有好处,让人不知道老态的存在。

我去医院复查,沿路大声念着街旁店铺的招牌:"看,这个馆子叫湘菩提。""哦!这儿还有鱼翅宴。"司机很觉莫名其妙。他哪里知道看得见的快乐。

七月六日我们去游览白塔寺,也拜访我的朋友——那座白塔。这天下着小雨,家人说,他们来来去去看见正门是不开的。我们打着伞走过去,却见正门洞开,门不高大,有七七四十九颗门钉在微雨中闪闪发亮。我们走进去,见院中有一个新铸的鼎,为西城区金融界所献,鼎上有一条彩色的龙。这鼎似乎与佛法较远。前面的殿正举行万佛艺术展,因为离得近,我反而看不清每个塑像的姿态面目。正殿供奉据说是三世佛,居中是释迦牟尼不成问题,两旁是阿弥陀佛和药师佛。我有些疑惑,觉得在别处看到的未来佛和过去佛好像不是这两位。我们走到白塔下面,塔身高五十一丈,只能看见底座,又据说转塔一周可以祈福消灾。这时一位游人——我们之外唯一的游客,她对我们说:"白塔寺正门从今天起正式开放,今天是阴历五月二十三日,好像和观音菩萨有什么关系。我们是第一批走进第一次开的正门,真是有福气。"我们绕塔一周,在塔后看到四株古老的楸树,不知有多少年了。我想如果世上真有福气,它应该属于驱逐病魔的医生们。他们使人的生命延长,他们使人离开黑暗。其实是他们给了病人福气。作为医学界代表的药师佛怎么能是过去佛呢,他应该属于未来。

医学是科学的一部分。我默默念诵,科学真是了不起!人类真是了不起!有了科学才有各种治疗,有了人的智慧才有科学。人类智慧的一大特点是有想象力,这样才能创造。千万不要扼杀想象力!人类另一个特点是能积累经验,在积累的经验上才能求得进步。不知多少治疗的经验,才捧出一双双明亮的眼睛。经验是最可宝贵的,怎能忘记!

最初的喜悦过去了,因两眼视力不平衡,我看到的世界不很端正,楼房、车辆都有些像卡通。想想也很有趣,是近视眼时,常常要犯错误。作为眼疾患者的日子,更是过得糊里糊涂。成为远视眼,又看不清近处的事,希望能逐渐得到调整。若是能够,也许日子会过得清醒些。

牛顿在他七十岁的时候,人问他得到了什么,他答道:"不过在人生的海滩上拾到了一些蚌与螺。"我总觉得这句话很美,美得让我感动。

我已迈过了七十岁。回头一看,我拾到的不过是极小的石粒。如果我有一双较正常的眼睛,又不是那么糊涂,我还会多拾几颗小石粒,虽然它们很平凡,虽然它们终究都是要漏去的。

# 告别阅读

二〇〇〇年,正逢阴历龙年。春节前,看到各种颜色鲜艳、印刷精美的贺卡,写着千禧龙年,街上挂着红灯,摆着花篮,真觉得辉煌无比。

龙年是我的本命年,还未进入龙年,便有人说,你要准备一条红腰带。我笑笑说,才不信那些呢。临近兔年除夕,我站在窗前,突然眼前一黑,左眼中仿佛遮上了一层黑纱帘,它是我依靠的那只眼睛,右眼早已不大能用。现在一切都变得朦胧,这是怎么了?我很奇怪。自从去年夏天,做过白内障手术后,我已经习惯了过明白日子,而且以为再不会糊涂,现在的情况显然是眼睛又出了问题。因为就要过节,只好等到春节后再去就医。

龙年的第一件大事便是去医院。诊断是我没有想到的:视网膜脱落。医言只要做一个小手术,打气泡到眼睛里,即可复位。我便听医生的话住院,做手术。手术后真有两周令人兴奋的时光,眼前的纱帘没有了,一切和以前差不多,头脑似乎还更清楚些。

不料十几天后,气泡消尽,再加上我患喘息性支气管炎,咳嗽得山摇地动。二月二十七日,视网膜再次脱落。

我只有再次求医,医生还是说要打气泡。我想这次脱落的范围大了,气泡是否顶得住。经过劝说,还是做了打气泡的决定。

当时我认为咳嗽是大敌,特住进医院求保护,果然咳嗽是躲过了,但仍然没有躲过网脱。

三月二十日,气泡快消尽时,视网膜第三次脱落。气泡果然不能完成任务。我清楚地看见,视网膜挂在眼前,不再是黑纱,而像是布片。夜晚,我久不能寐,依稀看见窗下的月光,月光淡淡的,我很想去抚摸它。我怕自己再也不能感受光亮。查夜的护士问,为什么不睡,有什么不舒服。我只能说,我很不幸。

第三次手术,是把硅油打在眼睛里,是眼科的大手术。手术确定了,可是没有床位。一天天过去了,可以清楚地感觉到网脱的范围越来越大,后来,无论怎样睁大眼睛,眼前还是一片黑暗,无边无涯,没有人帮助我解脱。忽然,我仿佛看见了我的父亲,他也在睁大了他那视而不见的眼睛,手拈银须,面带微笑,安详地口授巨著。晚年的父亲是准盲人,可是他从未停止工作,以后父亲多次出现在黑暗中,像是在指点我,应该怎样面对灾祸。

终于熬到住进了医院,到了做手术的这天,上手术台前的诊断是,视网膜全脱。

在手术室里还和麻醉师有一番争论。麻醉师很年轻,很认真负责。她见我头晕,十分艰难地躺上手术台,便不肯用原订的麻醉计划,说:"你这是要眼睛不要命。要我用麻醉最好再签一回字。"经主刀医生解释,已经过各科会诊,麻醉师最后同意用局麻进行手术。她怕我出问题,给麻药很吝啬。于是我向关云长学习,进行了一次刮骨疗毒。麻醉师也是有道理的,疼是小事,命是大事。就是手术安排的不恰当,时间的延误,我都没有什么好抱怨的,我只怪一个人,那就是上帝。他老人家造人造得太不完美了,好好的器官,怎么要擅离职守掉下来,而且还顽固地不肯复位。头在颈上,手在臂上,脚在腿上,谁曾见它们掉下来过,怎么视网膜这样特别。

其实,我自己也知道这不过是几句气话。网脱是一种病,高度近视是起因。我再一次被病魔擒获。

手术顺利,离战胜病魔还很远。接下来的是长期俯卧位——趴着。人是站立的动物,怎么能趴着呢?为了眼睛也渐习惯了。据说手术成功与否和是否认真趴着很有关系。硅油的作用是帮着视网膜重新长好。三个月到半年后,再做一次手术将油取出。油取出后常有网膜重落的病例。我真奇怪科学发达这样迅速,怎么对网脱的治疗没有完善的办法。用油或气顶住,气消失油取出后,重脱的可能性极大,也只能到时候再说了。希望我这是杞人忧天。

手术后,重又感觉到光亮。视力已经很可怜,但是能感觉光亮。光亮和黑暗是两个世界,就像阳间和阴间一样。我又回到了阳间,摆脱了黑暗,我很满足。回到家中,我在房间里走来走去,还可以指出窗帘该换,猫该洗了。丁香早已开过,草玉兰还剩几朵,我赶上了蔷薇花,有人家的蔷薇一直爬到楼上,几百朵同时开放,我看不清楚花朵,但能感受到那是一大幅鲜艳的画图。

但是我不再能阅读。

对于从小躲在被子里看小说的我来说,不能阅读真是残酷的事。文字给了我多么丰富,多么美妙的世界。小小的方块字,把社会和历史都摆在了面前。我曾长时期因患白内障不能阅读,但那时总怀有希望,总以为将来总是要看书的,午夜梦回,开出一长串书单,我要读丘吉尔的文章,感受他的文采,《维摩诘所说经》、苏曼殊文都想再读。白内障手术后,这些都未做到,但是希望并未灭绝。视网膜的叛变,扑灭了读书的希望,我不再能享受文字的世界,也不再能从随时随地磕头碰脑的书中汲取营养。我觉得自己好像孤零零地悬在空中,少了许多联系,变得迟钝了,干瘪了,奇怪的是我没有一点烦躁。既然我在健康上是这样贫穷,就只能安心地过一种清贫的生活。我的箪食瓢饮就是报刊上的大字标题,或书籍封面上的名字,我只有谨慎地保护维持目前的视力,不要变成盲人。

我的父亲晚年成为准盲人,但思想仍是那样丰富,因为他有储存,可以"反刍"。这一点我是做不到的。听人读书也是一乐,但和阅读毕竟是不一样的。幸好我还有一位真正可听的朋友,那就是音乐。

文学和音乐,伴随着我的一生。可以说,文学是已完嫁娶的终身伴侣,音乐是永不变心的情人(如果世界上有这种东西的话)。文学是土地,是粮食;音乐是泉水,是盐。文学的土地是我耕耘的,它是这样无比宽广,容纳万物。音乐的泉水流动着,洗涤着听者的灵魂,帮助我耕耘。

我又站在窗前,想起父亲在不能读写时,写出的那部大书,模糊中似乎看见老人坐在轮椅上,指一指院中的几朵蔷薇,粉红色的花瓣有些透亮。忽然间,"桃色的云"出现在花架边,他是盲诗人爱罗先珂笔下的精灵——春的侍者。我揉揉眼睛,"桃色的云"那翩翩美少年,手持蔷薇花,正含笑站在那里。

我不能读书,可是我可以写书。也许,我不读别人的书,更能写好自己的书。

我用大话安慰自己,平心静气地告别阅读。

# 扔掉名字

宗璞，原名冯锺璞，这是我简历的开场白。原名冯锺璞，就应该行不更名，坐不改姓。怎么又编出一个宗璞来？原因只有一条：我不喜欢"锺"的简体字，它和钟表的"钟"（这个字总让我想起双铃马蹄表）的简体字变成了一个字。锺天地之灵秀和做一天和尚撞一天钟，成了一回事，令人不悦。我曾很反对简体字，比如"潇湘"这两个字，看上去，听起来和引起的联想，都很美。一度曾把它们简化为"肖相"，一切意境都没有了。想想看"潇湘馆"成了"肖相馆"岂不大煞风景。好在后来那一批简化字没有通行。当然有些过于繁杂的字，简化了确也方便，不过一切都需要规范。

再说"锺"字。"锺"字是我们家族的排行，到我这一辈人的名字都有个"锺"，锺字辈的堂兄弟姊妹共有三十六人。既然它已变成和尚撞的钟，我无论如何也要换一换。那时写文章要个名字，就想了一个和"锺"字读音相近的"宗"作笔名。稀里糊涂地写在笔下，戴在头上几十年。但是我有职业，有单位，有身份证，那上面的本名是生长在那里的。若真是文名大到如雷贯耳，妇孺皆知，原名或可留待专家考证，考证出几个名字来也是不足奇的,一个字多种多样也可以奉为经典。幸而我这辈子也到不了那步田地。在正式场合,笔名是无效的,需要用本名。我则总写繁体字的"鍾"。以示郑重。后来又因常有人误认为我姓宗,便又在宗璞前加了我的本姓。不料名字问题给我带来很多麻烦。首先是"鍾"和"宗",冯鍾璞和宗璞、冯宗璞,是不是一个人,常常受到质疑,于是设法在户口本上写上曾用名等等。鍾、宗的问题,可谓自找,谁叫你编造新名字。以后的问题,就属于简化字的规范问题了。

"鍾"字和"宗"字的纠缠,差不多平息了,可是"鍾"字本身麻烦更大。面对事实我只好承认自己的弱小,渐渐承认简化,使用"钟"字,但是问题仍不能解决。我们只承认"钟",不承认"鍾"。海外只有"鍾",没有这个简化了的"钟"。有一位名字中也有"鍾"字的难友诉苦说,在往邮局、银行办事时,遇到各种关卡,无非是绕许多圈子,来证明这两个字是一个字。我们谈起来大有同病相怜之感。一次台湾某书局编书时收了我的文章,寄来三十元稿费,可是为了这个"鍾"字,缠夹不清,只好弃而不顾。好在只有三十元,再多一点时,就没有那么慷慨,名字出了问题,就要弄清。派出所说,这两个字不是一个字,不能证明你是同一个人。好容易弄清这两个字是同一个字时,又因是同一个字,不能同时写在户口本上,也就不能证明冯鍾璞和冯钟璞是一个人。因为在一个地方住得久了,大家采取以人为本的态度,一般都可通融。形势好转时,偏偏又出现一个偏旁简化的"鍾"。字典上没有这个字,只统一说明,这个偏旁就是"金"的简化,那么"鍾"就应该等于"錘"。这看来很清楚,但办事人员以高度认真负责的精神,不肯承认这是一个字。若是电脑中也没有这个字也就罢了,可是电脑中又偏偏打出了这个字,要和"錘""钟"分庭抗礼,真是教人怎能不头晕。

几经周折,几个字仍未得到统一,我这个人也好像分成好几个了。哭笑不得之余,我想给自己改一个名字,叫做冯一一(挺可爱的,不是吗?),这好像没有什么出错的机会了。可是不行,有人一见便说这不是破折号吗,建议干脆叫作冯一好了。又马上得知,改名字的手续极为烦琐,要两个邻居证明、单位证明、街道证明、派出所证明等等。这信息可能是胡诌,很不可靠。但不管怎样,名字肯定是改不了的。

我想最好的办法就是把名字里那无理取闹的"钟",连同它的上家和下家,远远地扔进那春秋不变、水旱不知的大海,做一个"无名"之辈。自己则御风而行,飘然会同了北海若,转往藐姑射之山,大谈一通相对主义。

# 耳读《苏东坡传》

平生最爱东坡文字。十来岁时,在昆明乡下,初读前后赤壁赋,那是父亲要求我们背的。文中情景"白露横江,水光接天。纵一苇之所如,临万顷之茫然",使人如置身其中;议论虽不太懂,却也易读易背,好文章总是容易记得。后来又迷上了东坡诗词,也深慕东坡为人。一首《江城子》"十年生死两茫茫,不思量,自难忘"。我玩味了几十年,到现在才真的体会了那分量。苏东坡除留给我们宝贵的文学遗产外,还留下了造福百姓的各种工程,我觉得他真是了不起。其实我的了解很不全面,今年初始,读了林语堂著《苏东坡传》,才了解到他伟大人格的精髓。

写古人的传记,很难。我们没有见过传主,不认识他,只能凭借文字材料,这就要用得准确。最怕的是,望文生义,断章取义,连编带造,幻想丰富,写出来的是传记作者想象的人物,和传主相距何止十万八千里。这本《苏东坡传》也是凭材料写的,但它把握了材料的真意(好在那时还不需要现在这样深奥的"辨伪学"),一幅幅历史画面都是真实可信的。一部好的传记需要驾驭材料的本领,从中也可以看出作者的见识,甚至显示出他自己的人格。

林语堂的名字也是大家熟悉的。惭愧得很,我以前以为,他只是写点中国文化给西方人看,小说也不见得是上乘。可是这本《苏东坡传》,给了我们一个真实的苏东坡。不只是他坎坷的遭遇,也写出了他的精神,他的性格。没有对中国文化的深刻理解,是写不出的。读完这本书,我对书的作者深生敬意。

苏东坡关心人,关心民间疾苦,这是他一生的底色。书中举出他的三件事情,说它们是人道主义的表现。他被贬谪黄州时,对当地百姓因贫穷而杀死婴儿的情况深为惊骇,写信给太守,呼吁制止杀婴。他在信中叙述了杀婴的情况,并做出建议:"公更使令佐各以至意,诱谕地主豪户。若实贫甚不能举子者,薄有以绸之。人非木石,亦必乐从。但得出生数日不杀,后虽劝之使杀,亦不肯也。自今以往,缘公而得活者,岂可胜记哉!"

元祐七年,南方连日大雨,洪水成灾,百姓无衣食,在雨中奔走。而因为青苗法的关系,他们还背负了很重的债务,债主是朝廷。东坡亲眼看到这种情景,夜不能寐,接连七次上表太皇太后,请求宽免贫民的债务。这七次表章可以看作一个文件。

他被贬海南,遇赦回到北方时,知道章惇获罪流放,他给章惇之子的复信如下:

"某与丞相定交四十余年,虽中间出处稍异,交情固无所增损也。闻其高年寄迹海隅,此怀可知。但已往者更说何益?惟论其未然者而已。主上至仁至信,草木豚鱼所知。建中靖国之意可恃以安。所云穆卜反复究绎,必是误听。纷纷见及已多矣,得安此行为幸。见今病状,死生未可必。自半月来食米不半合,见食却饱。今且连归毗陵,聊自憩我里。庶几少休,不即死。书至此,困惫放笔,太息而已。(一一〇一年)六月十四日。"要知道章惇迫害元祐党人最厉害,把苏东坡一直放逐到海角天涯的儋州。旅途中,多次刁难,不准坐船,经过恳请才能坐一段,还要限定时间。到达目的地,又不准住官舍,东坡不得不结茅而居。连最初允许东坡暂住官舍的太守也被革职。现在,章惇获罪,也被放逐。东坡对他的态度是何等的宽容,充满了同情关心。"闻其高年寄迹海隅,此怀可知。——得安此行为幸",关切之情,跃然纸上。

林公说这三个文件,是人道精神的三个文献。东坡的人道精神还有多方面表现。诸如修水利,建医院,舍药方,赈灾等。几乎贯穿了他为官和被贬的全部生活。

书中还着重指出了东坡的民主精神。在他给门人张耒的一封信里,他说:"文字之衰,未有如今日者也。其源实出于王氏,王氏之文,未必不善也,而患在好使人同己。自孔子不能使人同颜渊之仁,子路之勇,不能以相移。而王氏欲以其学同天下。地之美者同于生物,不同于所生。惟荒瘠斥卤之地,弥望皆黄茅白苇。此则王氏之同也。"又在给太皇太后的上书中说:"人虽能言,上下隔绝,不能自诉,无异于马。"他主张每个人都应该能表达自己的意见,如果说出来,有关方面听不到,人不如马。如果根本没有说话的权利,岂非更不如马。他和司马光的意见不同,但都不要求别人"从己"。自由发表意见,不算民主,必须要能自己自由发表意见,又能尊重别人发表意见的权利,才是民主。有一位年轻人问我:"西南联大的时期,三校合作无间。那些人都是学富五车,才高八斗的人物,怎么能彼此合作?"我高中毕业那年,正值复员,西南联大解散,我只是联大附中的学生。但因父兄辈在世者渐少,便也常被问及当时情况。我想,先生们大多对中西方文化都有了解,有很高的素养,知道民主的真谛在不只发展自己,也要尊重别人。也就是现在常说的不仅要做到少数服从多数,还要做到多数承认少数的存在。如果多数要消灭少数,就算不得民主。这种精神千年前的东坡已经具有,是何等的可钦敬。

东坡的乐观态度给后人精神的净化和鼓舞,在这本书中也得到很好的表现。无论是在黄州的穷乡僻壤或是在惠州瘴疠之地,甚至在大海的那一边的儋州,居无屋,食无米,却还兴致勃勃地和人谈神说鬼。在惠州,曾建议修建公共水利;在儋州,自己造墨,几乎把房子烧了。

东坡在黄州住了四年,又被调来调去,被任命为登州(今蓬莱)太守,只做了五天,就应召进京。这样短的时间里,他还向朝廷建议更改盐税。可惜出自何处,现在我记不得,也无力查,此传未提此事。这在东坡的诸多功绩中,也许不足道,但这也是一件为百姓造福的事,所以当地居民一直怀念他,编出了九朵莲花的传说。说是八仙过海的时候,来了九朵莲花,其中一朵是为东坡准备的,可是他没有去。看来,大家都觉得东坡是应该飘飘然坐在莲花上的。

从书中记述看到,东坡有多位女性知己。他得到几位皇后的关注,尤其是英宗的皇后,也是神宗的皇太后,又是哲宗的太皇太后高氏,极欣赏东坡的才华。东坡的政绩大多得到她的支持。东坡的原配和继配,两位王夫人都很贤德,侍妾朝云,虽然没有得到夫人的名分,在东坡生活中却有极重要的地位。以前以为她是杭州名妓。此传中说,她是苏夫人在杭州买的小丫鬟,进府时只有十二岁。曾见东坡一篇文字,说朝云入府时并不识字,大概是丫鬟较确切。不管她的出身如何,朝云极美且有慧根,是无疑的。秦观说朝云"美如春园,目似晨曦"。《红楼梦》第二回,贾雨村论到异气凝聚,从而产生一些不平凡的人物,也提到朝云,把她和薛涛、崔莺、卓文君并论。朝云随侍东坡,远涉蛮荒,身染疟疾而亡,惠州现有朝云墓,上有一亭,名为六如亭。我曾想为朝云写一小说,题目就叫作《六如亭》,也曾想写一篇《五日太守》,讲登州事。像我的许多胡思乱想一样,只在脑中驰骋,永远不得出世。

　　林公写到东坡停止呼吸,便停了笔,没有写他葬在何处。我偶然得知,东坡和子由葬在河南郏县,今属平顶山市。不知什么缘分,他们长眠在那里。我很想去瞻仰,不过看来是无望了。现在只能在室中行走,以几步路当作万里之行。

　　环顾陋室,斑驳如抽象画的北墙,悬有东坡手书(拓片)"海山葱昽气佳哉"那首诗,尚称平展的南墙挂着高尔泰兄书写的《卜算子》:"缺月挂疏桐,漏断人初静"——词是我点的。案上摊着《黄州寒食帖》:"自我来黄州,已过三寒食。——空庖煮寒菜,破灶烧湿苇。——君门深九重,坟墓在万里。也拟哭途穷,死灰吹不起。"手里再拿着这样好的《苏东坡传》,我还有什么不知足呢。

　　本书原著是英文,林公的英文当然是十分漂亮的,可惜我不能读了,这是永远的遗憾。

# 爬　山

我喜欢爬山。

山,可不是容易亲近的。得有多少机缘巧合,才能来到山的脚下。谁也不能把山移在家门前。它不像书,无论内容多么丰富高深,都可以带来带去,枕边案上,随时可取。置身于山脚后,也才是看到书的封面。或瑰丽,或淡雅,或雄伟,或玲珑,在这后面,蕴藏着不可知。若要见到每一页的景色,唯一的办法,是一步步走。

山是老实的。山也喜欢老实的、一步一步走着的人。

我们开始爬山。路起始处有几户人家,几棵大树,一点花草,点缀着这座光秃秃的山。向上伸展着的路,黄土白石,很是分明。到了一定的高度,便成为连续不断的之字形,从这面山坡转过去,不知通向哪里。

"云水洞在哪儿?"侄辈问村舍边的老汉。

"在那后面。"老汉仰首指着邻近山峰上的三根电线杆。"还在那杆后面。"他看看我们,笑道:"上吧!"

山路不算险,但因没有修整,路面崎岖,很难行走。我爬到半山腰,已觉气喘吁吁。转身不需要仰首,便见对面山上云雾缭绕,山脚的几户人家,也消失在那一点绿荫中了。

"能上去吗?"家人问。

当然能的。我们略事休息,继续攀登。又走了一段,我心跳,头也发胀,连忙摸摸衣袋中的硝酸甘油,坐了下来。"不去了,好吗?"家人又问。

当然要去的!只要多休息,从容些就行。我们逐渐升高,山顶越来越近了。

已经有下山的人,他们是从另一侧上去的。"还有多远?"上山的人总爱问。"不远了,快一半了。""值得看,那洞像天文馆一样。"下山的人说。在同一条山路上,互不相识的人总是互相关心,互相鼓励的。虽然在人生的道路上,并不尽然。

转过了山头,一条陡峭的路依着山峰向上爬去,尽管不像黄山、华山的有些路那样笔直地挂着,却因路面难于下脚,使得爬山很像爬山。

翻过山头,便是下坡路了。可以看见对面山头上的三根电线杆,而无须仰首了。这山头后面的山腰中有两间小屋,一前一后。"那里就是了!"有人叫起来。大家为之精神一振,人们加快了脚步。我还是一步步有节奏地走着。山坳里不再光秃秃,森然的树木送来清凉的空气。走着走着,深深的山谷中忽然出现一堵高大的断墙,巨石一块块摞着,好像随时会倒下来。不知经过了多少年月,多少水流风力和地壳的变化,叠成了这堵墙,这倒有点像黄山的景色。我忽然想起,去年今日,我正在黄山的云海中行走。

对云水洞的向往阻止了关于黄山的回忆。我们终于到了。一路风景平淡,洞外更像个集市,乱哄哄都是人。洞里会是怎样？因为谁也不曾到过这类的洞，大家都很兴奋。进洞了。甬道不宽，地下湿漉漉的，洞顶也在滴水。灯光很弱，显得有些神秘。

前面的人忽然发出一阵惊叹之声，我们进入了一个大厅堂。头上是一个大圆顶，这样的高大！似乎山也没有这样高。"那么山是空的了。"谁说了一句。我们还没有来得及惊叹，灯光灭了，眼前漆黑一片，惊叹声变作惋惜的叹声。如果罩住我们的穹隆能像天文馆的圆顶，发出光来就好了。没有光，什么也看不见。我觉得头上便是黑夜的天空本身，亿万年前便笼罩着大地的天空本身。而我们是在山的内部！人流向前进了。我们模糊地觉得有几块大石，矗立在路边。卧虎？翔龙？还是别的什么？只好想象。有的时候，身在现场也需要想象的。

我们看到石的帐幔，又是这样高大！像是它撑住了黑色的天空。看到洞顶垂下的石钟乳，如同小小的瀑布；听讲解员敲了几下石鼓、石钟，鼓声浑厚，钟声清亮，却不知它们的形状。看得最清楚的，是路边的一只骆驼。它站在那里，不知有几千万年了。第五厅较小，身旁石壁上缀满了闪亮的雪花，头顶垂着的一穗穗玉米，不知出自哪一位能工巧匠之手。等我们赶到第六厅——最后一厅时，看到了一座座玲珑剔透的山峰，在明亮的灯光下，宛如仙境。据说这里有十八罗汉像。又是正要惊叹时，灯倏地灭了，只好慨叹缘悭，不得识罗汉面。但是得睹仙山，也算是到了西天吧。

限于时间，不能等下一次开灯。虽然只匆匆一瞥，那宏伟、那奇特、那黑暗都留在了我的眼前。回来的路上，大家仍兴奋地谈说,只因没有看全,稍有些遗憾。我却满意这番见识。这番见识,是靠一步步走,才得到的。

我们又一步步下了山。山脚的老汉在路边摆出许多块上水石。他问:"上去了?"我对他笑。要知道,比这高得多的山我也上去了呢,无非一步步走而已。

车上人都睡了。我不由得又想起黄山上的那几天。那一次医生原不批准我上山,见我心诚,才勉强同意。我也准备半途而废的。到慈光阁的路上,只是一般山景,已经累了。上了庙后的从容亭,忽觉豁然开朗,远处的大谷,露出宽阔的石壁,如同在敞开胸怀,欢迎每一个来客。小路便沿着这雄伟的山谷,向上,向上,消失在云雾中。谁能在这里止步呢?而且那"从容"两字用得多好!我常觉黄山的文化修养较差,是件憾事。这两个字,却是我一直不忘的。

到半山寺,我已抬不起脚。猛抬头,看见天都峰顶的金鸡,是那样惟妙惟肖,顿时又有了力气。"上来吧!上来吧!"它在叫天门,也在召唤远方的陌生人。走吧,走吧,一步步从容地走,终究会到的。

上得蟠龙坡,才真算到了黄山。从这里开始,上下完全是两个世界。从坡顶远望,每一座山,都好像各自从地下拔起,不慌不忙地高耸入云。我恍然大悟,黄山,原是个大石林。站在没有遮拦的坡顶,罡风吹走了下界的一切烦恼,奇丽的景色涤荡着心胸,只觉得眼前这般开阔,心上了无牵挂,毫无纤尘,真如明镜台了。怪不得庙宇、庵、观都选在奇峰异壑,才能修身养性呢。

记得在玉屏楼那晚,本想出来看月的。前两天汤溪的夜,真是月明如洗。只是房中人太多,我在最里面,走不出来。只好从一个狭窄的窗中,对着黑黝黝的大石壁,想象着月下的群山怎样模糊了轮廓,而群山上的月,又是怎样格外明亮,格外皎洁。

半途而废的计划取消了。我继续一步一步向上爬。忽见远处一片明亮的水,中间隐现城池。我以为那是"人寰处"了。被问的人大笑,说那便是著名的云海,只可惜浅了些,所以露出些峰峦。我坐定了观赏,见它波涛起伏,真像大海一般,但它究竟是云,看上去虚无缥缈,飘飘荡荡,与大海的丰富沉着,是两般风味。黄山是山,山中划分区域,以海为名,最初想到这样命名的,也算得聪明人了。

我一步步走着。看那大鳌鱼,那样大,那样高,那样远。我终于钻进了它的腹中,又从嘴里出来了。我在平天矼上漫步,在东海门流连。我走的是现成的路,是别人一步步走出来的现成的路。徐霞客初到黄山时,是用锄凿冰,凿出一个坑,放上一只脚。如果在现成的路上还不能走,未免惭愧。当然,若是无心山水,当作别论。

我登上了始信峰,那是我登山的最终极处。这峰较小,却极秀丽,只容一人行走的窄石桥下,深渊无底。远看石笋,真如春笋出土,在悄悄地生长。峰顶是一块大石,石上又有石,我没有想到,上面又写着"从容"二字。

我从容地下了山。因为未上天都,有人为我遗憾。想来我虽不肯半途而废,却肯适可而止,才得以从容始,又以从容终。

后来一直想写一段关于黄山的文字,又怕过于肤浅,得罪山灵。不料从小小上方山的浮光掠影中联想到去年今日。无论怎样的高山,只要一步步走,终究可以到达山顶的。到达山顶的乐趣自不必说,那一步步地走的乐趣,也不是乘坐直升机能够体会到的。

于是又想到把写文章比作爬格子的譬喻。林黛玉有话:还得一笔笔地画。薛宝钗评论说这话妙极,不一笔一笔地画,可怎么画出来了呢。文章也是一个字一个字写的。不在格子上爬,可怎么写出来了呢。

不一步步爬,可怎么上山呢。

我喜欢爬山。

# 彩 虹 曲 社

"破不剌马嵬驿舍,冷清清佛堂倒斜。一代红颜为君绝,千秋遗恨滴罗巾血。半棵树是薄命碑碣,一抔土是断肠墓穴。再无人过荒凉野,莽天涯谁吊梨花谢!可怜那抱幽怨的孤魂,只伴着呜咽的望帝悲声啼夜月。"

这是《长生殿》弹词一节中的七转。我们在夏威夷一所小学校教室里,听几位朋友唱,唱声清越,忽而高遏行云,忽而沉入地下;直起直落,如同铁画银钩,不要圆滑,不要坡度,勾勒得极峭极美。连那心窍不通处,都由这陡笔打通了。

"我只为家亡国破兵戈沸,因此上孤身流落在江南地。"声音悲凉凄楚,从极高处陡然跌落下来,像是负荷不了那悲痛。一时间空荡荡的教室里充满了凄冷。

窗外有四时不谢的奇花异草,远山笼罩在烟霭中,山坡上散落着世界各种样式的房舍。眼前的景色是美的,我却不觉为这些身处异国的朋友感到浓重的乡愁。我的眼泪涌上来了。可是唱的人并不哽咽,伴着悠扬的笛声唱完了煞尾。"今日个知音喜遇知音在——这一曲霓裳播千载。"

我对昆曲是外行,根本没有听过几次,但十分喜欢。尤其这一次唱给我印象极深。

一九八二年夏的一个星期六下午,居住在夏威夷的语言学家李方桂和夫人徐樱,中国戏曲专家罗锦堂夫妇,还有两位女士和一位癌症研究中心的青年医生,在一起唱曲自娱。父亲和我得往聆听。据罗先生说,他们原轮流在各家唱,邻居听得这般怪声,以为出了什么事,找了警察来。后来便选定这小学校。星期六下午学校无课,没人听见。他们自带点心,唱一阵休息一下再唱。有时兴起,连晚饭也免去,直到尽兴方休。

"你道翠生生出落的裙衫儿茜,艳晶晶花簪八宝钿,可知我一生儿爱好是天然?"

"弹词"唱过是"惊梦",词句随着音乐送入心中,真觉得芳香直浸骨髓。我一面听一面诧异,他们怎么唱得这样好!五十年代曾在北京看过一次周、袁两女士的"游园惊梦",载歌载舞,美妙极了。似乎票友总胜过专业演员。因为前者只凭着迷。"一生爱好是天然",没有任何功利打算;后者要受到种种客观制约。能"着迷"的人是可爱的。对任何事都不着迷的人,不只乏味,还有些可怕。

这几位朋友都迷着昆曲,迷得很天真。李夫人徐樱女士是家传,唱得好,还管吹笛子。这一场除她自唱的几段外,都是她吹笛子。后来自己笑说:"都出汗了。"出了汗,还吹,还唱。罗锦堂夫人身体不好,声音却高而且亮,充满了感情。那位青年医生也唱得抑扬顿挫,字正腔圆,若是他唱一段曲子作辅助治疗,一定有好效果。

回来后听过几次昆曲,总觉得不像。各种艺术还是突出自己的特色为好,若互相靠拢,让人总觉差点什么。昆曲若无那点陡峭味儿,便无意趣。几乎以为,要听真正的昆曲,必须要前往夏威夷了。当然,其实这方面的艺术家颇不乏人,且有极出色者,只是我无缘得见罢了。

前几天,偶然在电视里看到昆剧演员汪世瑜表演"拾画",十分倾倒。一举手一投足,是那样潇洒,一发声一吐字,是那样润畅,歌和舞浑然一体,把人带到"寒花绕砌,荒草成窠"的废园中。

看来只要艺术精湛,业余和专业并不是界限。但是夏威夷那次听曲,余音绕梁,三年不去。可能因为他们的唱只是抒发胸臆,得不到掌声与喝彩,他们是唱给空荡荡的教室听的。

他们住处都离夏威夷大学不远。这一带因常有微雨,常有霁色,也常有彩虹,所以有彩虹谷之美名。那天我们出来时,便见半段彩虹,横在远山和云雾之间。他们的曲社,便名为彩虹曲社。

即以此文寄意所有的久居异乡的朋友,愿彩虹常现,人长健,曲常新。

## 酒和方便面

酒,是艺术。酒使人陶陶然,飘飘然,昏昏然而至醉卧不醒,完全进入另一种境界。在那种境界中,人们可以暂时解脱人间各种束缚,自由自在;可以忘却劳碌奔波和做人的各种烦恼。所以善饮者称酒仙,耽溺于饮者称酒鬼。没有称酒人的。酒能使人换到仙和鬼的境界,其伟大可谓至矣。而酒味又是那样美,那样奇妙!许多年来,常念及酒的发明者,真是聪明。

因为酒的好味道,我喜欢,却不善饮。对酒文化,更无研究。那似乎是一门奢侈的学问。只有人问黄与白孰胜时,能回答喜欢黄的,而不误会谈论的是金银。黄酒需热饮,特具一种东方风格。以前市上有即墨老酒,带点烟尘味儿,很不错。现有的封缸、沉缸,也不错。只是我不能多喝。有人说我可能生来具有那根"别肠",后因多次手术割断了。

就算存在那"别肠",饮酒的机会也不多。有几次印象很深,但饮的都不是黄酒。

云南开远杂果酒,色殷红,味香甜。童年在昆明,常在中午大人午睡时,和兄、弟一起偷饮这种酒,蜜水一般,好喝极了。却不料它有后劲,过一会儿便头痛。宁肯头痛,还是偷喝。头痛时三人都去找母亲。母亲发现头痛原因,便将酒瓶藏过了。那时我和弟弟住一房间,窗与哥哥的窗成直角。哥哥在两窗间挂了两根绳子,可拉动一小篮,装上纸条,便成土电话。消息经过土电话而来,格外有趣。三人有话当面不说,偏忍笑回房写纸条。纸条上有各种议论,还有附庸风雅的饮酒诗。如今兄、弟一生离一死别。哥哥远在异域,倒是不时打越洋电话来,声音比本市还清楚。

海淀莲花白,有粉红淡绿两种颜色,味极醇远。在清华读书时,曾和要好的同学在校园中夜饮。酒从燕京东门外常三小馆买来。两人坐在生物馆高台阶上,望着馆前茂盛的灌木丛,丛中流过一条发亮的小溪。不远处是气象台,那时似乎很高。再往西就是圆明园了。莲花白的味道比杂果酒高明多了。我们细品美酒,作上下古今谈,觉得很是浪漫,对自己的浪漫色彩其实比对酒的兴趣大得多。若无那艳丽的酒,则说不上浪漫了。酒助了谈兴,谈话又成为佐酒的佳品。那时的谈话犀利而充满想象,若有录音,现在来听,必然有许多意外之处。这要好的同学现在是美国问题专家。清华诸友近来大都退化做老妪状,只有她还勇往直前,但也绝不饮酒了。

另一次印象深刻的饮酒经验是在一九五九年,当时我下放农村劳动锻炼。一年期满回京时,公社饯行,喝的,是高粱酒,白的,清水一般,度数却高。到农村确实增长了见识,很有益处,但若说长期留下改造,怕是谁也不愿意。那时,"不做一截子,要做一辈子"农民的壮志尚未时兴。饯行宴肯定我们能回京,使人如释重负;何况还带有公社赠送的大红锦旗,写着"上游干将,为民造福",证明了我们改造的成绩。在高兴中,每人又有这一年不尽相同的经历和感受,喝起酒来,味道复杂多了。

公社干部豪爽热情,轮番敬酒。一般送行的题目喝过,便搬出至高无上的题目来。"为毛主席干杯!"大家都奋勇喝下。我则从开始就把酒吐在手绢上,已经换过若干条,难以为继了。到为这题目干过几次杯后,只好逃席。逃到住房,紧跟着追来一批人,举杯高呼"为毛主席健康"。话音未落,我忍不住哇地一声呕吐起来。幸好那时距"文革"尚远,没有人上纲,不然恐怕北京也不得回了。

我们的队伍中醉倒几条好汉,躺在炕上沉沉睡去。公社书记关心地来视察,张罗做醒酒汤。那次饮酒颇有真刀真枪之感,现在想来犹觉豪迈。

酒是有不同喝法的。

据说一位词人有句云:"到明朝重携残酒,来寻陌上花钿。"君主见了一笑,说,何必携残酒?提笔改做"到明朝重扶残醉,来寻陌上花钿"。果然清灵多了。这是因为皇帝不在乎残酒,那词人就显出知识分子的寒酸气了。

寒酸的知识分子,免不了操持柴米油盐。先勿论酒且说吃饭,这真是大题目。有时开不出饭来对付一家老小,便搬出方便面。所以我到处歌颂方便面,认为其发明者的大智慧不下于酒的发明者。后来知道方便面主乃一日籍之华人,已得过日本饮食业的大奖,颇觉安慰。

到我的工作单位去上班时,午餐便是一包方便面。几个人围坐进食,我总要称赞方便面不只方便,而且好吃。"我就爱吃方便面。"我边吃边说。

"那是因为你不常吃。"一位同事笑笑,不客气地说。

我愕然。

此文若在一九八七年底交卷,到这里会得出结论云,人需要方便面,酒则可有可无。再告一番煞风景罪,便可结束了。但拖延至今,便有他望。

一九八八年开始,我们吃了约十天的方便面,才知道无论什锦大虾何等名目的佐料,放入面中,其效果都差不多。"因为你不常吃"的话很有道理。常吃的结果是,所需量日渐减少。无怪嫦娥耐不住乌鸦炸酱面,奔往月宫去饮桂花酒了。

人生需要方便面充饥,也需要酒的欣赏。

什么时候,我要好好饮一次黄酒。

# 风庐茶事

茶在中国文化中占特殊地位,形成茶文化。不仅饮食,且及风俗,可以写出几车书来。但茶在风庐,并不走红,不为所化者大有人在。

老父一生与书为伴,照说书桌上该摆一个茶杯。可能因读书、著书太专心,不及其他,以前常常一天滴水不进。有朋友指出"喝的液体太少"。他对于茶始终也没有品出什么味儿来。茶杯里无论是碧螺春还是三级茶叶末,一律说好,使我这照管供应的人颇为扫兴。这几年遵照各方意见,上午工作时喝一点淡茶。一小瓶茶叶,终久不灭,堪称节约模范。有时还要在水中夹带药物,茶也就退避三舍了。

外子仲擅长坐功,若无杂事相扰,一天可坐上十二小时。照说也该以茶为伴。但他对茶不仅漠然,更且敌视,说"一喝茶鼻子就堵住"。天下哪有这样的逻辑!真把我和女儿笑岔了气,险些儿当场送命。

女儿是现代少女,喜欢什么七喜、雪碧之类的汽水,可口又可乐。除在我杯中喝几口茶外,没有认真的体验。或许以后能够欣赏,也未可知,属于"可教育的子女"。近来我有切身体会,正好用作宣传材料。

前两个月在美国大峡谷,有一天游览谷底的科罗拉多河,坐橡皮筏子,穿过大理石谷,那风光就不用说了。天很热。两边高耸入云的峭壁也遮不住太阳。船在谷中转了几个弯,大家都燥渴难当。"谁要喝点什么?"掌舵的人问,随即用绳子从水中拖上一个大兜,满装各种易拉罐,熟练地抛给大家,好不浪漫!于是都一罐又一罐地喝了起来。不料这东西越喝越渴,到中午时,大多数人都不再接受抛掷,而是起身自取纸杯,去饮放在船头的冷水了。

要是有杯茶多好!坐在滚烫的沙岸上时,我忽然想,马上又联想到《孽海花》中的女主角傅彩云做公使夫人时,参加一游园会,各使节夫人都要布置一个点,让人参观。彩云布置一个茶摊。游人走累了,玩倦了,可以饮一盏茶,小憩片刻。结果茶摊大受欢迎,得了冠军。摆茶摊的自然也大出风头。想不到我们的茶文化,泽及一位风流女子,由这位女子一搬弄,还可稍稍满足我们民族的自尊心。

但是茶在风庐,还是和者寡,只有我这一个"群众"。虽然孤立,却是忠实,从清晨到晚餐前都离不开茶。以前上班时,经过长途跋涉,好容易到办公室,已经像只打败了的鸡。只要有一盏浓茶,便又抖擞起来。所以我对茶常有从功利出发的感激之情。如今坐在家里,成为名副其实的两个小人在土上的"坐"家,早餐后也必须泡一杯茶。有时天不佑我,一上午也喝不上一口,搁在那儿也是精神支援。

至于喝什么茶,我很想讲究,却总做不到。云南有一种雪山茶,白色的,秀长的细叶,透着草香,产自半山白雪半山杜鹃花的玉龙雪山。离开昆明后,再也没有见过,成为梦中一品了。有一阵很喜欢碧螺春,毛茸茸的小叶,看着便特别,茶色碧莹莹的。喝起来有点像《小五义》中那位壮士对茶的形容:"香喷喷的,甜丝丝的,苦因因的。"这几年不知何故,芳踪隐匿,无处寻觅。别的茶像珠兰茉莉大方六安之类,要记住什么味道归在谁名下也颇费心思。有时想优待自己,特备一小罐,装点龙井什么的。因为瓶瓶罐罐太多,常常弄混,便只好摸着什么是什么。一次为一位素来敬爱的友人特找出东洋学子赠送的"清茶",以为经过茶道台面的,必为佳品。谁知其味甚淡,很不合我们的口味。生活中各种阴错阳差的事随处可见,茶者细微末节,实在算不了什么。这样一想,更懒得去讲究了。

妙玉对茶曾有妙论,一杯曰品,二杯曰解渴,三杯就是饮驴了。茶有冠心苏合丸的作用,那时可能尚不明确。饮茶要谛应在那只限一杯的"品",从咂摸滋味中蔓延出一种气氛。成为"文化",成为"道",都少不了气氛,少不了一种捕捉不着的东西,而那捕捉不着,又是实际中来的。

若要捕捉那捕捉不着的东西,需要富裕的时间和悠闲的心境,这两者我都处于"第三世界",所以也就无话可说了。

## 星期三的晚餐

去年春来时,我正在医院里。看见小花园中的泥土变得湿润,小草这里那里忽然绿了起来,真有说不出的安慰和兴奋。"活着真好。"我悄悄对自己说。

那时每天想的是怎样配合治疗。为补元气,饮食成为一件大事。平常我因太懒,奉行"宁可不吃也不做"的原则。当然别人做了好吃的,我也有兴趣,但自己是懒得动手的。得了病,别人做来我吃,成为天经地义,还唯恐不合口味。做者除了仲和外甥女冯枚,扩及住得近的表弟、妹和多年老友立雕(韦英)夫妇。

立雕是闻一多先生次子,和我同岁。我和他的哥哥立鹤同班,可不知为什么我和闻老二比闻老大熟得多。立雕知道我的病况后,认下了每星期三的晚餐,把探视的日子留给仲。因为星期三不能探视,就需要花言巧语费尽周折才能进到病房。每次立雕都很有兴致地形容他的胜利。后来我身体渐好,便到楼下去"接饭"。见他提着饭盒沿着通道走来,总要微惊,原来我们都是老人了。

好一碗鸡汤面!油已去得干净,几片翠绿的菜叶,让人看了胃口大开。又一次是煮米粉，不知都放了什么佐料，我居然把一碗吃完。立雕还征求意见："下次想吃什么？"

"酿皮子。"我脱口而出，因为知道春华弟妹是陕西人。

"你真会挑！"又笑加一句，"你这人天生的要人侍候。"

又是一个星期三，果然送来了酿皮子。那东西做起来很麻烦，要用特制的盘子盛了面糊，在开水里搅来搅去。味道照例是浓重的。饭盒里还有一个小碟，放了几枚红枣。立雕说这是因为佐料里有蒜，餐后吃点枣可以化解蒜味儿，是春华预备的。

我当时想，我若不痊愈，是无天理。

立雕不只拿来晚饭，每次还带些书籍来。多是关于抗战时昆明生活的。一次说起一九四五年一月我们随闻一多先生到石林去玩。闻先生那张口衔烟斗的照片就是在石林附近尾泽小学操场照的。

"说起来，我还没有这张照片呢。"我说。

"洗一张就是了。"果然下次便带来了那照片。比一般常见的大些。闻先生浓眉下双目炯炯有神，正看着我们，烟斗中似有轻烟升起。

闻先生身后有个瘦瘦的小人儿，坐在地上，衣着看不清，头发略长，弯弯的。

"呀！"我叫了一声，"这是谁呀？"

素来反应迟钝的仲这次居然一眼看清，虽然他从未见过少年时的我："这是谁？这不是我们的病号吗！"

立雕原来没有注意，这时鉴定认可。我身旁还有一个年轻人，不是立雕，也不是小弟，总是当时的熟人吧。

素来自命清高,不喜照相,人多时便躲到一边去。这回怎么了!我离闻先生不近,却正好照上了。而且在近五十年后才发现。看见自己陪侍闻先生在照片里,觉得十分地快乐。

在昆明有一段时间,我们和闻家住隔壁。家门前都有西餐桌面大的一小块土地,都种了豌豆什么的,好掐那嫩叶尖。母亲和闻伯母常各自站在菜地里交谈。小弟向立鹤学得站立洗脚法,还向我传授。盆放在凳子上,人站在地下,两脚轮流做金鸡独立状。我们就一面洗一面笑。立鹤很有才华,能绘画、善演戏,英语也不错,若是能够充分发挥,应也像三弟立鹏一样是位艺术家。可叹他在一九四六年的灾难中陪同闻先生在鬼门关走了一遭;一九五七年又被错误地批判,并受了处分,经历甚为坎坷,心情长期抑郁不畅。他一九八一年因病去世,似是同辈人中最早离去的。

那次去石林是西南联大学生组织的,请闻先生参加。当时立鹤、立雕兄弟、小弟和我都是联大附中学生,是跟着闻先生去的。先乘火车到路南,再骑一种矮脚马。我们那时都没有棉衣,记得在旷野中迎风骑马,觉得寒气沁人。骑马到尾泽后,住在尾泽小学。以后无论到哪里都是步行了。先赏石林的千姿百态,为那鬼斧神工惊叹不止。再访瀑布大叠水、小叠水。给我印象最深的是尾泽附近的长湖。湖边的石奇巧秀丽,树木品种很多,一片绿影在水中,反照出来,有一种淡淡的幽光。水面非常安详闲在,妩媚极了。我以后再没有见到这样纯真妩媚的湖。一九八〇年回昆明,再去石林,见处处是人为的痕迹,鬼斧神工的感觉淡得多了。没有人提到长湖,我也并不想再去,怕见到那本是不食人间烟火的天真烂漫,也沾惹上市井之气。

这张照片中没有风景,那时大同学组织活动,目的也不在风景。只是我太懵懂了,只记得在操场围成一个大圈子,学阿细跳月。闻先生讲话,大同学朗诵诗、唱歌,内容都不记得了。

一九八〇年曾为衣冠冢写了一首诗,后半段有这样几句:"亲眼见那燃着的烟斗/照亮了长湖边的苍茫暮霭/我知道这冢内还有它/除了衣冠外"。原来照片中不只有它,还有我。

闻先生罹难后,清华不再提供住宅。父母亲邀闻伯母带领孩子们到白米斜街家中居住。我们住后院,立雕一家住前院。常和小弟三人一道骑车。那时街上车辆不像现在这样拥挤,三人并排而行,也无人干涉。现存有几张当时在北海拍摄的相片,一张是立雕和我在白塔下,我的头发和在闻先生背后这一张还是一模一样。后来我们迁到清华住了,他们一家经组织安排到了解放区。一晃便是几十年过去了。

在昆明时,教授们为生活所迫,不得不做点能贴补家用的营生。闻先生擅长金石,对美学和古文字又有很高的造诣,这时便镌刻图章,石章每字一千二百元,牙章每字三千元。立雕、立鹤兄弟两人有很好的观摩机会,渐得真传,有时也分担一些。立雕参加革命后长期做宣传工作,一九八八年离休,在家除编辑新编《闻一多全集》的《书信卷》之外,还应邀为浠水闻一多纪念馆设计和编写展览脚本。近期又将着手编闻先生的影集《人民英烈闻一多》。看样子他虽离休了,事情还很多,时间仍是不敷分配。

看来子孙还是非常重要,闻先生不只有子,而且有孙。《闻一多年谱长编》是由立雕之子闻黎明编写的。黎明查找资料很仔细,到昆明看旧报,见到冯爷爷的材料也都摘下。曾寄来蒙自"故居"的照片,问"璞姑"是不是这栋房子。房子不是,但在第三代人心中存有关切,怎不让人感动!

父亲前年去世后,立雕写了情意深重的信。信中除要以他们兄妹四人名义敬献花圈外,还说:"伯父去世是我们国家和人民的重大损失。我永远忘不了在我们最困难的时候,伯父、伯母给我们的关怀、帮助和安慰。我们两家两代人的友谊,是我脑海中永不会消失的美好记忆与回忆。"

从那桌面大的豌豆地,从那长湖上的暮霭,友谊延续着,通过了星期三的晚餐,还在延续着。我虽伶仃,却仍拥有多。我有知我、爱我的朋友,有众多的堂兄弟姊妹、表兄弟姊妹,还有因上一代友情延续下来的诸家准兄弟姊妹——

比起"文革"间那一次重病的惨淡凄凉,这次生病倒是满风光的。怎舍得离开这个世界呢。

活着真好。

# 风庐乐忆

清华园乙所曾是我的家。它位于园内一片树林之中。小时候觉得林子深远茂密,绿得无边无涯,走在里面,像是穿过一个梦境。抗战时在昆明,对北平的怀念里,总有这片林子。及至胜利后,再住进乙所,却发现这林子不大,几步便到边界。也没有回忆中的丰富色彩。

复员后的一年夏天,有人在林中播放音乐,大概是所谓的音乐茶座吧,凭窗而立,音乐像是从绿色中涌出来,把乙所包围了,也把我包围了。常听到的有舒伯特的《未完成交响曲》,这是很少的我记得旋律的乐曲之一。还有贝多芬的《田园》,莫扎特的弦乐四重奏,柴可夫斯基的《悲怆》等。每当音乐响起时,小树林似乎扩大了,绿色显得分外滋润,我又有了儿时往一个梦境深处飘去的感觉。

清华音乐室很活跃,学生里音乐爱好者很多。学余乐手颇不乏人,还出了些音乐专业人才。我是不入流的,只是个不大忠实的听众而已。因为自己有的唱片很有限,常和同学一起到美国教授温德先生家听音乐。温德先生教我们英诗和莎士比亚,又深谙古典音乐。他没有家,以文学和音乐为伴。在他那里听了许多经典名作,用的大都是七十八转唱片。每次换唱片,他都用一个圆形的软刷子把唱片轻刷一遍,同时讲解几句。他不是上课,不想灌输什么。现在大家都不记得他讲什么,却记得他最不喜欢柴可夫斯基,认为柴可夫斯基太感伤。有一次听肖邦,我坐在屋外台阶上,月光透过掩映的花木照下来。我忽然觉得肖邦很有些中国味道。后从傅雷家书中得知确实中国人适合弹肖邦。有很长一段时间,我最偏爱肖邦。

以后在风庐里住的约四十年中,听音乐的机会随客观情况的变化而忽少忽多。只是再没有固定的音乐活动了,也没有人义务为大家换唱片了。最后一次见到温德是在北大校医院楼梯口,他当时已快一百岁了,坐在轮椅上,盖着一条毯子。我忙趋前问候。他用英语说:"他们不让我出去!告诉他们,我要出去,到外面去!"我找到护士说情。一位说,下雨呢,他不能出去。又一位说,就是不下雨,也不能去。我只好回来婉转解释,他看住我,眼神十分悲哀。我不忍看,慌忙告别下楼去,一路蒙蒙细雨中,我偏偏仿佛听到柴可夫斯基第六交响曲中那段最哀伤的曲调。温德先生听见了什么,我无法问他。

这几年较稳定,便成为愈来愈忠实的听者,海淀这边有音乐会时,常偕外子前往。好几次见满场中只有我两人发染银霜,也不觉得杂在后生群中有什么不妥。有一次中央乐团先演奏一个现代派的名作,休息后演奏贝多芬的《第七交响曲》,在饱受奇怪音响的磨难之后,觉得《第七交响曲》真好听!它是这样活泼而和谐,用一句旧话形容,让人全身三万六千个毛孔都通开了。又一次有一位苏联女钢琴家来演奏拉赫玛尼诺夫《第二钢琴协奏曲》,于是,满怀热望到场,谁知她的演奏十分苍白无力。我却也不沮丧,总算当场听过一次了。在海淀听过几次肖斯塔科维奇,发现他是那样深刻,和我们的心灵深处很贴近很贴近。一九九一年严冬,我刚结束差不多一年的病榻生活,还曾不顾家人反对,远征到北京音乐厅听莫扎特的《安魂曲》。记得刚见莫扎特这几个字,便感到安慰。

严肃音乐不景气,音乐会少多了。要听音乐,当然还是该自己拥有设备。我毫无这方面的志向,只是书已够我对付,够我"艰"了,怎受得了再加上磁带、唱片、CD什么的。我憧憬的是家徒四壁,想看书到图书馆,想听音乐一按收音机。许多国家有专播古典音乐的电台,我希望我们在这一点能赶上,不必二十四小时,八小时也够了,可不能安排在夜里。

现代音乐理论家黎青主曾说音乐是"上界的语言",并引马丁·路德的诗句:"谁从事音乐就是有了一份上界的职业。"他自己解释说,意即音乐是灵魂的语言,是灵界的一种世界语言。音乐在诸门艺术中确是最直接诉诸灵魂的,最没有国界的。对"上界的语言"这话,我还想到两层意思:一是可以用来形容音乐的美;另一层意思我用一句话来表达,那就是:能听一点音乐的人有福了。

## 药杯里的莫扎特

一间斗室,长不过五步,宽不过三步,这是一个病人的天地。这天地够宽了,若死了,只需要一个盒子。我住在这里,每天第一要事是烤电,在一间黑屋子里,听凭医生和技师用铅块摆出阵势,引导放射线通行。是曰"摆位"。听医生们议论着铅块该往上一点或往下一点,便总觉得自己不大像个人,而像是什么物件。

精神渐好一些时,安排了第二要事:听音乐。我素好音乐,喜欢听,也喜欢唱,但总未能升堂入室。唱起来以跑调为能事,常被家人讥笑。好在这些年唱不动了,大家落得耳根清净。听起来耳朵又不高明,一支曲子,听好几遍也不一定记住,和我早年读书时的过目不忘差得远了。但我却是忠实,若哪天不听一点音乐,就似乎少了些什么。在病室里,两盘莫扎特音乐的磁带是我亲密的朋友。使我忘记种种不适,忘记孤独,甚至觉得斗室中天地很宽,生活很美好。

三小时的音乐包括三个最后的交响乐"三十九""四十""四十一",还有钢琴协奏曲、提琴协奏曲、单簧管协奏曲等的片段。《第四十交响曲》的开始,像一双灵巧的手,轻拂着听者心上的尘垢。然后给你和着淡淡哀愁的温柔。《第四十一交响曲》素以宏伟著称,我却在乐曲中听出一些洒脱来。他所有的音乐都在说,你会好的。

会吗?将来的事谁也难说。不过除了这疗那疗以外,我还有音乐。它给我安慰,给我支持。

终于出院了,回到离开了几个月的家中,坐下来,便要求听一听音响,那声音到底和用耳机是不同的。莫扎特《第二十一钢琴协奏曲》的第二乐章,提琴组齐奏的那一段悠长美妙的旋律简直像从天外飘落。我觉得自己似乎已溶化在乐曲间,不知身在何处。第二乐章快结尾时,一段简单的下行的乐音,似乎有些不得已,却又是十分明亮,带着春水春山的妩媚,把整个世界都浸透了。没有人真的听见过仙乐,我想莫扎特的音乐胜过仙乐。

别的乐圣们的音乐也很了不起,但都是人间的音乐。贝多芬当然伟大,他把人间的情与理都占尽了,于感动震撼之余,有时会觉得太沉重。好几个朋友都说,在遭遇到不幸时,柴可夫斯基是不能听的,本来就难过,再多些伤心又何必呢。莫扎特可以说是超越了人间的痛苦和烦恼,给人的是几乎透明的纯净。充满了灵气和仙气,用欢乐、快乐的字眼不足以表达,他的音乐是诉诸心灵的,有着无比的真挚和天真烂漫,是蕴藏着信心和希望的对生命的讴歌。

在死亡的门槛边打过来回的人会格外欣赏莫扎特,膜拜莫扎特。他自己受了那么多苦,但他的精神一点没有委顿。他贫病交加,以致穷死、饿死,而他的音乐始终这样丰满辉煌,他把人间的苦难踏在脚下,用音乐的甘霖润泽着所有病痛的身躯和病痛的心灵。他的音乐是真正的"上界的语言"。

虽然时代不同,文化背景不同,专业不同,莫扎特在音乐领域中全能冠军的地位有些像我国文坛上的苏东坡。莫扎特在短促的人生旅程间写出了交响乐、协奏曲、独奏曲、歌剧等许多伟大作品。音乐创作中几乎什么都和他有关,近来还考证出他是摇滚乐的祖师爷。苏东坡在宦游之余写出了诗词文赋等各种体裁的作品,始终是未经册封的文坛盟主。他们都带有仙气,所以后人称东坡为坡仙,传说中八仙过海时来了九朵莲花,第九朵是接东坡的,但他没有去。莫扎特生活在十八世纪,世界已经脱离了传说,也少有想象的光彩了,我却愿意称他为"莫仙"。就个人生活来说,东坡晚年屡遭贬谪直到蛮荒之地。但在他流放的过程中,始终有家人陪伴,侍妾王朝云为侍奉他而埋骨惠州。莫扎特不同,重病时也没有家人的关心。(比较起来,中国女子多么伟大!)但是他不孤独,他有音乐。

回家以后的日子里,主要内容仍是服药。最兴师动众且大张旗鼓的是服中药。我手捧药杯喝那苦汁时,下药(不是下酒)的是音乐。似乎边听音乐边服药,药的苦味也轻多了。听的曲目较广,贝、柴、肖邦、拉赫玛尼诺夫等,还有各种歌剧,都曾助我一口(不是一臂)之力。便是服药中听勃拉姆斯,发现他的《第一交响曲》很好听。但听得最多的,还是莫扎特。

热气从药杯里冉冉升起,音乐在房间里回绕,面对伟大的艺术创造者们,我心中充满了感激。我觉得自己真是幸运而有福气,生在这样美好的艺术已经完成之后,——而且,在我对时间有了一点自主权时,还没有完全变成聋子。

# 变　迁

二十世纪七十年代末,中关村出现了一家农贸市场,那是新事物。去看过吗?人们互相问。

我也去了。哎呀!只觉五光十色。各种各样的农产品,大葱雪白,青菜碧绿,黄瓜土豆西红柿,真是十分可爱。当时的欢喜,简直可以说是心花怒放!

不久,路边有了摊贩,又有了一些小杂货铺、小饭馆。人们从长久的束缚中解脱了,一点一点尝试着吸进新鲜空气。

转眼已是八十年代中叶。一个细雨蒙蒙的秋天下午,我和外子仲从颐和园出来,走过牌坊去乘公共汽车。"那里有一家西餐馆。"仲指着斜对面不远处。"我们去看看。"我说。那时的我,什么都要看看。

门口挂一个小牌——维兰西餐馆。院子很小,屋子也不大,只有三四张桌子。因时间还早,并没有客人。一位中年人迎出来,大概是店主了。"吃西餐吗?"他问。我们坐下来,那中年人自去厨房。

店内陈设简单,桌上倒是铺了台布。我的座位可以看见厨房,那中年人正带着一个助手在操作。菜做好了,中年人走出来,和我们攀谈。他姓郑,原在"法国府"任厨师,允许个体户开业后,出来开这家餐馆,已经两三年了。

"尼克松来参观过。"郑经理指指墙上的照片,那是尼克松第二次来华时的留影。

他的手艺很好。我和仲常记得那蒙蒙秋雨,那家小店和美味的汤。

当时,父亲已不大能出门,我托人到维兰买他喜欢的炸虾,告诉他今天有这个菜,他总是很高兴。他往往是知道要吃什么,比真的吃到还高兴。

九十年代初,又一次从颐和园出来,看见东宫门南边有一个大门,挂了很大的牌子,写着维兰西餐馆几个字。原来它迁到这里了,里面是两层楼,扩大多了。

一次,和王蒙贤侊俪游香山后,在此处同进午餐。那天,谈得较多的是义山诗,王蒙对义山诗的见解,多出于平常心。我以为只有这样才能理解感悟。若一矫情,就拐了弯,不对路了。

又过了些时,维兰又不见了。一个住在附近的亲戚告诉我们,它迁回原址了。它确实迁回原址,不过气派已经大不一样。它和整个社会同步前进,已经不再是"乡镇企业"。从门脸到店内陈设,都有些洋了。唐稚松学长特邀我们一聚,选在维兰。饭间,稚松学长念了一首小令,我不大懂他的湖南口音,要他写在餐纸上,现在只记得结尾几句:"无人赏,自家拍掌,唱得千山响。"我们都喜欢这首小令。

以后,没有人提起那西餐馆。一天,在报纸中夹了一份广告,通知维兰又搬迁了,迁到中关村一座楼内。这时的陈设已颇优雅,每张桌上有一个小花瓶,插了一朵康乃馨。郑经理坐在店角的一张椅上,已是老人了。

杨振宁先生的二弟振平,偕眷来京,来看望我。他是我的弟弟钟越中学时的挚友。他们常在昆明文林街上一起走。钟越瘦长,振平较矮。我还记得那景象。我们到维兰进餐,说起许多往事。他说一次在我家,他和钟越一起看一本笑话书,笑个不停。我问他们为什么笑,他们不肯说。自复原以后,他们从未见过面。

母亲没有看见中关村的农贸市场。后来农贸市场以早市的方式出现。畅春园附近有早市,后又迁到圆明园西侧。前几年偶尔去过,看着各种东西都很平常。想想七十年代末的感觉,那时真是可怜。

早市之外有超市,超市里面的东西极多,又很方便。这应该都是母亲关心的喜欢的。母亲于1977年10月3日离开了我们。她完全没有赶上变迁。

以后,又一个亲戚说,她曾请人到维兰进餐,到了那座大楼却找不到。说是又搬迁了。

没有广告出现,我们几乎忘记了这家餐馆。一天,乘车经过万泉河路,同伴忽然说:"维兰搬到这里了。"果然路边有一家店,几个顶端弧形的大窗连着。现在的门脸,不仅很大,而且极洋。

我又去了这家餐馆,桌椅陈设又升了一级。尼克松留影仍在壁上。墙上挂了大幅横标,他们正在举行26周年店庆。而且一定还会有所发展。遗憾的是,菠菜泥子汤已不如在那俭朴的小院,和着蒙蒙秋雨所尝了。

也许,这些年尝过的东西太多了。也许,一起品尝滋味的人没有了。也许,胃里虽然丰富了,头脑却还没有足够的自由驰骋的空间。我望着汤盘发愣。我不挑剔。

我有一张五人照片,上有父母小弟,还有仲和我。时光流逝,把他们都带走了。

只有我踽踽独行,在不断变迁的路上,向着生满野百合花的尽头。

## 铁箫声幽

常觉得我们这一代人很幸运。旧书虽念得不多,还知道些;西书了解不深,总也接触过。没有赶上裹小脚、穿耳朵;长达半尺的高跷似的高跟鞋还未兴起。精神尚不贫乏,肉体不受虐待,经历更是非凡。抗战那一段体会了人的最高贵的精神、信念与坚忍;"文革"那一段阅尽了人的狠毒与可悲。我们的生活很丰富,其中有一项看来普通、现在却让人羡慕的,值得大书特书的,那就是,我们有兄弟姊妹。

传统文化讲五伦,其中之一是兄弟。常听见现在的中年人说:他们最羡慕的就是别人有兄弟姊妹。想想我的童年,如果没有我的哥哥和弟弟,我将不会长成现在的我。

我们兄弟姊妹四人,大姐钟琏长我九岁,所以接触较少,哥哥钟辽长我四岁,弟弟钟越小我三岁。整个的童年是和哥哥、弟弟一起度过的。抗战胜利,我们回到北平,回到白米斜街旧宅中,这座房屋是父母的唯一房产。有一间屋子堆满了东西,和走的时候完全一样。那时冬日取暖用很高的铁炉,称为洋炉子。烧硬煤,热力很大,便有炉挡,是洋铁皮做成的,从前常在上面烤衣服。我们看到那铁炉依旧,炉挡依旧。最有趣的是炉挡上面写了两行字,也赫然依旧。这两行字是:"立约人:冯钟辽、冯钟璞。只许她打他,不许他打她。"当时在场的人无不失笑。父亲说:"这是什么不平等条约!"那时哥哥已经去美国留学,那条约也因炉挡的启用擦去了,他没有再见到我们的不平等条约。

我已不大记得怎么会立下了不平等条约,却有些小事历历如在目前。清华园乙所的住宅中有一间储藏室,靠东墙冬天常摆着几盆米酒,夏天常摆着两排西瓜。中间有一个小桌,孩子们有时在那里做些父母不鼓励的事。记得一天中午,趁父母午睡,哥哥在那里做"试验",我在旁边看。他的试验是点一支蜡烛烧什么东西,试验目的我不明白。不久听见母亲说话,他急忙吹灭了蜡烛,烛泪溅在我身上。我还没有叫出来,他就捂住我的嘴,小声说:"带你去骑车。"于是我们从后门溜出。哥哥的自行车很小,前后轮都光秃秃没有挡泥板,但却是一辆正式的车,我总是坐在大梁上左顾右盼游览校园。哥哥知道我喜欢坐大梁,便用这"游览"换得我不揭发。那天的"试验"也就混过去了。

后来我要自己骑车了。我想那时的年纪不会超过九岁,大概是八岁。因为九岁那年夏天开始抗战,我们离开了清华园。我学会骑自行车完全是哥哥的力量。那时在清华园内甲乙丙三所之间有一个网球场,我们好像从来没有打过网球,只在地上弹玻璃球。我在这场地上学骑自行车,用的是哥哥的那辆小车,我骑车,他在后面扶着座位跟着跑。头一天跑了几圈,第二天又跑了几圈。我忽然看见他不跟着车了,而是站在场地旁边笑。我本来骑得很平稳了,一见他没有扶,立刻觉得要摔倒,便大叫起来。哥哥跑过来扶住,我跳下了车,便捏紧拳头照他身上乱捶。他只是笑,说:"你不是会骑了吗?"我想想也是。可是,下一次还是要他扶,他也就虚应故事地跟着跑。这样我就学会了骑自行车。我可以骑姐姐的成人的女车,在清华园里转悠。常从工字厅东边沿着小河过小桥,绕过大礼堂,经过图书馆前面,再经过当时的校医院——这座建筑还在吗?最后从工字厅西面回家。有时一直骑到西院,去看看那一片荒野。当时清华园内人很少,骑车很自由。后来,六十年代,我常骑车从灯市口到建国门去上班。我从学车起到停止骑车从未摔过跤。

到昆明以后,哥哥上中学,我和小弟上小学。我们所上的南箐学校因为躲避日机的空袭,迁到昆明郊外岗头村,我们都住校。家还在城里,后来家迁到东郊龙泉镇,我们又在城里住校。不记得是怎么回事了,总之有很长一段时间我们常在周末从乡下走进城,或从城里走到乡下,一次的距离大约是二十里。我们三个人一路走一路说话,讲故事,猜谜语,对小说的回目,对的主要是《红楼梦》和《水浒》的回目,《三国演义》我不熟。还有一项重要内容是讲自己编的故事,轮流主讲。大概也是编故事的需要,三个人每人有一个国家,哥哥的国家叫"晨光国",在北极;弟弟的国家叫"英武国",在海底;我的国家叫"逸坚国",在火星上。不知为什么,我从小便对火星有兴趣,到现在也觉得火星很亲切。我的兄、弟后来都是工程师,但他们在文艺方面的天赋绝不逊于我,故事编得很热闹,可惜都不记得了。

家里孩子多,吃饭就成为一个有趣的局面。我小时有一个习惯,就是喜欢脱鞋。尤其是在吃饭的时候,觉得脱了鞋最舒服。这时,哥哥就会把鞋拿走藏起来,我便闹着要鞋,弟弟便会找鞋,常常是笑作一团。到后来还是哥哥把鞋拿出来,我又赖着不肯穿。直到母亲发话:"不要闹了。"才算安静下来。

后来我上了联大附中,一度在城里住校。那时联大附中没有宿舍,甚至没有校舍,不知是借的哪里的一个大房间,大家打地铺。一次我生病了,别人都去上课,我昏昏沉沉地躺在空荡荡的大房间里。"妹,"是哥哥的声音,睁眼只见他蹲在我的"床"边。他送来一碗米线,碗里有一个鸡蛋。

哥哥于一九四二年考入西南联大机械系,他不用功,却热心演话剧。参加演出过曹禺的《家》,饰演觉新。我和小弟随父母去看演出那一晚,在高老太爷去世那一场,哥哥把觉新头上的孝布去掉了,为的是怕母亲看了不高兴。他还写小说,我还记得他有一篇小说的第一句是"不疾不徐的雨"。他的文字是很好的,字也写得好,还会刻图章。那时的男孩似乎都会刻图章。他大学二年级时志愿参加远征军,直接在反法西斯战争中做出贡献。有一次他从滇西回昆明度假,看见我的头发长了,要给我剪一剪。他说:"头发为什么要剪成那样齐?剪成波浪式的不好吗?"当时大家都认为他很荒谬,没想到几十年后头发真的不以"齐"为美了。抗战胜利后,哥哥获得美国总统自由勋章,获得此项勋章的翻译官共二十二人。我曾想就此写一篇文章,介绍这些好男儿,因为要用一些英文材料,我的眼睛已坏,不能阅读,便放弃了。文章虽然没有写,对那些投笔从戎的大哥哥们,无论得没得勋章,我都永远怀有敬意。

以后,哥哥到美国就读于宾夕法尼亚大学,继续读机械系,也继续开展他多方面的兴趣。他喜欢击剑,入选了校队,代表学校出去比赛;还学过几个月芭蕾舞。工作以后学会开飞机,曾开着飞机从所住城市到另一城市去看望朋友,乘客只有一人,就是我后来的嫂嫂李文沛。七十年代哥哥一家回来探亲,说到此事,父亲说:"敢开飞机倒不稀奇,难得的是有人敢坐。"大学毕业以后,他根据兴趣又读了数学、物理两个专业。至今他还在研究有关电的问题,前两年曾回国参加静电学会的活动,但是他的理论很少人支持。前些时,哥哥来电话,告诉我一个不幸的事件,他的钱包丢了。别的倒没有关系,只是其中的飞机驾驶执照也丢了,他觉得是一大损失。我安慰道:"你反正也不开飞机了。"他沉默了片刻,说:"用不着了——也不可能再补发了。"

九十年代初,我出版了一本散文集,书名为《铁箫人语》。取这个名字是因为家里有一支铁箫。书出版后不久,南京的"洞箫博物馆"也许是"乐器博物馆"来人要求看一看铁箫。他们说他们藏有铜箫,还没有见过铁箫。我把箫拿给他们看,他们观看良久,又试吹过,承认它是一支箫。但我想大概不是很合格。然而它究竟是一支箫,而且是铁箫。我还为这支铁箫写了一小段题记:

> 我家有一支铁箫。
> 那是真正的铁箫。一段顽铁,凿有七孔,拿着十分沉重,吹着却易发声。声音较竹箫厚实、悠远,如同哀怨

的呜咽,又如同低沉的歌唱。听的人大概很难想象这声音发自一段顽铁。

铁质硬于石,箫声柔如水;铁不能弯,箫声曲折。顽铁自有了比干七窍之心,便将美好的声音送往晴空和月下,在松阴与竹影中飘荡,透入人的躯壳,然后把躯壳抛开了。

哦,还有个吹箫人呢,那吹箫人,在哪里?

吹箫人可以吹出不同的曲调,而铁箫只有一支。

是谁制作了这支铁箫?制作了这支可以从箫声和箫的本身引出许多联想的铁箫?是我的哥哥——冯钟辽。

箫属于中国文化,可以引起许多中国式的联想。都是陈货,也就不必说了。依我的极为有限的见闻,在冯钟辽做这支箫以前,从没听说过铁箫。它既是乐器又可以做武器。我常想最好能有一位女侠,用的兵器是铁箫;抡圆了可以自卫救人,扫尽人间不平事;吹响了可以自娱娱人,此曲只应天上来。也许哪天真写出一篇武侠小说来。

在昆明时生活很艰苦,最常用的乐器只是口琴。母亲吹箫,当时家中有两支玉屏箫,母亲时常吹奏的乐曲是《苏武牧羊》。哥哥制作铁箫便是受竹箫的启发,用一根现成的废铁管,根据一点点中学物理知识,钻几个洞,居然可以吹出曲调,大家都很高兴。我们就是这样因陋就简,使得生活充实而丰富。

哥哥制作铁箫,只不过是他众多兴趣中的一项。他现在最主要的兴趣还是在电学。八十八岁了,仍不断做实验。我说:"可别像苏东坡一样,为制墨,把房子烧了。"哥哥的科学知识当然比东坡强多了,房子是不会烧的。但是试验做起来也颇麻烦,哥哥却乐此不疲。在他自己的实验的过程中,就有了辉煌。

# 心 的 嘱 托

冯友兰先生——我的父亲,于一八九五年十二月四日来到人世,又于一九九〇年十二月四日毁去了皮囊,只剩下一抔寒灰。在八天前,十一月二十六日二十时四十五分,他的灵魂已经离去。

近年来,随着父亲身体日渐衰弱,我日益明白永远分离的日子在迫近,也知道必须接受这不可避免的现实。虽然明白,却免不了紧张恐惧。在轮椅旁,在病榻侧,一阵阵呛咳使人恨不能以身代。在清晨,在黄昏,凄厉的电话铃声会使我从头到脚抖个不停。那是人生的必然阶段,但总是希望它不会来,千万不要来。

直到亲眼见着他的呼吸渐渐急促,血压下降,身体逐渐冷了下来,直到亲耳听见医生的宣布,还是觉得这简直不可能,简直不可思议。我用热毛巾拭过他安详的紧闭了双目的脸庞,真的听到了一声叹息,那是多年来回响在耳边的。我们把他抬上平车,枕头还温热。然而我们已经处于两个世界了。再无需我操心侍候,再得不到他的关心和荫庇。这几年他坐在轮椅上,不时会提醒我一些极细微的事,总是使我泪下。我的烦恼,他无需耳和目便能了解。现在再也无法交流。天下耳聪目明的人很多,却再也没有人懂得我的有些话。

这些年,住医院是家常便饭。这一年尤其频繁。每次去时,年轻的女医生总是说要有心理准备。每次出院,我都有骄傲之感。这一次,是《中国哲学史新编》完成后的第一次住院,孰料就没有回来。

七月十六日,我到人民出版社交《新编》第七册稿。走上楼梯时,觉得很轻快,真是完成了一件大任务。父亲更是高兴,他终于写完了。直到最后一个字,都是他自己的,无需他人续补。同时他也感到长途跋涉后的疲倦。他的力气已经用尽,再无力抵抗三次肺炎的打击。他太累了,要休息了。

"存,吾顺事;殁,吾宁也。"父亲很赞赏张载《西铭》中的这最后两句,曾不止一次讲解:活着,要在自己恰当的位置上发挥作用;死亡则是彻底的安息。对生和死,他都处之泰然。

父亲在清华任教时的老助手、八十八岁的李濂先生来信说:"十一月十四日夜梦恩师伏案作书,写至最后一页,灯火忽然熄灭,黑暗之中,似闻恩师与师母说话。"正是那天下午,父亲病情恶化。夜晚我在病榻边侍候,父亲还能继续说几个字:"是璞吗?是璞吗?""我在这儿。是璞在这儿。"我大声叫他,抚摩他,他似乎很安心。我们还以为这一次他又能闯过去。

从二十五日上午,除了断续的呻吟,父亲没有再说话。他无需再说什么,他的嘱托,已浸透在我六十二年的生命里;他的嘱托,已贯穿在众多爱他、敬他的弟子们的事业中;他的嘱托,在他的心血铸成的书页间,使全世界发出回响。

父亲是走了,走向安息,走向永恒。

十二月一日兄长钟辽从美国回来。原来是来祝寿的,现在却变为奔丧。和母亲去世时一样,他又没有赶上;但也和母亲去世一样,有了他,办事才有主心骨。我们秉承父亲平常流露的意思,原打算只用亲人的热泪和几朵鲜花,送他西往。北大校方对我们是体贴尊重的。后来知道,这根本行不通。

络绎不绝的亲友都想再见上一面,不停的电话询问告别日期。四川来的老学生自戴黑纱,进门便长跪不起。南朝鲜学人宋兢燮先生数年前便联系来华,目的是拜见老人。现在只能赶上无言的诀别。总不能太不近人情,这毕竟是最后一面。于是我们决定不发讣告,自来告别。

柴可夫斯基哽咽着的音乐伴随告别人的行列回绕在遗体边,真情写在每一个人脸上。最后我们跪在父亲的脚前时,我几乎想就这样跪下去,大声哭出来,让眼泪把自己浸透。从母亲和小弟离去,我就没有痛快地哭一场。但是我不能,我受到许多真诚的心的簇拥和嘱托,还有许许多多事要做,我必须站起来。

载灵的大轿车前有一个大花圈,饰有黑黄两色的绸带。我们随着灵车,驶过天安门。世界依然存在,人们照旧生活,一切都在正常运行。

我们一直把父亲送到炉边。暮色深重,走出来再回头,只看见那黄色的盖单,它将陪同父亲到最后的刹那。

两天后,我们迎回了父亲的骨灰,放在他生前的卧室里。母亲的遗骨已在这里放了十三年。现在二老又并肩而坐,只是在条几上。明春将合葬于北京万安公墓。侧面是那张两人同行的照片。母亲撑着伞,父亲的一脚举起,尚未落下。那是六十年代初一位不知姓名的人在香山偷拍的。当时二老并不知道。摄影者拿这张照片在香港出售,父亲的老学生加籍学人余景山先生恰巧看见,遂将它买下。七十年代末方有机会送来。母亲也见到了这帧照片。

亲爱的双亲,你们的生命的辉煌乐章已经终止,但那向前行走的画面是永恒的。

借此小文之末,谨向所有关心三松堂的亲友致谢。关系有千百种不同,真情的分量都不同寻常。踵吊和唁文未能一一答谢,心灵的慰藉和嘱托永远铭记不忘。

# 三松堂断忆

转眼间父亲离开我们已经快一年了。

去年这时,也是玉簪花开得满院雪白,我还计划在向阳的草地上铺出一小块砖地,以便把轮椅推上去,让父亲在浓重的树荫中得一小片阳光。因为父亲身体渐弱,忙于延医取药,竟没有来得及建设。九月底,父亲进了医院,我在整天奔忙之余,还不时望一望那片草地,总不能想象老人再不能回来,回来享受我为他安排的一切。

哲学界人士和亲友们认为父亲的一生总算圆满,学术成就和他从事的教育事业使他中年便享盛名,晚年又见到了时代的变化,生活上有女儿侍奉,诸事不用操心,能在哲学的清纯世界中自得其乐。而且,他的重要著作《中国哲学史新编》八十多岁才从头开始写,许多人担心他写不完,他居然写完了。他是拼着性命支撑着,他一定要写完这部书。

在父亲的最后几年里,经常住医院,一九八九年下半年起更为频繁。一次是十一月十一日午夜,父亲突然发作心绞痛,外子蔡仲德和两个年轻人一起,好不容易将他抬上救护车。他躺在担架上,我坐在旁边,数着脉搏。夜很静,车子一路尖叫着驶向医院。好在他的医疗待遇很好,每次住院都很顺利。一切安排妥当后,他的精神好了许多,我俯身为他掖好被角,正要离开时,他疲倦地用力说:"小女,你太累了!""小女"这乳名几十年不曾有人叫了。"我不累。"我说,勉强忍住了眼泪。说不累是假的,然而比起担心和不安,劳累又算得了什么呢。

过了几天,父亲又一次不负我们的劳累和担心,平安回家了。我们笑说:"又是一次惊险镜头。"十二月初,他在家中度过九十四寿辰。也是他最后的寿辰,这一天,民盟中央的几位负责人丁石孙等先生前来看望,老人很高兴,谈起一些文艺杂感,还说,若能汇集成书,可题名为《余生札记》。

这余生太短促了。中国文化书院为他筹办了庆祝九五寿辰的"冯友兰哲学思想国际研讨会",他没有来得及参加。但他知道了大家的关心。

一九九〇年初,父亲因眼前有幻象,又住医院。他常常喜欢自己背诵诗词,每住医院,总要反复吟哦《古诗十九首》。有记不清的字,便是我们查对。"青青陵上柏,磊磊涧中石。人生天地间,忽如远行客。""浩浩阴阳移,年命如朝露。人生忽如寄,寿无金石固。"他在诗词的意境中似乎觉得十分安宁。一次医生来检查后,他忽然对我说:"庄子说过,生为附赘悬疣,死为决疴溃痈。孔子说过,朝闻道,夕死可矣。张横渠又说,存,吾顺事,殁,吾宁也。我现在是事情没有做完,所以还要治病。等书写完了,再生病就不必治了。"我只能说:"那不行,哪有生病不治的呢!"父亲微笑不语。我走出病房,便落下泪来。坐在车上,更是泪如泉涌。一种没有人能分担的孤单沉重地压迫着我。我知道,分别是不可避免的。

我们希望他快点写完《新编》,可又怕他写完。在住医院的间隙中,他终于完成了这部书。亲友们都提醒他还有本《余生札记》呢。其实老人那时不只有文艺杂感,又还有新的思想,他的生命是和思想和哲学连在一起的。只是来不及了。他没有力气再支撑了。

人们常问父亲有什么遗言。他在最后几天有时念及远在异国的儿子钟辽和唯一的孙儿冯岱。他用力气说出的最后的关于哲学的话是:"中国哲学将来一定会大放光彩!"他是这样爱中国、这样爱哲学。当时有李泽厚和陈来在侧。我觉得这句话应该用大字写出来。

然后,终于到了十一月二十六日那凄冷的夜晚,父亲那永远在思索的头脑进入了永恒的休息。

作为父亲的女儿,而且是数十年都在他身边的女儿,在他晚年又身兼几大职务,秘书、管家兼门房,医生、护士带跑堂,照说对他应该有深入的了解,但是我无哲学头脑,只能从生活中窥其精神于万一。根据父亲的说法,哲学是对人类精神的反思,他自己就总是在思索,在考虑问题。因为过于专注,难免有些呆气。他晚年耳目失其聪明,自己形容自己是"呆若木鸡"。其实这些呆气早已有之。抗战初期,几位清华教授从长沙往昆明,途经镇南关,父亲手臂触城墙而骨折。金岳霖先生一次对我幽默地提起此事,他说:"当时司机通知大家,不要把手放在窗外,要过城门了。别人都很快照办,只有你父亲听了这话,便考虑为什么不能放在窗外,放在窗外和不放在窗外的区别是什么,其普遍意义和特殊意义是什么。还没考虑完,已经骨折了。"这是形容父亲爱思索。他那时正是因为在思索,根本就没有听见司机的话。

他的生命就是不断地思索,不论遇到什么挫折,遭受多少批判,他仍顽强地思考,不放弃思考。不能创造体系,就自我批判,自我批判也是一种思考。而且在思考中总会冒出些新的想法来。他自我改造的愿望是真诚的,没有经历过二十世纪中叶的变迁和六七十年代的各种政治运动的人,是很难理解这种自我改造的愿望的。首先,一声"中国人民站起来了"促使了多少有智慧的人迈上走向炼狱的历程。其次,知识分子前冠以"资产阶级",位置固定了,任务便是改造,又怎知自是之为是,自非之为非?第三,各种知识分子的处境也不尽相同,有居庙堂而一切看得较为明白,有处林下而只能凭报纸和传达,也只能信报纸和传达。其感受是不相同的。

幸亏有了新时期,人们知道还是自己的头脑最可信。父亲明确采取了不依傍他人,"修辞立其诚"的态度。我以为,这个诚字并不能与"伪"相对。需要提出"诚",需要提倡说真话,这是我们这个时代的大悲哀。

我想历史会对每一个人做出公允的、不带任何偏见的评价。历史不会忘记有些微贡献的每一个人,而评价每一个人时,也不要忘记历史。

父亲一生对物质生活的要求很低,他的头脑都让哲学占据了,没有空隙再来考虑诸般琐事。而且他总是为别人着想,尽量减少麻烦。一个人到九十五岁,没有一点怪癖,实在是奇迹。父亲曾说,他一生得力于三个女子:一位是他的母亲、我的祖母吴清芝太夫人,一位是我的母亲任载坤先生,还有一个便是我。一九八二年,我随从父亲访美,在机场上父亲作了一首打油诗:"早岁读书赖慈母,中年事业有贤妻。晚来又得女儿孝,扶我云天万里飞。"确实得有人料理俗务,才能有纯粹的精神世界。近几年,每逢我的生日,父亲总要为我撰寿联。一九九〇年夏,他写最后一联,联云:"鲁殿灵光,赖家有守护神,岂独文采传三世;文坛秀气,知手持生花笔,莫让新编代双城。"父亲对女儿总是看得过高。"双城"指的是我的长篇小说,第一卷《南渡记》出版后,因为没有时间,没有精力,便停顿了。我必须以《新编》为先,这是应该的,也是值得的。当然,我持家的能力很差,料理饭食尤其不能和母亲相比,有的朋友都惊讶我家饭食的粗糙。而父亲从没有挑剔,从没有不悦,总是兴致勃勃地进餐,无论做了什么,好吃不好吃,似乎都滋味无穷。这一方面因为他得天独厚,一直胃口好,常自嘲"还有当饭桶的资格";另一方面,我完全能够体会,他是以为能做出饭来已经很不容易,再挑剔好坏,岂不让管饭的人为难。

父亲自奉俭,但不乏生活情趣。他并不永远是道貌岸然,也有豪情奔放,潇洒闲逸的时候,不过机会较少罢了。一九二六年父亲三十一岁时,曾和杨振声、邓以蛰两先生,还有一位翻译李白诗的日本学者一起豪饮,四个人一晚喝去十二斤花雕。六十年代初,我因病常住家中,每于傍晚随父母到颐和园包坐大船,一元钱一小时,正好览尽落日的绮辉。一位当时的大学生若干年后告诉我说,那时他常常看见我们的船在彩霞中飘动,觉得真如神仙中人。我觉得父亲是有些仙气的,这仙气在于一切看得很开。在他的心目中,人是与天地等同的。"人与天地参",我不止一次听他讲解这句话。《三字经》说得浅显,"三才者,天地人"。既与天地同,还屑于去钻营什么!那些年,一些稍有办法的人都能把子女调回北京,而他,却只能让他最钟爱的幼子钟越长期留在医疗落后的黄土高原。一九八二年,钟越终于为祖国的航空事业流尽了汗和血,献出了他的青春和生命。

父亲的呆气里有儒家的伟大精神,"天行健,君子以自强不息",自强不息到"知其不可而为之"的地步;父亲的仙气里又有道家的豁达洒脱。秉此二气,他穿越了在苦难中奋斗的中国的二十世纪。他的一生便是二十世纪中国文化的一个篇章。

据河南家乡的亲友说,一九四五年初祖母去世,父亲与叔父一同回老家奔丧,县长来拜望,告辞时父亲不送,而对一些身为老百姓的旧亲友,则一直送到大门,乡里传为美谈。从这里我想起和读者的关系。父亲很重视读者的来信,许多年常常回信。星期日上午活动常常是写。和山西一位农民读者车恒茂老人就保持了长期的通信,每索书必应之。后来我曾代他回复一些读者来信,尤其是对年轻人,我认为最该关心,也许几句话便能帮助发掘了不起的才能。但后来我们实在没有能力做了,只好听之任之。把大家的千言信万言书束之高阁,起初还感觉不安,时间一久,则连不安也没有了。

时间会抚慰一切,但是去年初冬深夜的景象总是历历如在目前。我想它是会伴随我进入坟墓的了。当晚,我们为父亲穿换衣服时,他的身体还那样柔软,就像平时那样配合。他好像随时会睁开眼睛说一声"中国哲学将来一定会大放光彩"。我等了片刻,似乎听到一声叹息。

不得不离开病房了。我们围跪在床前,忍不住痛哭失声!仲扶着我,可我觉得这样沉重的孤单!在这茫茫世界中,再无人需我侍奉,再无人叫我的乳名了。这么多年,每天清晨最先听到的,是从父亲卧房传来的咳嗽,每晚睡前必到他床前说几句话。我怎样能从多年的习惯中走得出来!

然而日子居然过去快一年了。只好对自己说,至少有一件事稍可安慰。父亲去时不知道我已抱病。他没有特别的牵挂,去得安心。

文章将尽,玉簪花也谢尽了。邻院中还有通红的串红和美人蕉,记得我曾说串红像是鞭炮,似乎马上会劈劈啪啪响起来。而生活里又有多少事值得它响呢!

# 花朝节的纪念

农历二月十二日,是百花出世的日子,为花朝节。节后十日,即农历二月二十二日,从一八九四年起,是先母任载坤先生的诞辰。迄今已九十九年。

外祖父任芝铭公是光绪年间举人。早年为同盟会员,奔走革命,晚年倾向于马克思主义。他思想开明,主张女子不缠足,要识字。母亲在民国初年进当时的女子最高学府北京女子师范学校读书。一九一八年毕业。同年,和我的父亲冯友兰先生在开封结婚。

家里有一个旧印章,刻着"叔明归于冯氏"几个字。叔明是母亲的字。以前看着不觉得怎样,父母都去世后,深深感到这印章的意义。它标志着一个家族的繁衍,一代又一代来到世上扮演各种角色,为社会做一点努力,留下了各种不同的色彩的记忆。

在我们家里,母亲是至高无上的守护神。日常生活全是母亲料理。三餐茶饭,四季衣裳,孩子的教养,亲友的联系,需要多少精神!我自幼多病,常在和病魔做斗争,能够不断战胜疾病的主要原因是我有母亲。如果没有母亲,很难想象我会活下来。在昆明时严重贫血,上纪念周站着站着就晕倒。后来索性染上肺结核休学在家。当时的治法是一天吃五个鸡蛋,晒太阳半小时。母亲特地把我的床安排到有阳光的地方,不论多忙,这半小时必在我身边,一分钟不能少。我曾由于各种原因多次发高烧,除延医服药外,母亲费尽精神护理。用小匙喂水,用凉手巾敷在额上。有一次高烧昏迷中,觉得像是在一个狭窄的洞中穿行,挤不过去,我以为自己就要死了,一抓到母亲的手,立刻知道我是在家里,我是平安的。后来我经历名目繁多的手术,人赠雅号"挨千刀的"。在挨千刀的过程中,也是母亲,一次又一次陪我奔走医院。医院的人总以为是我陪母亲,其实是母亲陪我。我过了四十岁,还是觉得睡在母亲身边最心安。

母亲的爱护,许多细微曲折处是说不完、也无法全捕捉到的。也就是有这些细微曲折才形成一个家。这个家处处都是活的,每一寸墙壁,每一寸窗帘都是活的。小学时曾以"我的家庭"为题作文。我写出这样的警句:"一个家,没有母亲是不行的。母亲是春天,是太阳。至于有没有父亲,不很重要。"作业在开家长会时展览,父亲去看了。回来向母亲描述,对自己的地位似并不在意,以后也并不努力增加自己的重要性,只顾沉浸在他的哲学世界中。

古希腊文明是在奴隶制时兴起的,原因是有了奴隶,可以让自由人充分开展精神活动。我常说父亲和母亲的分工有点像古希腊。在父母那时代,先生专心做学问,太太操劳家务,使无后顾之忧,是常见的。不过父母亲特别典型。他们真像一个人分成两半,一半主做学问,一半主理家事,左右合契,毫发无间。应该说,他们完成了上帝的愿望。

母亲对父亲的关心真是无微不至,父亲对母亲的依赖也是到了极点。我们的堂姑父张岱年先生说:"冯先生做学问的条件没有人比得上。冯先生一辈子没有买过菜。"细想起来,在昆明乡下时,有一阵子母亲身体不好,父亲带我们去赶过街子,不过次数有限。他的生活基本上是水来湿手,饭来张口。古人形容夫妇和谐用举案齐眉几个字,实际上就是孟光给梁鸿端饭吃,若问"是几时孟光接了梁鸿案",应该是做好饭以后。

旧时有一副对联:"自古庖厨君子远,从来中馈淑人宜。"放在我家正合适。母亲为一家人真操碎了心。在没有什么东西的情况下,变着法子让大家吃好。她向同院的外国邻居的厨师学烤面包,用土豆作引子,土豆发酵后力量很大,能"嘭"的一声,顶开瓶塞,声震屋瓦。在昆明时一次父亲患斑疹伤寒,这是当时西南联大一位校医郑大夫经常诊断出的病,治法是不吃饭,只喝流质,每小时一次,几天后改食半流质。母亲用里脊肉和猪肝做汤,自己擀面条,擀薄切细,下在汤里。有人见了说,就是吃冯太太做的饭,病也会好。

一九六四年父亲患静脉血栓,在北京医院卧床两个月。母亲每天去送饭,有时从城里我的住处,有时从北大,都总是第一个到。我想要帮忙,却没有母亲的手艺。父亲暮年,常想吃手擀的面,我学做过几次,总不成功,也就不想努力了。

母亲把一切都给了这个家。其实母亲的才能绝不只限于持家。母亲结业于当时的女子最高学府,曾任河南女子师范学校预科算术教员。她有一双外科医生的巧手,还有很高的办事能力。外科医生的工作没有实践过,但从日常生活中,从母亲缝补、修理的功夫可以想见。办事能力倒是有一些发挥。

五十年代初至一九六六年,母亲做居民委员会工作,任北大燕南、燕东、燕农、镜春、朗润、蔚秀、承泽、中关八大园的主任。曾为家庭妇女们办起装订社、缝纫社等。母亲不畏辛劳,经常坐着三轮车来往于八大园间。这是在家庭以外为社会服务,她觉得很神圣,总是全心全意去做。居委会成员常在我家学习。最初贺麟夫人刘自芳、何其芳夫人牟决鸣等都是成员。后来她们迁往城内,又有吴组缃夫人沈淑园等参加。五十年代有一次选举区人民代表,不记得是哪一位曾对我说:"任大姐呼声最高。"这是真正来自居民的声音。

我心中有几幅图像,愈久愈清晰。

一幅在清华园乙所,有一间平台加出的房间,三面皆窗,称为玻璃房。母亲常在其中办事或休息。一个夏日,三面窗台上摆着好几个宽口瓶和小水盆,记得种的是慈姑。母亲那时大概不到四十岁,身着银灰色起蓝花的纱衫,坐在房中,鬓发漆黑,肌肤雪白。常见外国油画有什么什么夫人肖像,总想怎么没有人给母亲画一幅。

另一幅在昆明乡下龙头村。静静的下午,泥屋、白木桌,母亲携我坐在桌前,为我讲解鸡兔同笼四则题。父亲从城里回来,笑说这是一幅《乡居课女图》。

龙头村旁小河弯处有一个小落差,水的冲力很大。每星期总有一两次,母亲把一家人的衣服装在箩筐里,带着我和小弟到河边去。还有一幅图像便是母亲弯着腰站在欢快的流水中,费力地洗衣服,还要看着我们不要跑远,不要跌进河里。近来和人说到洗衣的事,一个年轻人问,是给别人洗吗?还没到那一步,我答。后来想,如果真的需要,母亲也不怕。在中国妇女贤淑的性格中,往往有极刚强的一面,能使丈夫不气馁,能使儿女肯学好,能支撑一个家度过最艰难的岁月。孔夫子以为女人难缠,其实儒家人格的最高标准"富贵不能淫,贫贱不能移,威武不能屈",用来形容中国妇女的优秀品质倒很恰当,不过她们是以家庭为中心罢了。

母亲六十二岁时患甲状腺癌,手术后一直很好。从六十年代末患胆结石,经常大发作,疼痛,发烧,最后不得不手术。那一年母亲七十五岁。夜里推进手术室,父亲和我在过厅里等,很久很久,看见手术室甬道那边推出一辆平车,一个护士举着输液瓶,就像一盏灯。我们知道母亲平安,仍能像灯一样给我们全家以光明,以温暖。这便是那第四幅图像了。握住母亲的手时,我的一颗心落在腔子里,觉得自己很有福气。

母亲虽然身体不好,仍是操劳家务,真没有过一天清闲的日子。她总是说,你们专心做你们的事。我们能专心做事,都因为有母亲,操劳一生的母亲!

一九七七年九月十日左右母亲忽然吐血,拍片后确诊为肺门静脉瘤。当时小弟在家,我们商量说,母亲虽然年迈,病还是该怎么治就怎么治,不可延误。在奔走医院的过程中,受到许多白眼。一家医院住院部一位女士说:"都八十三岁了,还治什么!我还活不到这岁数呢。"可以说,母亲的病没有得到治疗,发展很快。最后在校医院用杜冷丁控制疼痛,人常在昏迷状态。一次忽然说:"要挤水!要挤水!"我俯身问什么要挤水,母亲睁眼看我,费力地说:"白菜做馅要挤水。"我的眼泪一下涌了出来,滴在母亲脸上。

母亲没有让人多伺候,不过三周便抛弃了我们。当时父亲还在受审查,她走时很不放心,非常想看个究竟,但她拗不过生死大限。她曾自我排解说,知道儿女是好的,还有什么别的可求呢。十月三日上午六时三刻,我们围在母亲床前,眼见她永远阖上了眼睛。我知道,我再不能睡在母亲身边讨得那样深的平安感了;我们的家从此再没有春天和太阳了。我们的家像一叶孤舟忽然失了掌舵的人,在茫茫大海中任意漂流。我和小弟连同父亲,都像孤儿一样不知漂向何方。

因为政治形势,亲友都很少来往。没有足够的人抬母亲下楼,幸亏那天来了一位年轻的朋友,才把母亲抬到太平间。当晚哥哥自美国飞回,到家后没有坐下,立刻要"看娘去",我不得不告诉他母亲已去。他跌坐在椅上,停上半晌,站起来还是说"看娘去"。

父亲为母亲撰写了一副挽联:"忆昔相追随,同荣辱,共安危,期颐望齐眉,黄泉碧落君先去;从今无牵挂,斩名缰,破利锁,俯仰无愧怍,海阔天空我自飞。"自己一半的消失使父亲把一切都看透了。以后母亲的骨灰盒,一直放在父亲卧室里。每年春节,父亲必率领我们上香。如此凡十三年。直到一九九〇年初冬那凄惨的日子父母相聚于地下。又过了一年,一九九一年冬我奉双亲归窆于北京万安公墓。一块大石头作为石碑,隔开了阴阳两界。

我曾想为母亲百岁冥寿开一个小小的纪念会，又想到老太太们行动不便最好少打扰，便只就平常的了解或电话上交谈，记下几句话。

姨母任均是母亲最小的妹妹。姨父母在驻外使馆工作时，表弟妹们读住宿小学，周末假日接回我家，由母亲照管。姨母说，三姐不只是你们一家的守护神，也是大家的贴心人。若没有三姐，那几年我真不知怎么过。亲戚们谁没有得过她关心照料？人人都让她费过心血。我们心里是明白的。

牟决鸣先生已很久不见了。前些时打电话来，说："回想起在北大居住的那段日子，觉得很有意思。任大姐那时是活跃人物，她做事非常认真，总是全力以赴。而且头脑总是很清楚。"

在昆明时赵萝蕤先生和我家几次为邻居。那时她还很年轻，她不止一次对我说很想念冯太太。她说在人际关系的战场上，她总是一败涂地当俘虏。可是和冯太太相处，从未感到战场问题。是母亲教她做面食，是母亲教她用布条打纽扣结。有什么事可以向母亲倾诉。记得在昆明乡下龙头村时，有一次赵先生来我家，情绪不大好，对母亲说，一位军官太太要学英语，又笨又俗又无礼，总问金刚钻几克拉怎么说，她不想教，来躲一躲。母亲安慰她，让她一起做家务事。赵先生走时，已很愉快。

另一位几十年的邻居是王力夫人夏蔚霞。现在我们仍然对门而居。夏先生说："你千万别忘记写上我的话。我的头生儿子缉志是你母亲接生的。当时昆明乡下缺医少药，那天王先生进城上课去了。半夜时分我遣人去请你母亲。冯先生一起来的,然后先回去了。你母亲留下照顾我,抱着我坐了一夜。次日缉志才出世。若没有你母亲,我和孩子会吃许多苦!"

像春天给予百花诞辰一样,母亲用心血哺育着,接引着——亲爱的母亲的诞辰,是花朝节后十日。

# 哭 小 弟

> 飞机强度研究所技术所长
>
> **冯钟越**

我面前摆着一张名片,是小弟前年出国考察时用的。名片依旧,小弟却再也不能用它了。

小弟去了。小弟去的地方是千古哲人揣摩不透的地方,是各种宗教企图描绘的地方,也是每个人都会去,而且不能回来的地方。但是现在怎么能轮得到小弟!他刚五十岁,正是精力充沛,积累了丰富的学识经验,大有作为的时候,有多少事等他去做啊!医院发现他的肿瘤已相当大,需要立即做手术,他还想去参加一个技术讨论会,问能不能开完会再来。他在手术后休养期间,仍在看研究所里的科研论文,还做些小翻译。直到卧床不起,他手边还留着几份国际航空材料,总是"想再看看"。他也并不全想的是工作。已是滴水不进时,他忽然说想吃虾,要对虾。他想活,他想活下去呵!

可是他去了,过早地去了。这一年多,从他生病到逝世,真像是个梦,是个永远不能令人相信的梦。我总觉得他还会回来,从我们那冬夏一律显得十分荒凉的后院走到我窗下,叫一声"小姊——"。

可是他去了,过早地永远地去了。

我长小弟三岁。从我有比较完整的记忆起,生活里便有我的弟弟,一个胖胖的、可爱的小弟弟,跟在我身后。他虽然小,可是在玩耍时,他常常当老师,照顾着小朋友,让大家坐好,他站着上课,那神色真是庄严。他虽然小,在昆明的冬天里,孩子们都生冻疮,都怕用冷水洗脸,他却一点不怕。他站在山泉边,捧着一个大盆的样子,至今还十分清晰地在我眼前。

"小姊,你看,我先洗!"他高兴地叫道。

在泉水缓缓的流淌中,我们从小学、中学到大学,大部分时间都在一个学校。毕业后就各奔前程了。不知不觉间,听到人家称小弟为强度专家;不知不觉间,他担任了总工程师的职务。在那动荡不安的年月里,很难想象一个人的将来。这几年,父亲和我倒是常谈到,只要环境许可,小弟是会为国家做出点实际的事的。却不料,本是最年幼的他,竟先我们而离去了。

去年夏天,得知他患病后,因为无法得到更好的治疗,我于八月二十日到西安。记得有一辆坐满了人的车来接我。我当时奇怪何以如此兴师动众,原来他们都是去看小弟的。到医院后,有人进病房握手,有人只在房门口默默地站一站,他们怕打扰病人,但他们一定得来看一眼。

手术时,有航空科学研究院、623所、631所的代表,弟妹、侄女和我在手术室外;还有一辆轿车在医院门口。车里有许多人等着,他们一定要等着,准备随时献血。小弟如果需要把全身的血都换过,他的同志们也会给他。但是一切都没有用。肿瘤取出来了,有一个半成人的拳头大,一面已经坏死。我忽然觉得一阵胸闷,几乎透不过气来——这是在穷乡僻壤为祖国贡献着才华、血汗、生命的人啊,怎么能让这致命的东西在他身体里长到这样大!

我知道在这黄土高原上生活的艰苦,也知道住在这黄土高原上的人工作之劳累,还可以想象每一点工作的进展都要经过十分恼人的迂回曲折。但我没有想到,小弟不但生活在这里,战斗在这里,而且把性命交付在这里了。他手术后回京在家休养,不到半年,就复发了。

那一段焦急的悲痛的日子,我不忍写,也不能写。每一念及,便泪下如绠,纸上一片模糊。记得每次看病,候诊室里都像公共汽车上一样拥挤。等啊等啊,盼啊盼啊,我们知道病情不可逆转,只希望能延长时间,也许会有新的办法。航空界从莫文祥同志起,还有空军领导同志都极关心他,各个方面包括医务界的朋友们也曾热情相助,我还往海外求医。然而错过了治疗时机,药物再难奏效。曾有个别的医生不耐烦地当面对小弟说,治不好了,要他"回陕西去"。小弟说起这话时仍然面带笑容,毫不介意。他始终没有失去信心,他始终没有丧失生的愿望,他还没有累够。

小弟生于北京,一九五二年从清华大学航空系毕业。他填志愿到西南,后来分配在东北,以后又调到成都、调到陕西。虽然他的血没有流在祖国的土地上,但他的汗水洒遍全国,他的精力的一点一滴都献给祖国的航空事业了。个人的功绩总是有限的,也许燃尽了自己,也不能给人一点光亮,可总是为以后的绚烂的光辉做了一点积累吧。我不大明白各种工业的复杂性,但我明白,任何事业也不是只坐在北京就能够建树的。

我曾经非常希望小弟调回北京,分我侍奉老父的重担。他是儿子,三十年在外奔波,他不该尽些家庭的责任吗?多年来,家里有什么事,大家都会这样说:"等小弟回来","问小弟"。有时只要想到有他可问,也就安心了。现在还怎能得到这样的心安?风烛残年的父亲想儿子,尤其这几年母亲去世后,他的思念是深的,苦的,我知道,虽然他不说。现在他永远失去他的最宝贝的小儿子了。我还曾希望在我自己走到人生的尽头,跨过那一道痛苦的门槛时,身旁的亲人中能有我的弟弟,他素来的可倚可靠会给我安慰。哪里知道,却是他先迈过了那道门槛啊!

一九八二年十月二十八日上午七时,他去了。

这一天本在意料之中,可是我怎能相信这是事实呢!他躺在那里,但他已经不是他了,已经不是我那正当盛年的弟弟,他再不会回答我们的呼唤,再不会劝阻我们的哭泣。你到哪里去了,小弟!自一九七四年沅君姑母逝世起,我家屡遭丧事,而这一次小弟的远去最是违反常规,令人难以接受!我还不得不把这消息告诉当时也在住院的老父,因为我无法回答他每天的第一句问话:"今天小弟怎么样?"我必须告诉他,这是我的责任。再没有弟弟可以依靠了,再不能指望他来分担我的责任了。

父亲为他写挽联:"是好党员,是好干部,壮志未酬,洒泪岂止为家痛;能娴科技,能娴艺文,全才罕遇,招魂也难再归来!"我那唯一的弟弟,永远地离去了。

他是积劳成疾,也是积郁成疾。他一天三段紧张地工作,参加各式各样的会议。每有大型试验,他事先检查到每一个螺丝钉,每一块胶布。他是三机部科技委员会委员,他曾有远见地提出多种型号研究。有一项他任主任工程师的课题研制获国防工办和三机部科技一等奖。同时他也是623所党委委员,需要在会议桌上坦率而又让人能接受地说出自己对各种事情的意见。我常想,能够"双肩挑",是我们五十年代到六十年代初期出来的知识分子的特点。我们是在"又红又专"的要求下长大的。当然,有的人永远也没有能达到要求,像我。大多数人则挑起过重的担子,在崎岖的、荆棘丛生的,有时是此路不通的山路上行走。那几年的批判斗争是有远期效果的。他们不只是生活艰苦,过于劳累,还要担惊受怕,心里塞满想不通的事,谁又能经受得起呢!

小弟入医院前,正负责组织航空工业部系统的一个课题组,他任主任工程师。他的一个同志写信给我说,一九八一年夏天,西安一带出奇地热,几乎所有的人晚上都到室外乘凉,只有"我们的老冯"坚持伏案看资料,"有一天晚上,我去他家汇报工作,得知他经常胃痛,有时从睡眠中痛醒,工作中有时会痛得大汗淋漓,挺一会儿,又接着做了。天啊!谁又知道这是癌症!我只淡淡地说该上医院看看。回想起来,我心里很内疚,我对不起老冯,也对不起您!"

这位不相识的好同志的话使我痛哭失声！我也恨自己，恨自己没有早想到癌症对我们家族的威胁，即使没有任何症状，也该定期检查。云山阻隔，我一直以为小弟是健康的。其实他早感不适，已去过他该去的医疗单位。区一级的说是胃下垂，县一级的说是肾游走。以小弟之为人，当然不会大惊小怪，惊动大家。后来在弟妹的催促下，乘工作之便到西安检查，才做手术。如果早一年有正确的诊断和治疗，小弟还可以再为祖国工作二十年！

往者已矣。小弟一生，从没有"埋怨"过谁，也没有"埋怨"过自己，这是他的美德之一。他在病中写的诗中有两句："回首悠悠无恨事，丹心一片向将来。"他没有恨事。他虽无可以彪炳史册的丰功伟绩，却有一个普通人的认真的、勤奋的一生。历史正是由这些人写成的。

小弟白面长身，美丰仪；喜文艺，娴诗词；且工书法篆刻。父亲在挽联中说他是"全才罕遇"，实非夸张。如果他有三次生命，他的多方面的才能和精力也是用不完的；可就这一辈子，也没有得以充分地发挥和施展。他病危弥留的时间很长，他那颗丹心，那颗让祖国飞起来的丹心，顽强地跳动，不肯停息。他不甘心！

这样壮志未酬的人，不止他一个啊！

我哭小弟，哭他在剧痛中还拿着那本航空资料"想再看看"，哭他的"胃下垂""肾游走"；我也哭蒋筑英抱病奔波，客殇成都；我也哭罗健夫不肯一个人坐一辆汽车！我还要哭那些没有见诸报章的过早离去的我的同辈人。他们几经雪欺霜冻，好不容易奋斗着张开几片花瓣，尚未盛开，就骤然凋谢。我哭我们这迟开而早谢的一代人!

已经是迟开了,让这些迟开的花朵尽可能延长他们的光彩吧。

这些天,读到许多关于这方面的文章,也读到了《痛惜之余的愿望》,稍得安慰。我盼"愿望"能成为事实。我想需要"痛惜"的事应该是越来越少了。

小弟,我不哭!

# 怎得长相依聚

——蔡仲德三周年祭

## 蔡仲德(1937—2004),人本主义者

这是我为仲德设计的墓碑刻字,我想这是他要的。他在病榻上的最后几个月,想得最多的就是关于人本主义问题。如果他能多有些时日,会有正式的文章表达他的信念。但是天不佑人,他来不及了。只在为我写的一篇短文里提出市场经济、民主政治、人权观念等几个概念。虽然简单,却也清楚地表明了他的理想。现在又想,理想只能说明他追求的高和远,不能说明他生活的广和深。因为他的一生虽然不够长,却足够丰富。他是一个好教师,也是一个好学者。生活最丰满处是因为他有了我,我有了他。世上有这样的拥有,永远不能成为过去。

人人都以为,我最后的岁月必定有仲德陪伴,他会为我安排一切。谁也没有料到,竟是他先走了,飘然飞向遥远的火星。我们原说过,在那里有一个家。有时我觉得,他正在院中的小路上走过来,穿着那件很旧的夹大衣;有时在这边说话,总觉得他的书房里有回应,细听时,却又没有。他已经

消失了,消失在蓝天白云,青山绿水,树木花草之间。也许真的能在火星上找到他,因为我们这里的事情,要在多少多少光年以后,才能到达那里。他是一个怎样的人,在那里可以重现。

首先,他是一个教师。他在入大学前曾教过两年小学,又在中央音乐学院附中任教二十余年,以后调入中央音乐学院音乐学系。他四十六年的教学生涯里,在中央音乐学院任教四十四年。他教中学时,课本比较简单,他自己添加教材,开了很长的古典诗词目录,要求学生背诵。有的学生当时很烦,说蔡老师的课难上。许多年后却对他说,现在才知道老师教课的苦心,我们总算有了一点文学知识,比别人丰富多了。确实,这不仅是知识,更是对性情的陶冶,影响着一个人的生活。

七十年代初,在军营中经过政治磨难的音乐学院师生回到北京,附中在京郊苏家坨上课,虽然上课很不正常,仲德却没有缺过一次课。一次刮大风,我劝他不要去,他硬是骑自行车顶着西北风赶二十几里路去上课,回来成了一个土人儿。上课对于一个教师是神圣的。他在音乐学系开设两门课:中国音乐美学史和士人格研究。人说他的课讲得漂亮。我听过几次,一次在河南大学讲授中国古代音乐美学,一次在香港浸会大学讲"说郑声"。一节课的时间安排得十分恰当,有头有尾,宛如一篇结构严密的文章。更让人称道的是,下课铃响,他恰好讲出最后一个字,而且是节节课都如此,就连他出的考题也如一篇小文章。他在每次上课前都认真准备,做严谨的教案。他说要在四十五分钟以内给学生最多的东西,小学、中学、大学都是如此。一次我们在外边用餐,不知为什么,一个陌生的年轻人拿了一本唐诗,指出一首要我讲,不记得是哪一首了,其中有两个典故。我素来喜读书不求甚解,讲不出,仲德当时做了详细的讲解。他说做教师就要求甚解,要经得起学生问。学生问了,对教师会有启发。

他淹缠病榻两年有半,一直惦记着他的课和他指导的学生。就在他生病的这一个秋天,录取了一名硕士生。他在化疗期间仍要这个学生来上课,在北京肿瘤医院室内花园,在北大医院的病室,甚至是一面打着吊针,授课一面在进行。他对学生非常严格,改文章一个标点都不放过。学生怕来回课,说若是回答草率,蔡老师有时激动起来,简直是怒发冲冠,头发胡子都根根竖起。不是他指导的学生也请他看文章,他一视同仁,十分认真地提意见挑毛病改文字。同学们敬他爱他又怕他。

他做手术的那一天,走廊里站了许多我都不认识的音乐学院师生,许多人要求值班。那天清晨,有位老学生从很远的地方赶到我家,陪伴我。一个现在台湾的老学生在电话中哭着恳求我们收下他们的捐助。我们并不需要捐助,可是学生们的关心从四面八方把我们沉重的心稍稍托起。

一个大学教师在教的同时,自己必须做学问,才能带领学生前进,才能不仅仅是一个教书匠。他从七十年代末研究《乐记》的成书年代开始,对中国音乐美学做了考察,写出了《中国音乐美学史》这部巨著。这是我国的第一部音乐美学史。后来这本书要修订出版,那时他住在龙潭湖肿瘤医院。他坐一会儿躺一会儿,一字一字,一页一页,八百多页的书稿在不时插上又拔下针管的过程中修订完毕。

经过多年的努力,他对各种文献非常熟悉,却从不炫耀,从不沾沾自喜,总是尽力地做好他承担的事,而且不断地思考,不知不觉间又写出了多篇论文。音乐方面的结集为《音乐之道的探求》,由上海人民音乐出版社出版。文化方面的结集为《艰难的涅槃》,正像书名一样,这本书命运多舛,因为思想不合规矩,现在尚未能出版。

他能够连续十几小时稳坐书案之前,真有把板凳坐穿的精神。他从事学术研究不限于音乐美学,冯学研究也是重要的部分。其著述材料之翔实,了解之深切,立论之精当,为学界所推重。还是不知不觉间,他写出了六十六万字的《冯友兰先生年谱初编》,并整理、修订增补了七百余万字的《三松堂全集》第二版,又写出了《冯友兰先生评传》《教育家冯友兰》等。

对于我的父亲,他不只是一个研究者,而且也远远超过半子。幸亏有他,父亲才有这样安适的晚年。他推轮椅,抬担架,帮助喂饭、如厕。我的兄弟没有做到和来不及做的事,他做了。我自己承担不了的事,他承担了。从父母的墓地回来,荒寂的路上如果没有他,那会是怎样的日子?可是现在,他也去了。

在繁忙的教学、研究之余,他为我编辑了《宗璞文集》四卷本。他是我的第一读者,为我的草稿挑毛病。我用引文懒得查时,便去问他,他会仔细地查好。我称他为风庐图书馆馆长,并因此很得意。现在我去问谁?

父亲去世以后,我把家中藏书赠给清华大学思想文化研究所,设立了"冯友兰文库",但留了《四部丛刊》和一些线装典籍,供仲德查阅。他阅读的范围,已经比父亲小多了。现在他走了,我把留下的最后的书也送出。我已经告别阅读,连个范围也没有了。他自己几十年收集的关于音乐美学方面的书,我都送给了中央音乐学院图书馆。学生们从这些书中得到帮助时,我想他会微笑。

他喜欢和人辩论,他的许多文章都在辩论。辩论就是各抒己见,当仁不让。他说思想经过碰撞会迸发出火花,互相启迪,得到升华,所谓真理愈辩愈明。如果只有"一言堂",思想必然僵化,那是很可怕的。他看到的只是学问道理,从没有个人意气。

他关心社会,反对躲进象牙之塔。他认为每一个生命是独立的又是相联的。他在音乐学院做基层人民代表十年,总想多为别人做些事。他是太不量力了,简直有些多事,我这样说他。他说大家的事要大家管。音乐史学家毛宇宽说:"蔡仲德是一位真正意义上的中国知识分子。"我觉得他是当得起的。

我们居住的庭院中有三棵松树,因三松堂之名得到许多人的关心。常有人来,有的是从很远的地方来,就为了要看一看这三棵松树。三棵松中有两棵高大,一棵枝条平展,宛如舞者伸出的手臂。仲德在时,这一棵松树已经枯萎,剩下一段枯木,我想留着,不料很不好看,挖去了。又栽上一棵油松,树顶圆圆的,宛如垂髫少女。仲德和我曾在这棵树前合影,他坐我立,这是他最后的一张室外照片,也是我们最后的合影。又一棵松树在一次暴风雨中折断了,剩下很高的枯干,有些凶相。现在这棵树也挖去了,仍旧补上一棵油松,姿态和垂髫少女完全不同,像是个小娃娃,人们说它是仙童。

仲德没有看见这棵新松。万物变迁,一代又一代,仲德留下了他的著作和理想,留下了他的爱心。爱心是和责任感连在一起的,我们家中从里到外许多事都是他管。他生病后的第一个冬天,在病房惦念着家里的暖气。他认为来暖气时应该打开暖气上的阀门,让水流出来,水才会通。他在病床上用电话指挥,每个房间依次打开不能搞乱。我们几个女流之辈,拎着水桶,被他指挥得团团转。其实我认为这是不必要的,可是我领头依令而行,泪滴在水桶里……

仲德和我在一起生活了三十五年,因为有了他,我的生活才这样丰满。我们可以彼此倾诉一切,意见不同可以辩论,但永远互相理解,互相尊重。在他最后的时刻,我们曾一起计算着属于我们两人的日子。他含泪低声说:"我们相聚的时间太少了。"现在想起来,仍觉肝肠寸断!只要有他,我实在别无所求。可是,可是他去了。

再没有人能像他那样分担我的责任,化解我的烦恼;我的心得体会再无人分享,笑容、眼泪也再无人印证。但他留下的力量是这样大,可以支持我,一直走向火星。

蔡仲德,我的夫君,在那里等我相聚。

女儿告诉我,她做过一个梦,梦见我们三个人在一起,仲德不知为什么起身要走。我们哭着要拉住他,可是怎么也拉不住。

人生的变化是拉不住的。

# 霞落燕园

　　北京大学各住宅区,都有个好听的名字。朗润、蔚秀、镜春、畅春,无不引起满眼芳菲和意致疏远的联想。而燕南园只是个地理方位,说明在燕园南端而已。这个住宅区很小,共有十六栋房屋,约一半在五十年代初已分隔供两家居住,"文革"前这里住户约二十家。六十三号校长住宅自马寅初先生因过早提出人口问题而迁走后,很长时间都空着。西北角的小楼则是党委统战部办公室,据说还是冰心前辈举行"第一次宴会"的地方。有一个游戏场,设秋千、跷跷板、沙坑等物。不过那时这里的子女辈多已在青年,忙着工作和改造,很少有闲情逸致来游戏。

　　每栋房屋照原来设计各有特点,如五十六号遍植樱花,春来如雪。周培源先生在此居住多年,我曾戏称之为周家花园,以与樱桃沟争胜。五十四号有大树桃花,从楼下倚窗而望,几乎可以伸手攀折,不过桃花映照的不是红颜,而是白发。六十一号的藤萝架依房屋形式搭成斜坡,紫色的花朵逐渐高起,直上楼台。随着时光流逝,各种花木减了许多。藤萝架已毁,桃树已斫,樱花也稀落多了。这几年万物复苏,有余力的人家都注意绿化,种些植物,却总是不时被修理下水道、铺设暖气管等工程毁去。施工的沟成年累月不填,各种器械也成年累月堆放,高高低低,颇有些惊险意味。

这只不过是最表面的变化。迁来这里已是第三十四个春天了。三十四年,可以是一个人的一辈子,做出辉煌事业的一辈子。三十四年,婴儿已过而立,中年重逢花甲。老人则不得不撒手另换世界了。燕南园里,几乎每一栋房屋都经历了丧事。

最先离去的是汤用彤先生。我们是紧邻。一九五四年的一天,他和我的父亲同往《人民日报》开会批判胡适先生,回来车到家门,他忽然说这是到了哪里,找不到自己的家。那便是中风先兆了。十年后逝世。记得曾见一介兄从后角门进来,臂上挂着一根手杖。我当时想,汤先生再也用不着它了。以后在院中散步,眼前常浮现老人矮胖的身材,团团的笑脸。那时觉得死亡真是不可思议的事。

"文化大革命"初始,一张大字报杀害了物理系饶毓泰先生,他在五十一号住处投缳身亡。数年后翦伯赞先生夫妇同时自尽,在六十四号。他们是"文革"中奉命搬进燕南园的。那时自杀的事时有所闻,记得还看过一个消息,题目是刹住自杀风,心里着实觉得惨。不过夫妇能同心走此绝路,一生到最后还有一同赴死的知己,人世间仿佛还有一点温馨。

一九七七年我自己的母亲去世后,死亡不再是遥远的了,而是重重地压在心上,却又让人觉得空落落,难以填补。虽然对死亡已渐熟悉,后来得知魏建功先生在一次手术中意外地去世时,还很惊诧。魏家迁进那座曾经空了许久的六十三号院,是在七十年代初,但那时它已是个大杂院了。魏太太王碧书曾和我的母亲说起,魏先生对她说过,解放以来经过多少次运动,想着这回可能不会有什么大错了,不想更错! 当时两位老太太不胜慨叹的情景,宛在目前。

六十五号哲学系郑昕先生,后迁来的东语系马坚先生和抱病多年的老住户历史系齐思和先生俱以疾终。一九八二年父亲和我从美国回来不久,我的弟弟去世,在悲苦忙乱之余忽然得知五十二号黄子卿先生也去世了。黄先生除是化学家外,擅长旧体诗,有唐人韵味。老一代专家的修养,实非后辈所能企及。

女植物学家吴素萱先生原在北大,后调植物所工作,一直没有搬家。七十年代末期我进城开会,常与她同路。她每天六点半到公共汽车站,非常准时。常把校园里的植物向她请教。她都认真回答,一点不以门外汉的愚蠢为可笑。她病逝后约半年,《人民日报》刊登了一张她在看显微镜的照片。当时传为奇谈。不过我想,这倒是这些先生们总的写照。九泉之下,所想的也是那点学问。

冯定同志是老干部,和先生们不同。在五十五号住了几十年,受批判也有几十年了。他有句名言:"无错不当检讨的英雄。"不管这是针对谁的,我认为这是一句好话,一句有骨气的话。如果我们党内能有坚持原则不随声附和的空气,党风民风何至于此! 听说一个小偷到他家破窗而入行窃,翻了半天才发现有人坐在屋中,连忙仓皇逃走,冯定对他说:"下回请你从门里进来。"这位老同志在久病备受折磨之后去世了。到他为止,燕南园向人世告别的"户主"已有十人。

但上天还需要学者。一九八六年五月六日,朱光潜先生与世长辞。

朱家在"文革"后期从燕东园迁来,与人合住了原统战部小楼。那时燕南园已有八十余户人家。兴建了一座公厕,可谓"文革"中的新生事物,现在又经翻修,成为园中最显眼的建筑。朱家也曾一度享用它。据朱太太奚今吾说,雨雪时先由家人扫出小路,老人再打着伞出来。令人庆幸的是北京晴天多。以后大家生活渐趋安定,便常见一位瘦小老人在校园中活动,早上举着手杖小跑,下午在体育馆前后慢走。我以为老先生们大都像我父亲一样,耳目失其聪明,未必认得我,不料他还记得,还知道些我的近况,不免暗自惭愧。

我没有上过朱先生的课,来往也不多。一九六〇年十月我调往《世界文学》编辑部,评论方面任务之一是发表古典文艺理论。我们组到的第一篇稿子是朱先生摘译的莱辛名著《拉奥孔:论画和诗的界限》,原书十六万字,朱先生摘译了两万多字,发表在一九六〇年十二月《世界文学》上。记得朱先生在译后记中论及莱辛提出的为什么拉奥孔在雕刻里不哀号,在诗里却哀号的问题。他用了化美为媚的说法。并曾对我说用"媚"字译 charming 最合适。媚是流动的,不是静止的;不只有外貌的形状,还有内心的精神。"回头一笑百媚生",那"生"字多么好!我一直记得这话。一九六一年下半年他又为我们选译了一组文艺复兴时代意大利文艺理论,都极精彩。两次译文的译后记都不长,可是都不只有材料上的帮助,且有见地。朱先生曾把文学批评分为四类,以导师自居、以法官自命、重考据和重在自己感受的印象派批评。他主张后者。这种批评不掉书袋,却需要极高的欣赏水平,需要洞见。我看现在《读书》杂志上有些文章颇有此意。

也不记得为什么,有一次追随许多老先生到香山,一个办事人自言自语:"这么多文曲星!"我便接着想,用满天云锦形容是否合适,满天云锦是由一片片霞彩组成的。不过那时只顾欣赏山的颜色,没有多注意人的活动。在玉华山庄一带观赏之余,我说我还从未上过"鬼见愁"呢,很想爬一爬。朱先生正坐在路边石头上,忽然说,他也想爬上鬼见愁。那年他该是近七十了,步履仍很矫健。当时因时间关系,不能走开,还说以后再来。香山红叶的霞彩变换了二十多回,我始终没有一偿登"鬼见愁"的夙愿,也许以后真会去一次,只是永不能陪同朱先生一起登临了。

"文革"后期政协有时放电影,大家同车前往。记得一次演了一部大概名为《万紫千红》的纪录片,有些民间歌舞。回来时朱先生很高兴,说:"这是中国的艺术,很美!"他说话的神气那样天真。他对生活充满了浓厚的感情和活泼泼的兴趣,也只有如此情浓的人,才能在生活里发现美,才有资格谈论美。正如他早年一篇讲人生艺术化的文章所说,文章忌俗滥,生活也忌俗滥。如季札挂剑夷齐采薇这种严肃的态度,是道德的也是艺术的。艺术的生活又是情趣丰富的生活。要在生活中寻求趣味,不能只与蝇蛆争温饱。记得他曾与他的学生澳籍学者陈兆华去看莎士比亚的一个剧,回来要不到出租车。陈兆华为此不平,曾投书《人民日报》。老先生潇洒地认为,看到了莎剧怎样辛苦也值得。

朱先生从给青年的十二封信开始,便和青年人保持着联系。我们这一批青年人已变为中年而接近老年了,我想他还有真正的青年朋友。这是毕生从事教育的老先生之福。就朱先生来说,其中必有奚先生内助之功,因为这需要精力、时间。他们曾要我把新出的书带到澳洲给陈兆华,带到社科院外文所给他的得意门生朱虹。他的学生们也都对他怀着深厚的感情。朱虹现在还怪我得知朱先生病危竟不给她打电话。

然而生活的重心、兴趣的焦点都集中在工作,时刻想着的都是各自的那点学问,这似乎是老先生们的共性。他们紧紧抓住不多了的时间,拼命吐出自己的丝,而且不断要使这丝更莫更美。有人送来一本澳大利亚人写的美学书,托我请朱先生看看值得译否。我知道老先生的时间何等宝贵,实不忍打扰,又不好从我这儿驳回,便拿书去试一试。不料他很感兴趣,连声让放下,他愿意看。看看人家有怎样的说法,看看是否对我国美学界有益。据说康有为曾有议论,他的学问在二十九岁时已臻成熟,以后不再求改。有的老先生寿开九秩,学问仍和六十年前一样,不趋时尚固然难得,然而六十年不再吸收新东西,这六十年又有何用?朱先生不是这样。他总在寻求,总在吸收,有执着也有变化。而在执着与变化之间,自有分寸。

老先生们常住医院,我在省视老父时如有哪位在,便去看望。一次朱先生恰住隔壁,推门进去时,见他正拿着稿子卧读。我说:"不准看了。拿着也累,看也累!"便取过稿子放在桌上。他笑着接受了管制。若是自己家人,他大概要发脾气的。这是他生命中最重要的事啊。他要用力吐他的丝,用力把他那片霞彩照亮些。

奚先生说,朱先生一年前患脑血栓后脾气很不好。他常以为房间中哪一处放着他的稿子,但实际没有,便烦恼得不得了。在香港大学授予他荣誉学位那天,他忽然不肯出席,要一个人待着,好容易才劝得去了。一位一生寻求美、研究美、以美为生的学者在老和病的障碍中的痛苦是别人难以想象的。——他现在再没有寻求的不安和遗失的烦恼了。

文成待发,又传来王力先生仙逝的消息。与王家在昆明龙头村便曾是邻居,燕南园中对门而居也已三十年了。三十年风风雨雨,也不过一眨眼的工夫。父亲九十大寿时,王先生和王太太夏蔚霞曾来祝贺,他们还去向朱先生告别,怎么就忽然一病不起!王先生一生无党无派,遗命夫妇合葬,墓碑上要刻他一九八〇年写的赠内诗。中有句云:"七省奔波逃狎狁,一灯如豆伴凄凉","今日桑榆晚景好,共祈百岁老鸳鸯"。可见其固守纯真之情,不与纷扰。各家老人转往万安公墓相候的渐多,我简直不敢往下想了。只有祷念龙虫并雕斋主人安息。

十六栋房屋已有十二户主人离开了。这条路上的行人是不会断的。他们都是一缕光辉的霞彩,又组成了绚烂的大片云锦,照耀过又消失,像万物消长一样。霞彩天天消去,但是次日还会生出。在东方,也在西方,还在青年学子的双颊上。

# 冬　至

这次手术之后,已经年余,却还是这里那里不舒服,连晨起的散步也久废不去了。今天拉开窗帘,见满地白亮亮,还以为是下了雪。再看时,原是一片月光,从松树的枝条间筛下。大半个月亮,挂在中天偏西。天空宽阔而洁净,和月光一起,罩着静悄悄的大地。

以为表出了问题,看钟,同样是六时一刻。又看日历,原来今天是冬至,从入秋起盼着的冬至。

近年有个奇怪心理:一见落叶悄悄飘离了树木,就盼冬至。随着落叶飘零,白昼一天天短,黑夜愈来愈长。清晨散步,几同夜行,无甚意趣。只要到了冬至,经过这一年中最短的白天,便昼渐长,夜渐短,渐渐地,春天就来了。好像人在生活的道路上落到了谷底,无可再落,就有了上升的希望。可以期待花开草长,可以期待那拖着蓝灰色长尾巴的喜鹊的喳喳叫声,并且在粉红色的晨光中吸进清新的空气。

很想看一看月光怎样淡去,晨光怎样浓来,却无这点闲逸的福分。在开始忙碌的一天时,心中充满了喜悦,因为冬至毕竟来了。因为天时有四季变化,时代有巨大变革;因为生活的丰富是尝不尽的。

冬至是一年的转机,我喜欢转机。

# 秋　韵

京华秋色,最先想到的总是香山红叶。曾记得满山如火如荼的壮观,在太阳下,那红色似乎在跳动,像火焰一样。二三友人,骑着小驴,笑语与嘚嘚蹄声相和,循着弯曲小道,在山里穿行。秋的丰富和幽静调和得匀匀的,向每个毛孔渗进来。后来驴没有了,路平坦得多了,可以痛快地一直走到半山。如果走的是双清这一边,一段山路后,上几个陡台阶,眼前会出现大片金黄,那是几棵大树,现在想来,该是银杏罢。满树茂密的叶子都黄透了,从树梢披散到地,黄得那样滋润,好像把秋天的丰收集在那里了。让人觉得,这才是秋天的基调。

今年秋到香山,人也到香山。满路车辆与行人,如同电影散场,或要举行大规模代表会。只好改道万安山,去寻秋意。山麓有一片黄栌,不甚茂密。法海寺废墟前石阶两旁,有两片暗红,也很寥落。废墟上有顺治年间的残碑,镌有不得砍伐、不得放牧的字样。乱草丛中,断石横卧,枯树枝头,露出灰蓝的天和不甚明亮的太阳。这似乎很有秋天的萧索气象了。然而,这不是我要寻找的秋的韵致。

有人说,该到圆明园去,西洋楼西北的一片树林,这时大概正染着红、黄两种富丽的颜色。可对我来说,不断的寻秋是太奢侈了,不能支出这时间,且待来年罢。家人说:来年人更多,你骑车的本领更差,也还是无由寻到的。那就待来生罢,我说,大家一笑。

其实,我是注意今世的。清晨照例的散步,便是为了寻健康,没有什么浪漫色彩。这一天,秋已深了,披着斜风细雨,照例走到临湖轩下小湖旁,忽然觉得景色这般奇妙,似乎我从未到过这里。

小湖南面有一座小山,山与湖之间是一排高大的银杏树。几天不见,竟变成一座金黄屏障,遮住了山,映进了水。扇形叶子落了一地,铺满了绕湖的小径。似乎这金黄屏障向四周渗透,无限地扩大了。循路走去,湖东侧一片鲜红跳进眼帘。这样耀眼的红叶!不是黄栌,黄栌的红较暗;不是枫树,枫叶的红较深。这红叶着了雨,远看鲜亮极了,近看时,是对称的长形叶子,地下也有不少,成了薄薄一层红毯。在小片鲜红和高大的金屏障之间,还有深浅不同的绿,深浅不同的褐、棕等丰富的颜色环抱着澄明的秋水。冷冷的几滴秋雨,更给整个景色添了几分朦胧,似乎除了眼前一切,还有别的蕴藏。

这是我要寻的秋的韵致吗?秋天是有成绩的人生,绚烂多彩而肃穆庄严,似朦胧而实清明,充满了大彻大悟的味道。

秋去冬来之时,意外地收到一份讣告,是父亲的一位哲学友人故去了。讣告上除生卒年月外,只有一首遗诗。译出来是这等模样:

不要推却友爱
不要延迟欢乐
现在不悟
便永迷惑
在这里
一切都有了着落

我要寻找的秋韵,原来便在现在,在这里,在心头。

# 送　春

说起燕园的野花,声势最为浩大的,要数二月兰了。它们本是很单薄的,脆弱的茎,几片叶子,顶上开着小朵小朵简单的花。可是开成一大片,就形成春光中重要的色调。阴历二月,它们已探头探脑地出现在地上,然后忽然一下子就成了一大片。一大片深紫浅紫的颜色,不知为什么总有点朦胧。房前屋后,路边沟沿,都让它们占据了,熏染了。看起来,好像比它们实际占的地盘还要大。微风过处,花面起伏,丰富的各种层次的紫色一闪一闪地滚动着,仿佛还要到别处去涂抹。

没有人种过这花,但它每年都大开而特开。童年在清华,屋旁小溪边,便是它们的世界。人们不在意有这些花,它们也不在意人们是否在意,只管尽情地开放。那多变化的紫色,贯穿了我所经历的几十个春天。只在昆明那几年让白色的木香花代替了。木香花以后的岁月,便定格在燕园,而燕园的明媚春光,是少不了二月兰的。

斯诺墓所在的小山后面,人迹罕到,便成了二月兰的天下。从路边到山坡,在树与树之间,挤满花朵。有一小块颜色很深,像需要些水化一化;有一块颜色很浅,近乎白色。在深色中有浅色的花朵,形成一些小亮点儿;在浅色中又有深色的笔触,免得它太轻灵。深深浅浅连成一片。这条路我也是不常走的,但每到春天,总要多来几回,看看这些小友。

其实我家近处,便有大片二月兰。各芳邻门前都有特色,有人从荷兰带回郁金香,有人从近处花圃移来各色花草。这家因主人年老,儿孙远居海外,没有人侍弄园子,倒给了二月兰充分发展的机会。春来开得满园,像一块花毯,衬着边上的绿松墙。花朵们往松墙的缝隙间直挤过去,稳重的松树也在含笑望着它们。

这花开得好放肆!我心里说。我家屋后,一条弯弯的石径两侧直到后窗下,每到春来,都是二月兰的领地。面积虽小,也在尽情抛洒春光。不想一次有人来收拾院子,给枯草烧了一把火,说也要给野花立规矩。次年春天便不见了二月兰,它受不了规矩。野草却依旧猛长。我简直想给二月兰写信,邀请它们重返家园。信是无处投递,乃特地从附近移了几棵,也尚未见功效。

许多人不知道二月兰为何许花,甚至语文教科书的插图也把它画成兰花的模样。兰花素有花中君子之称,品高香幽。二月兰虽也有个兰字,可完全与兰花没有关系,也不想攀高枝,只悄悄从泥土中钻出来,如火如荼点缀了春光,又悄悄落尽。我曾建议一年轻画徒,画一画这野花,最好用水彩,用印象派手法。年轻人交来一幅画稿,在灰暗的背景中只有一枝伶仃的花,又依照"现代"眼光,在花旁画了一个破竹篮。

"这不是二月兰的典型姿态。"我心里评判着。二月兰是一大片一大片的,千军万马。身躯瘦弱地位卑下,却高扬着活力,看了让人透不过气来。而且它们不只开得隆重茂盛,尽情尽性,还有持久的精神。这是今春才悟到的。

因为病,因为懒,常几日不出房门。整个春天各种花开花谢,来去匆匆,有的便不得见。却总见二月兰不动声色地开在那里,似乎随时在等候,问一句:"你好些吗?"

又是一次小病后,在园中行走。忽觉绿色满眼,已为遮蔽炎热做准备。走到二月兰的领地时,不见花朵,只剩下绿色直连到松墙。好像原有一大张绚烂的彩画,现在掀过去了,卷起来了,放在什么地方,以待来年。

我知道,春归去了。

在领地边徘徊了一会儿,忽然意识到二月兰的忠心和执着。从春如十三女儿学绣时,它便开花,直到雨僝风僽,春深春老。它迎春来,伴春在,送春去。古诗云"开到荼蘼花事了",我始终不知荼蘼是个什么样儿,却亲见二月兰蓦然消失,是春归的一个指征。

迎春人人欢喜,有谁喜欢送春?忠心的、执着的二月兰没有推托这个任务。

# 西 湖 漫 笔

平生最喜游山逛水。这几年来,很改了不少闲情逸致,只在这山水上头,却还依旧。那五百里滇池潾潾的水波,那兴安岭上起伏不断的绿沉沉的林海,那开满了各色无名的花儿的广阔的呼伦贝尔草原,以及那举手可以接天的险峻的华山……曾给人多少有趣的思想,曾激发起多少变幻的感情。一到这些名山大川异地胜景,总会有一种奇怪的力量震荡着我,几乎忍不住要呼喊起来:"这是我的伟大的、亲爱的祖国——"

然而在足迹所到的地方,也有经过很长久的时间,我才能理解、欣赏的。正像看达·芬奇的名画《永远的微笑》,我曾看过多少遍,看不出她美在哪里;在看过多少遍之后,一次又拿来把玩,忽然发现那温柔的微笑,那嘴角的线条,那手的表情,是这样无以名状的美,只觉得眼泪直涌上来。山水,也是这样的,去上一次两次,可能不会了解它的性情,直到去过三次四次,才恍然有所悟。

我要说的地方,是多少人说过写过的杭州。六月间,我第四次去到西子湖畔,距第一次来,已经有九年了。这九年间,我竟没有说过西湖一句好话。发议论说,论秀媚,西湖比不上长湖,天真自然,楚楚有致;论宏伟,比不上太湖,烟霞万顷,气象万千。——好在到过的名湖不多,不然,不知还有多少谬论。

奇怪得很,这次却有着迥乎不同的印象。六月,并不是好时候,没有花,没有雪,没有春光,也没有秋意。那几天,有的是满湖烟雨,山光水色,俱是一片迷蒙。西湖,仿佛在半醒半睡。空气中,弥漫着经了雨的栀子花的甜香。记起东坡诗句:"水光潋滟晴方好,山色空蒙雨亦奇。"便想,东坡自是最了解西湖的人,实在应该仔细观赏、领略才是。

正像每次一样,匆匆地来,又匆匆地去。几天中我领略了两个字,一个是"绿",只凭这一点,已使我流连忘返。雨中去访灵隐,一下车,只觉得绿意扑眼而来。道旁古木参天,苍翠欲滴,似乎飘着的雨丝儿也都是绿的。飞来峰上层层叠叠的树木,有的绿得发黑,深极了,浓极了;有的绿得发蓝,浅极了,亮极了。峰下蜿蜒的小径,布满青苔,直绿到了石头缝里。在冷泉亭上小坐,直觉得遍体生凉,心旷神怡。亭旁溪水铮,说是溪水,其实表达不出那奔流的气势,平稳处也是碧澄澄的,流得急了,水花飞溅,如飞珠滚玉一般,在这一片绿色的影中显得分外好看。

西湖胜景很多,各处有不同的好处,即便一个绿色,也各有不同。黄龙洞绿得幽,屏风山绿得野,九曲十八涧绿得闲……不能一一去说。漫步苏堤,两边都是湖水,远水如烟,近水着了微雨,泛起一层银灰的颜色。走着走着,忽见路旁的树十分古怪,一棵棵树身虽然离得较远,却给人一种莽莽苍苍的感觉,似乎是从树梢一直绿到了地下。走近看时,原来是树身上布满了绿茸茸的青苔,那样鲜嫩,那样可爱,使得绿茵茵的苏堤,更加绿了几分。有的青苔,形状也有趣,如耕牛,如牧人,如树木,如云霞;有的整片看来,布局宛然,如同一幅青绿山水。这种绿苔,给我的印象是坚忍不拔,不知当初苏公对它们印象怎样。

在花港观鱼,看到了又一种绿。那是满池的新荷,圆圆的绿叶,或亭亭立于水上,或婉转靠在水面,只觉得一种蓬勃的生机,跳跃满池。绿色,本来是生命的颜色。我最爱着初春的杨柳嫩枝,那样鲜,那样亮,柳枝儿一摆,似乎蹬着脚告诉你,春天来了。荷叶,则要持重一些,初夏,则更成熟一些,但那透过的活泼的绿色表现出来的茁壮的生命力,是一样的。再加上叶面上的水珠儿滴溜溜滚,简直好像满池荷叶都要裙袂飞扬,翩然起舞了。

从花港乘船而回,雨已停了,远山青中带紫,如同凝住了一段云霞。波平如镜,船儿在水面上滑行,只有桨声欸乃,愈增加了一湖幽静。一会儿摇船的姑娘歇了桨,喝了杯茶,靠在船舷,只见她向水中一摸,顺手便带上一条欢蹦乱跳的大鲤鱼。她自己只微笑着一声不出,把鱼甩在船板上。同船的朋友看得入迷,连连说,这怎么可能! 上岸时,又回头看那在浓重暮色中变得无边无际的白茫茫的湖水,惊叹道:"真是个神奇的湖!"

我们整个的国家,不是也可以说是神奇的吗? 我这次来领略到的另一个字,就是"变"。和全国任何地方一样,隔些时候去,总会看到变化,变得快,变得好,变得神奇。都锦生织锦厂在我印象中,是一个窄狭的旧式的厂子。这次去,走进一个花木葱茏的大院子,我还以为找错了地方。技术上、管理上的改进和发展就不用说了。我看到织就的西湖风景,当然羡慕其织工精细,但却想,怎么可能把祖国的锦绣河山织出来呢?不可能的。因为河山在变,在飞跃!最初到花港时,印象中只是个小巧曲折的园子,四周是一片荒芜。这次却见变得开展了,加了好几处绿草坪,种了许多叫不上名字来的花和树,顿觉天地广阔了许多,丰富了许多。那在新鲜的活水中游来游去的金鱼们,一定会知道得更清楚罢。据说,这一处观赏地原来只有二亩,现在已有二百一十亩。我和数字是没有什么缘分的,可是这次我却深深地记住了。这种修葺,是建设中极次要的一部分,从它,可以看出更多的东西……

更何况西湖连性情也变得活泼热闹了,星期天,游人泛舟湖上,真是满湖的笑,满湖的歌!西湖的度量,原也是容得了活泼热闹的。两三人寻幽访韵固然好,许多人畅谈畅游也极佳。见公共汽车往来运载游人,忽又想起东坡在密州出猎时写的一首《江城子》:"老夫聊发少年狂。左牵黄,右擎苍。锦帽貂裘,千骑卷平冈。"想来他在杭州,当有更盛的情景吧?那时是"倾城随太守",这时是每个人在公余之暇,来休息身心,享山水之乐。这热闹,不更千百倍地有意思吗?

希腊画家亚伯尔曾把自己的画放在街上,自己躲在画后,听取意见。有一个鞋匠说人物的鞋子画得不对,他马上改了。这鞋匠又批评别的部分,他忍不住从画后跑出来说,你还是只谈鞋子好了。因为对西湖的印象究竟只是浮光掠影,这篇小文,很可能是鞋匠的议论,然而心到神知,想西湖不会怪我唐突罢?

## 墨 城 红 月

一过兴安岭,觉得天气猛然一凉。车窗外不再是无边的青纱帐,先是些高高低低的灌木丛,再过去,就是均匀的绿色。这就是呼伦贝尔草原吗?直到看见那黑色的,又有些透明的河水,才恍然,确实又来到草原上了。

不知为什么,这里的大大小小的河水都是那样一种黑色,它一点不浑浊,只显得有些冷,有些重。但它自己一点不觉得,只顾流着。草原上的中心城市海拉尔,意思是"墨城"。我第一次来时,觉得很奇怪,这个新兴的城和墨城哪里有什么关系。这一次,我从河水又认识了草原,便猜想,墨城的名字,可能是从河水而来吧。

墨城海拉尔便在这样一条河旁,河上有大桥把新旧市区连接起来。这次旅行,喜欢活动的我,为病所拘,不曾出去活动,只管坐着看天;有时在桥上闲步,水么,只是流,已经知道它的特点了,便也还是看天。不料从天上,竟也看出一些名目。

这天是草原上的天,草原毫无遮拦,这样开阔,这样坦率,只是一个劲儿的绿。天呢,却是变化多端。它常常显得离地很近,有时站在四不靠的草原上,总觉得天还是可以用手摸得到的,在大桥上看日落,真是"远在天边,近在眼前"了。太阳如同从炉中锻出的炽热的铁,红得发白。沉下去以后,天边还久久地染着余光。我便想,那一块天,一定很烫很烫。

那云也奇怪。它仿佛不在天上,而在地上,应该说,就是在那天和地的交界上。像要往上飘,又像要往下落,让人摸不着头脑。有时乌云密布,天阴沉沉的,滴得下水来。忽然间云在空中活动起来,大块大块地往天边滑去,太阳马上就光灿灿的,照得人睁不开眼。天也骤然升高了,就是飞,也难得上去了。那些云,都集中到一堆,落到天地的边缘上,好像是谁在那刷了一笔浓墨。想来那里一定会下大雨,让丰盛的草原畅饮一番。再等一会儿,这一"笔"勾销了,却又在天的另一边,添上了一笔。这看不见的笔挥来挥去,云层就汹涌而来,呼啸而去,忙个不停。那施云童子、布雾郎君,以及四海的龙王爷,在这一带的任务似乎特别繁忙,我真替他们累得慌呢。

一个傍晚,千变万化的落照已经过去了。只在天地间有一道明亮的红云,直从暮色中透过来。我站在桥上望着它,等它隐去,然而它竟不,只执拗地横在那里。等着等着,云层中忽然起了一团红光,像是个正燃烧的火球,滚了一阵,又倏地消失了。紧接着一个火球又是一个火球,都是那样闪着红光,滚滚而逝。正在看得有趣,听见有人说:"打雷啦,闪电啦,可该回家啦。"回头一看,见是个年老的牧民,牵着一匹肥壮的马,准也是要回家,望着我亲切地笑着。我便也向他笑笑,往回处走去,一路还回头去看那云后的闪电。

过了几天,便是中元节。我的看天的兴趣也达到了顶峰,因为那月亮更是奇怪,它从草原的尽头升起时,简直大得吓人,足像个汽车轮子——当然比汽车轮子好看。它照着刚被黑夜笼罩的绿色草原,现出一种淡黄的颜色,周围有轻云缠绕,引人深思。行到中天,便全没了那种朦胧的气氛,十分明亮,十分光洁。照得上下左右,成了一片通明的世界,让人看了,胸中再存不住半点杂念。等到将落未落时,却又变成朱红的颜色,在碧沉沉的天空里,红色那样含蓄,那样润泽。记得听人唱过一个民歌,其中有"天上的红月亮"的句子,觉得奇怪,月亮哪有红的呢,最多是黄的。在这里,知道了月亮真有红的,而且是这样的红,那红色是活泼的,流动的,仿佛它正在红着……

曾和几位考古专家一同步月,他们用洞察过去的眼光看出这月光下的旷野应该是古战场。这一带民族复杂,地居险要,一向是争战的场所,然而那确都已成了过去。草原,在民族大家庭里劳动着,成长着。在桥头,又看见那老牧民,还是牵着那肥壮的马,大步走着。我们像老相识似的攀谈了很久。他小声告诉我:"咱盟里今年的牲畜,比去年增加了几十万头。"我看着他,高兴而又惊异。他,这个满面风霜的老人,关心的是整个草原的兴旺。扭转乾坤的不就是他,许许多多的他吗?

月光照着他骑马向草原上驰去,我也没问他家住在哪儿。月亮会知道的吧?它默默地照了几千年几万年了。它知道今天的考古专家们将来也会被别人考古,而他也知道这个时代的人在怎样的创造历史。

　　我久久不能入睡。推开窗户,等着看那碧天红月的奇景。草原是多么辽阔,天空是多么明净,我们的祖国是多么美,多么好,便连月亮,也是红的啊!

## 紫藤萝瀑布

我不由得停住了脚步。

从未见过开得这样盛的藤萝,只见一片辉煌的淡紫色,像一条瀑布,从空中垂下,不见其发端,也不见其终极,只是深深浅浅的紫,仿佛在流动,在欢笑,在不停地生长。紫色的大条幅上,泛着点点银光,就像迸溅的水花。仔细看时,才知那是每一朵紫花中最浅淡的部分,在和阳光互相挑逗。

这里春红已谢,没有赏花的人群,也没有蜂围蝶阵。有的就是这一树闪光的、盛开的藤萝。花朵儿一串挨着一串,一朵接着一朵,彼此推着挤着,好不活泼热闹!

"我在开花!"它们在笑。

"我在开花!"它们嚷嚷。

每一穗花都是上面的盛开、下面的待放。颜色便上浅下深,好像那紫色沉淀下来了,沉淀在最嫩最小的花苞里。每一朵盛开的花像是一个张满了的小小的帆,帆下带着尖底的舱。船舱鼓鼓的,又像一个忍俊不禁的笑容,就要绽开似的。那里装的是什么仙露琼浆?我凑上去,想摘一朵。

但是我没有摘。我没有摘花的习惯。我只是伫立凝望,觉得这一条紫藤萝瀑布不只在我眼前,也在我心上缓缓流过。流着流着,它带走了这些时一直压在我心上的关于生死的疑惑,关于疾病的痛楚。我浸在这繁密的花朵的光辉中,别的一切暂时都不存在,有的只是精神上的宁静和生的喜悦。

这里除了光彩,还有淡淡的芳香,香气似乎也是浅紫色的,梦幻一般轻轻地笼罩着我。忽然记起十多年前家门外也曾有过一大株紫藤萝,它依傍一株枯槐爬得很高,但花朵从来都稀落,东一穗西一串伶仃地挂在树梢,好像在察言观色,试探什么。后来索性连那稀零的花串也没有了。园中别的紫藤萝花架也都拆掉,改种了果树。那时的说法是,花和生活腐化有什么必然关系。我曾遗憾地想:这里再看不见藤萝花了。

过了这么多年。藤萝又开花了,而且开得这样盛,这样密,紫色的瀑布遮住了粗壮的盘虬卧龙般的枝干,不断地流着,流着,流向人的心底。

花和人都会遇到各种各样的不幸,但是生命的长河是无止境的。我抚摸了一下那小小的紫色的花舱,那里满装着生命的酒浆,它张满了帆,在这闪光的花的河流上航行。它是万花中的一朵,也正是由每一个一朵,组成了万花灿烂的流动的瀑布。

在这浅紫色的光辉和浅紫色的芳香中,我不觉加快了脚步。

# 三峡散记

我所见的三峡,从中峡巫峡始。

船从汉口开。那一天天色灰蒙蒙的;水色也灰蒙蒙的。在一片灰蒙蒙之间,长江大桥平静稳重地跨在龟蛇二山上。古色古香的黄鹤楼和现代化的二十层的晴川饭店遥相对峙。水面上忽然闪出一道亮光,摇着、跳着,往船头方向漾开去。一直到大桥那一边。原来云层里透出小半个灰白的太阳来。

船开了,追着水面跳荡的远去的阳光开行了。

大桥看不见了。两岸房屋越来越少,江面越来越宽,有一道绿边围着,极目前方,出口很窄,水天相接,长江从窄窄的天上流过来。等船驶近,原来也是十分宽阔。窄窄的水天相接的出口又移到远处了。于是又向前去穿过那窄的出口。

船行的次日中午过沙市,约停四五小时又起锚。直到黄昏,原野还是平阔,江流浩荡。暮色中更显得浑重。我想不出三峡是怎样开始的。便去问过来人。据说山势逐渐高起,过了宜昌才见分晓。日程表上写明第三日七时左右到下峡西陵峡,尽可放心休息。

半夜两点多钟,一阵喧闹的人声、哨声和拖铁链的声音把我惊醒。从窗中看出去,只见一堵铁壁挡在眼前,几乎伸手便可摸到。"到葛洲坝了!"我猛醒,连忙起身出房。只见甲板上灯火辉煌,我们的船在船闸里。上下四层的船不及闸墙三分之一高,抬头觉得闸顶很远,那一块黑漆漆的天空更远。人们从船头走到船尾,又从船尾走到船头,互相招呼:"要放水了!""要开闸了!"据说闸门每扇有两个篮球场大。等到船闸停满了船只,便开始放水。眼看着我们的船向上浮升,一会儿工夫,已不用仰望闸顶,只消平视了。紧接着闸门缓缓打开,"扬子江"号破浪前行,黑夜间,觉得风声水声灌满两耳。站在船尾看时,璀璨的葛洲坝灯火渐渐远去,终于消失在黑暗里。我心中充满了对人——我的同类的无限敬仰之情。只因有了人,万物之灵长的人,万物本身,包括这日夜奔腾不息的长江,才有各自的意义。

我自己却是愚蠢之物,过分相信日程表,以为离七点钟尚早,便又回房。等我再出来时,两岸有丘陵起伏,满心以为要到三峡了,不想伙伴们说:"西陵峡已经过了!屈原和昭君故里都过了!"

我好懊恼。"百里西陵一梦中。"我说。

可是没有时间懊恼或推敲诗句。船左舷很快出现一座山城,古旧的房屋依山势而建,层层叠叠,背倚高山,下临江水,颇觉神秘。这是寇莱公初登仕途,做县令的地方。大江东流,沿岸哺育了多少俊杰人物,有名的和无名的,使人在山水草木城郭之间总有许多联想。不只是地理的,而且是历史的,这是中国风景的特色。

天还是灰蒙蒙的,雨点儿在空中乱飞。据说这是标准的巫峡天气。我们在云雾弥漫中向前行驶。忽然面前出现两座奇峰,布满树木,呈墨绿色。江水从两山间流来。两山后还有山,颜色淡得多,披云着雾。江水在这山前弯过去了,真不知里面有多深多远!这就是巫峡东口了,只觉得一派仙气笼罩着山和水。人们都很兴奋,山水却显得无比的沉静,像一幅无言的画,等待人走进去。

船进入巫峡,江流顿时窄了许多。两岸峭壁如同刀削,插在水里。浑浊泥黄的江水形成一个个小漩涡,从船两边退去,分不清水究竟向哪个方向流。面前秀丽的山峰截断了江流,到山前才知道可以绕过去。绕过去又是劈开的两座结构奇特的山峰,峰后云遮雾掩,一座座峰颜色越来越淡,像是墨在纸上洇了开来。大家惊异慨叹,不顾风雨,倚在栏边,眼睛都不敢眨一眨。我望着从船旁退去的葱葱郁郁的高山,真想伸手摸一摸。这山似乎并不比船闸远多少。

据说神女峰常为云雾遮蔽,轻易不肯露面。人们从上船起便关心是否有缘得见。抬头仰望,只觉得巉岩绝壁压顶而来,令人赞叹之间不免惶悚。一个个各种名目的峡过去了,奇极了,也美极了。冷风挟着雨滴和山水一起迎接我们的船。"快看,快看!"大家互相指着叫着,"看到了!看到了!"看到的舒一口气,没看到的懊丧地继续伸长脖子。

我看到了。我早就知道神女会见我的。那山峰本来就峻峭秀奇,在云雾中似乎有飞腾之势。就在峰顶侧,站着一个窈窕女子,衣袂飘飘,凝神远望。怎能信她是块石头!再一想,她本是块石头,多亏了人,才化为仙女,得万人瞻仰;她才有她的事迹,得千古流传。薄薄的淡灰色的云纱缠绕着仙女和峰顶,云和山一起移动,人们回头看,再回头看,看不见了。

快到巫山时,一只货船自上流急驶而下,船上人大声喊着,听起来像歌一样萦绕在峡谷中。临近时才听清他喊的是"道谢了!道谢了!"原来是大船为免小船颠簸,放慢了速度。

"道谢了!道谢了!"喊声随着船远去了。忽然想起《水经注》上对巫峡的总结:"巴东三峡巫峡长,猿鸣三声泪沾裳。"现在没有猿啼了。却有人的喊声在峡谷中撞击,充满了和自然搏斗的欢乐。

过了巫山县,驶过黛溪宽谷,便是上峡瞿塘峡。上峡只有八公里,仍是高山重障断岸千尺,很是雄浑壮伟,只不如中峡灵秀。出夔门时,据说滟滪就在脚下,还有传说为八阵图的礁石也炸掉了。人,当然是要胜过石头的。

五月四日上午到重庆。距四六年过此地,已是三十九年了。当时全家六人,如今只余其半。得诗一首志此:"四十年前忆旧游,曾怀夙约在渝州。雾浓山转疑无路,月冷波回知有秋。似纸人情薄不卷,如云往事散难收。恸哭几度服缟素,销尽心香看白头。"

这里不是物是人非,物也大大变迁了。夜晚在码头候船。江中也有万家灯火,大小船只密密麻麻,好一派热闹气象。这晚皓月当空,距上次见此山城月,已近五百回圆了。

五日从重庆返回,顺江而下。次日上午到奉节停泊。有一小汽船带一座船,载我们到上峡中风箱峡看纤道。小船行驶在长江里,两岸的山显得格外高,直插入云,水中漩涡急转,深不可测。船行近一座峭壁,只见山侧有一道凹进去的沟,那就是从前的纤道了。《水经注》载过三峡下水五日,上水百日,可见其难。五十年代初上水还需半个月,也是人力为主。登石阶数百,可以站在纤道上,头顶山崖几乎不可直立。想当初拉纤人便是这样弯着身子逆水拖船的。这时人没有船的支撑,山势更显雄伟,脚下急流滚滚,真觉得个人不过渺如沧海之一粟。从峡口望进去,可以看到六层山色,最近的是黄,然后是深绿、绿、蓝灰、灰和在江尽处天下边的灰白,灰白后似乎还有什么,每个人可以自己在想象里补充。

我忽然想跳进江去,当然没有实行。其实真有机会一亲长江流水时,是绝不肯的。

回去时,小船正驶在江心,上游飞快地下来了一只货船。船上人高声喊着,还是唱歌一样。忽然一声巨响,船猛地歪了一下,许多人跌倒了,有的人头上碰出血来。两边船上都惊呼,又有人喊话,寂静的江心一时好不热闹。原来那货船把小汽船和我们的座船之间的缆绳撞断了。那货船仍在喊话,顺着急流转眼就不见了。下水船是停不住的。我们的座船在江心滴溜溜乱转。我正奇怪它到底要往哪边行驶,忽然发现它不能开,只能随旋转的水而旋转。不免心向下沉。幸亏小汽船及时抛过缆绳,很快调整好了,平安驶回"扬子江"号。回船后大家都有些后怕。座船上没有任何工具,若冲下去,只有撞在礁石上粉身碎骨了。想来江流吞没的英雄好汉,不在少数。

而吞没的尽管吞没了,几千万年如水流去。人渐渐了解江河了,然而究竟又了解多少呢?

船在奉节停泊一夜,七日晨又进入三峡。水急船速,中午时分已到下峡。我因上水时错过了,便一直守在船栏边。一般的说法是上峡雄,中峡秀,下峡险。近年来下峡的巨石险滩多已除去,并无特别险阻之处了。眼前是叠峦秀峰,可以引出各种想象。不可仰视的断岸绝壁上有着斑斓的花纹,有的如波浪,有的如山峦,有的如大幅抽象派的画。繁复的线条和颜色,气势逼人,不可名状。这可以说是西陵峡的特色吧。但是我想不出一个准确的字来概括。大幅绝壁上面是葱葱郁郁的山巅。据说山巅上平野肥沃,别有天地。山水奇妙,真不可思议。

船过秭归、香溪,是屈原、昭君故里。滚滚长江,每一段都有中华民族可歌可泣的历史遗迹。以"扬子江"号的速度,怀古都来不及。而我们的绝才绝色都出于此,也是天地灵秀之所钟了。香溪水斜插入江,颜色与江水截然不同。一青一黄,分明得很。世事滔滔,总有人是在"独醒"的。其实,对于"世事洞明皆学问,人情练达即文章"这两句话,我倒是很佩服。

船驶出西陵峡口,顿觉天地一宽。见峡口两峰并不很高大,这是因葛洲坝使水位提高了。峡口山上有亭台,众人如蚁行其上,显然是一公园。远见大堤拦截,各种横杆竖线,我们又回到了红尘。

峡口两山老实地站在江中,船仍随水东流。我和我的记忆,也随船飘远了。

# 恨　书

写下这个题目,自己觉得有几分吓人。书之可宝可爱,尽人皆知,何以会惹得我恨?有时甚至是恨恨不已,恨声不绝,恨不得把它们都扔出去,剩下一间空荡荡的屋子。

显而易见,最先的问题是地盘问题。老父今年九十岁了,少说也积了七十年书。虽然屡经各种洗礼,所藏还是可观。原先集中摆放,一排一排,很有个小图书馆的模样。后来人口扩张,下一代不愿住不见阳光的小黑屋,见"图书馆"阳光明媚,便对书有些怀恨。"书都把人挤得没地方了。"这意见母亲在世时便有。听说有位老学者一直让书住正房,我这一代人可没有那修养了,以为人为万物之灵,书也是人写的,人比书更应该得到阳光空气,得到推窗得见的好景致。

后来便把书化整为零,分在各个房间。于是我的斗室也摊上几架旧书,《列子》《抱朴子》《亢仓子》《淮南子》《燕丹子》……它们遥远又遥远,神秘又无用。还有《皇清经解》,想起来便觉得腐气冲天。而我的文稿札记只好塞在这些书缝中,可怜地露出一点纸边,几乎要遗失在悠久的历史的茫然里。

其次惹得人恨的是书柜。它们的年龄都已有半个世纪,有的古色古香,上面的大篆字至今没有确解。这我倒并无恶感。糟糕的是许多书柜没有拉手,当初可能没有这种"设备"(照说也不至于),以致很难开关,关时要对准榫头,关上后便再也开不开,每次都得起用改锥(那也得找半天)。可是有的柜门却太松,低头屈身,找下面柜中书时,上面的柜门会忽然掉下,啪的一声砸在头上,真把人打得发昏!岂非关系人命的大事!怎不令人怀恨!有时晚饭后全家围坐笑语融融之际,或夜深梦酣之时,忽然一声巨响,使人心惊胆战,以为是地震或某种爆炸,惊走或披衣起来查看,原来是柜门掉了下来!

其实这些都不是解决不了的问题,只因我理家包括理书无方,才因循至此。可是因为书,我常觉惶惶然。这种惶惶然的感觉细想时可分为二。一是常感负疚,一是常觉遗憾。确是无法解决的。

邓拓同志有句云"闭户遍读家藏书",谓是人生一乐。在家藏旧书中遇见一本想读的书,真令人又惊又喜。但看来我今生是不能有遍读之乐了。不要说读,连理也做不到。一因没有时间,忙里偷闲时也有比书更重要的人和事需要照管料理。二是没有精力,有时需要放下最重要的事坐着喘气儿。三是因为过敏疾病,不能接触久置积尘的书。于是大家推选外子为图书馆馆长。这些年我们在这座房子里搬来搬去,可怜他负书行的路约也在百里以上了。在每次搬动之余,也处理一些没有保存价值的东西。一次我从外面回来,见我们的图书馆长正在门前处理旧书。我稍一拨弄,竟发现两本《丛书集成》中的花卉书。要知道《丛书集成》约四千本一套的啊！于是我在怒火上升又下降之后，觉得他也太辛苦，哪能一本本都仔细看过。又怀疑是否扔去了珍贵的书，又责怪自己无能，没有担负起应尽的责任，如此怨天尤人，到后来觉得罪魁祸首都是书！

书还使我常觉遗憾。在我们磕头碰脑满眼旧书的居所中，常常发现有想读的或特别珍爱的书不见了。我曾遇一本英文的《杨子》，翻了一两页，竟很有诗意。想看，搁在一边，也找不到了。又曾遇一本陆志韦关于唐诗的五篇英文演讲，想看，搁在一边，也找不到了。后来大图书馆中贴出这一书目，当然也不会特意去借。最令人痛惜的是四库全书中萧云从离骚全图的影印本，很大的本子，极讲究的锦面，醒目的大字，想细细把玩，可是，又找不到了！也许只在此山中，云深不知处？据图书馆长说已遍寻无着——总以为若是我自己找，可能会出现。但是总未能找，书也未出现。

好遗憾啊！于是我想，还不如根本没有这些书，也不用负疚，也没有遗憾。

那该多么轻松。对无能如我者来说，这可能是上策。但我毕竟神经正常，不能真把书全请出门，只好仍时时恨恨，凑合着过日子。

是曰恨书。

# 卖 书

几年前写过一篇短文《恨书》,恨了若干年,结果是卖掉。这话说说容易,真到做出也颇费周折。

卖书的主要目的是扩大空间。因为侍奉老父,多年随居燕园,房子总算不小,但大部为书所占。四壁图书固然可爱,到了四壁容不下,横七竖八向房中伸出,书墙层叠,挡住去路,则不免闷气。而且新书源源不绝,往往信手一塞,混入历史之中,再难寻觅。有一天忽然悟出,要有搁新书的地方,先得处理旧书。

其实处理零散的旧书,早在不断进行。现在的目标,是成套的大书。以为若卖了,既可腾出地盘,又可贴补家用,何乐而不为。依外子仲的意见,要请出的首先是《丛书集成》,而我认为这部书包罗万象,很有用;且因他曾险些错卖了几本,受我责备,不免有衔恨的嫌疑,不能卖。又讨论了百衲本的"二十四史",因为放那书柜之处正好放饭桌。但这书恰是父亲心爱之物,虽然他现在视力极弱,不能再读,却愿留着。我们笑说这书有大后台,更不能卖。仲屡次败北后,目光转向《全唐文》,《全唐文》有一千卷,占据了全家最大书柜的最上一层。若要取阅,须得搬椅子,上椅子,开柜门,翻动叠压着的卷册,好不费事。作为唯一读者的仲屡次呼吁卖掉它,说是北大图书馆对许多书实行开架,查阅方便多了。又不知交何运道,经过"文革"洗礼,这书无损污,无缺册,心中暗自盘算一定卖得好价钱,够贴补几个月。经过讨论协商,顺利取得一致意见。书店很快来人估看,出价一千元。

这部书究竟价值几何,实在心中无数。可这也太少了!因向北京图书馆馆长请教。过几天馆长先生打电话来说,《全唐文》已有新版,这种线装书查阅不便,经过调查,价钱也就是这样了。

书店来取书的这天,一千卷《全唐文》堆放在客厅地下等待捆扎,这时我才拿起一本翻阅,只见纸色洁白,字大悦目。随手翻到一篇讲音乐的文章:"烈与悲者角之声,欢与壮者鼓之声;烈与悲似火,欢与壮似勇。"作者李磎。心想这形容很好,只是久不见悲壮的艺术了。又想知道这书的由来,特地找出第一卷,读到嘉庆皇帝的序文:"天地大文日月山川万古昭著者也。人受天地之中以生,经世载道,立言牖民。观乎人文以化成天下。文之时义大矣哉!"又知嘉庆十二年,皇帝得内府旧藏唐文繕本一百六十册,认为体例未协,选择不精,命儒臣重加厘定,于十九年编成。古代开国皇帝大都从马上得天下,以后知道不能从马上治之,都要演习斯文,不敢轻渎知识的作用,似比某些现代人还多几分见识。我极厌烦近来流行的宫廷热,这时却对皇帝生出几分敬意,虽然他还说不出科学技术是生产力这样的话。

书店的人见我把玩不舍,安慰道,这价钱也就差不多。

以前官宦人家讲究排场,都得有几部老书装门面,价钱自然上去。现在不讲这门面了,过几年说不定只能当废纸卖了。

为了避免一部大书变为废纸,遂请他们立刻拿走。还附带消灭了两套最惹人厌的《皇清经解》。《皇清经解》中夹有父亲当年写的纸签,倒是珍贵之物,我小心地把纸签依次序取下,放在一个信封内。可是一转眼,信封又不知放到何处去了。

虽然得了一大块地盘,许多旧英文书得以舒展了,心中仍觉不安,似乎卖书总不是读书人的本分事。及至读到《书太多了》(《读书》杂志1988年7月号)这篇文章,不觉精神大振。吕叔湘先生在文中介绍一篇英国散文《毁书》,那作者因书太多无法处理,用麻袋装了大批初版诗集,午夜沉之于泰晤士河。书既然可毁,卖又何妨!比起毁书,卖书要强多了。若是得半夜里鬼鬼祟祟跑到昆明湖去摆脱这些书,我们这些庸人怕只能老老实实缩在墙角,永世也不得出来了。

最近在一次会上得见吕先生,因说及受到的启发。吕先生笑说:"那文章有点讽刺意味,不是说毁去的是初版诗集么!"

可不是!初版诗集的意思是说那些不必再版,经不起时间考验的无病呻吟,也许它们本不应得到出版的机会。对大家无用的书可毁,对一家无用的书可卖,自是天经地义。至于卖不出好价钱,也不是我管得了的。

如此想过,心安理得。整理了两天书,自觉辛苦,等疲劳去后,大概又要打新主意。那时可能真是迫于生计,不只为图地盘了。

# 书当快意

"书当快意"后面本来有三个字"读易尽",说的是人生中的憾事。读书正读得高兴,却已经完了,令人若有所思。其实细想起来,书已尽算不得什么,可以重读、再读、反复读。一本书,它该经得起反复读,才算好书。

王国维在《静安文集续编·文学小言》中说:"三代以下之诗人,无过于屈子、渊明、子美、子瞻者。此四子,苟无文学之天才,其人格亦自足千古。故无高尚伟大之人格,而有高尚伟大之文学者,殆未之有也。"他提出必须"感自己之所感,言自己之所言",才能产生伟大的文学。又说:"宋以后之能感自己之感,言自己之言,其惟东坡乎!山谷可谓能言其言矣,未可谓能感所感也。"可见能言其言比能感所感要容易。言其言需要艺术的功力,感所感则需要人格的力量。在无法享有完整的人格时,是无法感自己所感的。

我自己近几年读得最有兴趣的书,是冯友兰著"哲学三史"。三史者,两卷本《中国哲学史》《中国哲学简史》及七卷本《中国哲学史新编》是也。

《中国哲学史》出版于三十年代,是我国第一部完整的用现代方法写作的哲学史。绪论中讲到,西方哲学史著述多用叙述,中国过去的哲学史多用选录。这部书则用叙述和选录相结合的方式。其叙述,经过潜心研究仔细梳理,把庞杂的历史讲得条理分明。譬如,"合同异""离坚白"这六个字,原来哲学史上并没有,是作者钻研总结出来,让人一看就头脑清醒。其选录,于讲解时配合节选原著主要篇章,使读者能看到本来面目。有人以引文多为此书病,孰知这正是作者有意为之,俾使一书在手,整个中国哲学思想的来龙去脉全在眼前。

《中国哲学简史》原用英文写作,于一九四八年在美国出版。数十年来,已有约十种文字译本,中文有涂又光、赵复三两种译本。这是一本有趣味、省时间的书。全书不过二十万字,却不只勾画出中国哲学发展的轮廓,还使读者品味到中国哲学的真髓,可谓出神入化。我常想,这本书像是太上老君炼出来的仙丹,经过熔炼,把浩繁的史册浓缩得可以一口吞!我们怎能不感谢作者呢?北大哲学系博士生导师陈来教授最近在电视荐书时说:"冯先生用这样一个不大的篇幅,把几千年中国哲学的历史内容,深入浅出,讲得非常透彻、非常精彩。这样的著作,我在世界上还没有见过第二本。"想来我的欣赏不能算是外行。

《中国哲学史新编》约一百五十万字,写作用时十二年。各卷的内容是:先秦诸子、两汉经学、魏晋玄学、隋唐佛学、宋明道学、近代变法、现代革命。不只较两卷本详尽,且时有新意。实在是一部大文化史。作者在第四册自序中说,因为抓住了主题,对玄学和佛学的分析比以前加深了。第六册中提出大胆的看法;太平天国向西方学习的不是长处,而是中世纪神权政治。推而论之,对曾国藩的评价也一反时贤,认为他阻止了中国的倒退。作者曾说写此书愈到后来愈感自由。可谓"感自己之所感,言自己之所言"了。第七册中更有许多新论,惜乎此卷迄今尚未在中国大陆出版。

记得似乎是列宁说过,读书要有计划,不然不如不读。这和我们"开卷有益"的想法大不同。我想两者可以相互补充,也不必做太功利的打算,只要"书当快意",便是了。

# 乐　书

多年以前,读过一首《四时读书乐》,现在只记得四句,"读书之乐乐何如?绿满窗前草不除","读书之乐乐无穷,瑶琴一曲来熏风"。这是春夏的情景,也是读书的乐境。"绿满窗前草不除"一句,是形容生意盎然的自由自在的情趣。"瑶琴一曲来熏风"一句,是形容炎炎夏日中书会给人一个清凉世界。这种乐境只有在读书时才会有。

作者写书总是把他这个人最有价值的一面放进书里,他在写书的时候,对自己已经进行了过滤。经常读书,接触的都是别人的精华。读书本身就是一件聪明的事,也是一件快乐的事。陶渊明说:"每有会意,便欣然忘食。"金圣叹读到《西厢记》"不瞅人待怎生"一句,感动得三日卧床不食不语。这都是读书的至高境界。不只是书本身的力量,也需要读者的会心。

我不是一个做学问的读书人,读书缺少严谨的计划,常是兴之所至。虽然不够正规,也算和书打了几十年交道。我想,读书有一个分——合——分的过程。

分就是要把各种书区分开来,也就是要有一个选择的过程。现在书出得极多,有人形容,写书的比读书的还多,简直成了灾。我看见那些装帧精美的书,总想着又有几棵树冤枉地献身了。开卷有益可以说是一句完全过时的话。千万不要让那些假冒伪劣的"精神产品"侵蚀。即便是列入必读书目的,也要经过自己慎重选择。有些书评简直就是一种误导,名实不符者极多,名实相悖者也有。当然可读的书更多。总的说来,有的书可精读,有的书可泛读,有的书浏览一下即可。美国教授老温德告诉我,他常用一种"对角线读书法",即从一页的左上角一眼看到右下角。这种读书法对现在的横排本也很适用。不同的读法可以有不同的收获,最重要的是读好书,读那些经过时间圈点的书。

书经过区分,选好了,读时就要合。古人说读书得间,就是要在字里行间得到弦外之音,象外之旨,得到言语传达不尽的意思。朱熹说读书要"涵泳玩索,久之自有所见",涵泳在水中潜行,也就是说必须入水,与水相合,才能了解水,得到滋养润泽。王国维谈读书三境界,第三种境界是"蓦然回首,那人却在灯火阑珊处",这种豁然贯通,便是一种会心。在那一刻间,读者必觉作者是他的代言人,想到他所不能想的,说了他所不会说不敢说的,三万六千毛孔也都张开来,好不畅快。

古时有人自外回家,有了很大变化,人们议论,说他不是遇见了奇人,就是遇见了奇书。书对人的影响是非常大的。不过要使书真的为自己所用,就要从合中跳出来,再有一次分,把书中的理和自己掌握的理参照而行。虽然自己的理不断受书中的理影响,却总能用自己的理去衡量、判断、实践。

用现在的话说就是活学活用,用文一点的话,就叫作"六经注我"。读书到这般地步不只有乐,而且有成矣。

其实,这些都是废话,每个人有自己的读书法,平常读书不一定都想得那么多,随意翻阅也是一种快乐。我从小喜欢看书,所以得了一双高度近视眼。小时候家里人形容我一看书就要吃东西,一吃东西就要看书,可见不是个正襟危坐的学者,最多沾染了些书呆气,或美其名曰书卷气。因为从小在书堆中长大,磕头碰脑都是书,有一阵子很为其困扰,曾写了《恨书》《卖书》等文,颇引关注。后来把这些朋友都安排到妥当或不甚妥当的去处,却又觉得很为想念,眼皮子底下少了这一箱那一柜或索性乱堆着的书,确实失去了很多。原来走到房屋的每一个角落,都可以接触到各种宏论,感受到各种情感,这里那里还不时会冒出一个个小故事。虽然足不出户,书把我的生活从时空上都拓展了。因为思念,曾想写一篇《忆书》,也只是想想而已。近几年来眼疾发展,几乎不能视物,和书也久违了。幸好科学发达,经治疗后,忽然又看见了世界,也看见经过整顿后书柜里的书。我拿起几部特别喜爱的线装书抚摸着,一部《东坡乐府》,一部《李义山诗集》,一部《世说新语》。还有一部《温飞卿诗集》,字特别大,我随手翻到"捣麝成尘香不灭,拗莲作寸丝难绝",不觉一惊,现在哪里还有这样的真诚和执着呢。

寒暑交替,我们的忙总无变化,忙着做各种有意义和无意义的事。我和老伴现在最大的快乐就是每晚在一起读书,其实是他念给我听。朋友们称赞他的声音厚实有力,我通过这声音得到书的内容,更觉得丰富。书房中有一副对联:"把酒时看剑,焚香夜读书。"我们也焚香,不过不是龙涎香、鸡舌香,而是最普通的蚊香,以免蚊虫骚扰。古人焚香或也有这个用处?

四时读书乐,另两时记不得了。乃另诌了两句,曰:"读书之乐何处寻?秋水文章不染尘。""读书之乐乐融融,冰雪聪明一卷中。"聊充结尾。

# 在复旦大学宗璞长篇小说
# 研讨会上的发言

今天我来参加这个会,非常高兴。一个大学中文系专门组织一次研讨会,讨论我的书,要我参加,在我来说还是第一次。这个第一次不在北方,不在我熟悉的大学,而是在南方,在复旦这所我闻名已久却从来没有到过的大学,我觉得很有趣也更可珍贵。又恰值复旦大学百年校庆这样一个喜庆的日子,更是让人高兴。会上听到许多宝贵的意见,作品是要有了读者的反应,才算真正地活起来。作品在读书人的读书过程中成长了、丰满了。何况今天到会的都是关注当代文学、研究当代文学的学者。我发现了很多慧心人,大家从不同的角度谈了我的小说,都很有见地,对我很有启发。

《东藏记》最初是在《收获》发表的,一九九五年发表了前三章,二〇〇〇年才发表了全部。一九九五年是反法西斯战争胜利五十周年,我写了一个题记:谨以此书献给抗日战争中的阵亡将士和被日本军国主义杀戮的在战乱中丧生的无辜同胞。我说我们不会忘记。一转眼已经到了反法西斯战争胜利六十周年,个人的记忆确实有些模糊,但是作为民族的集体记忆是永远鲜明的,我们有责任让这个记忆鲜明。另一方面,我们要超越战争。战争使人异化,而人应该还原为人。《东藏记》中就表达了这个意思。冯友兰先生在他的《现代哲学史》最后一章引用了张载的话："有象斯有对,对必反其为;有反斯有仇,仇必和而解。"这是张载归纳的客观辩证法。冯先生指出,人类是聪明的,一定会照着"仇必和而解"的方向发展。我相信,从长远来讲,一定是这样的。在这个长远的过程里面,我们还要付出很大的努力。我的书是写那一段战争的,可我是为了人,为了和平。我深知自己的能力很有限,说出来的话怕做不到,总觉得自己像在说大话;但我是努力去做的。

感谢复旦大学中文系,感谢大家给我的帮助和鼓励。特别感谢王安忆。